なぜ古典を勉強するのか

近代を古典で読み解くために

前田雅之
Maeda Masayuki

図書出版
文学通信

本書を西部邁先生の御霊に捧げます。

目次

はじめに

勉強をしていて何が快感か

1 研究者としての生き方から

最近、学問について襟を正さねばならない文章に出会った。寺田浩明氏（一九五三〜）の『中国法制史』（東京大学出版会、二〇一八年一月）である。目次をめくり、まずは「あとがき」からと読み始め少し進むと、突如、敬愛を遥《はる》かに凌駕《りょうが》する畏怖心で全身が固まってしまった。そこにはこうあった。

講義をしている時には教科書がなく、講義を止めた後に教科書が出るというのは余り合理的ではない（むしろ随分と間の抜けた）話なのかもしれないが、日本の法学部の一部にある不思議な伝統である。講義を担当しているなら講義内容を毎年毎年より良きものに改訂しなければならない（教科書など書いて一箇所に停滞している場合ではないだろう）。そして最後にその最終到達点を体系書の形で世に示すべきである（教室の学生だけを相手にしていてはいけない）。その教えに従ってこの数年間この書物の完成に努めて来た。そしてそれは自ずと、相互の関連についてなお曖昧さを残す私の主系列の論文全体の筋道を立て直す作業、最終確定版を作る作業でもあった。

ここでは、まず、日々の態度として、毎年の講義＝授業を改訂し続ける、即《すなわ》ち、自己の学問を日々彫琢《ちょうたく》していくことがごく当たり前のこととして要請されている。そして、そうする行為の最終目標として、講義の義務がなくなる定年年齢に向け、自己の学問の「最終確定版」を完成し、学生のみならず、主として法学者たちが作る「世」に問うことが設定されているのだ。言い換えれば、毎年毎年改訂され続ける真剣勝負の講義の「最終到達点」と、それに合わせて「立て直」されていく研究（「主系列の論文」群）の「最終確定版」との融合が開示する、高度に完成された学問の実現である。言うまでもなく、そこに「道楽」などは入り込む余地はない。あるのは、余人をもって到達しえない境位《きょうい》に至った学的達成だけである。

私は、この件を読んで、これまでの研究者としての生き方まで深く反省させられるはめに陥った。私を含めた国文学研究者はここまでの学的使命感をもって学問あるいは講義に向かっているのか、また、講義・学問の「最終到達点」＝「最終確定版」を一体何人の国文学研究者が目指し実践しているのか、そうではなく、まださして他の研究者が目をつけていない対象を見出してそこに手を突っ込んでいくという研究スタイルをとっている人が私以外にもいるのではないか、などといった学および方法を含めた学的態度、もっといえば、研究者としての生き方に関する深刻な内省であるが、彼我《ひが》の違いに愕然《がくぜん》するどころか溜息《ためいき》しか出てこないというのがショックの実態に近いだろうか。

寺田氏の専門領域は、書名の通り、中国法制史である。氏は、中国法制史を研究するに際して、上記に先立って、その原初的な立ち位置を以下のように明らかにしていた。これも、古典研究者としては、引かざるをえない。

私の場合、それ（中国法制史の目指すべき体系）はそこにある法秩序の全体を自立的・内部無矛盾的に再構成することに置かれた。何処の世界であれ、一方の端には個々に生きる人々の生活感覚があり、他方の極には国家大での政治秩序がある。伝統中国におけるその照応関係を、我々が現代世界について持っている照応関係についての理解と同じ程度にとっくりと理解したい、と何故かこの学問を始めた最初から考えていた。

学生時代、かくいう私は、専攻である国文学をほぼ放り出して、インドに二度（三ヶ月と一ヶ月）

も足を運び、夢想の域を出なかったものの、可能であれば、宗教人類学のような立場で、インドの人々が普段行っている宗教生活とヒンドゥー教の聖典や教義に示される公式の宗教との差異や類似関係を考察してみたいと願っていた。実際に村に一週間ほど滞在したこともある。幸か不幸か、この願望は空《むな》しく挫折し、私は国文学研究者になったのだが、そういう思いをもったことがあるだけに、上記の文章も前のと同様にいたく胸を打つ。改めて述べるまでもなく、学問とはおのが対象とする世界を「自立的・無矛盾的に再構成」、即ち、十全《じゅうぜん》に把握していく営為である。私自身が学問に対する愛情をもち、そこに幾分かの価値があると確信しているのは、カール・シュミット（一八八八〜一九八五）が語った「知的廉直さに価値があるとすれば、幻想の破壊は最大の収穫である」とある「幻想の破壊」、私なりにそれを言い換えれば、新しい世界認識の呈示《ていじ》があるからである。そして、それはどんな小さな対象からも可能であり、微細な対象の延長線上には新たに更新すべく世界が控えている。そのように信じているからこそ、個別研究も可能となり、十二分に意味ある行為となるのである。

そこで、寺田氏の立ち位置に戻ると、氏には「法秩序の全体を自立的・内部無矛盾的に再構築する」というあるべき学問の姿がある。これが氏が把握しようとする世界に他ならない。だが、寺田氏は万事納得済みだろうが、これを実践することは尋常ならざる困難を伴う作業となる。というのも、現在の学問が概念・方法等がおおよそ西洋起源だからである。要するに、西洋論理に乗れない学問は妖術あるいは、まじない、最後は迷信扱いされてしまう可能性があるということだ。

2 西洋的思考と論理では歯が立たない世界

そうした中で、氏の研究対象は伝統中国（清代までの中国）の法体系である。それは、契約社会、市場社会が機能し、一見、西欧近代社会と類似していると見えながら、およそ西洋法を産み出した西洋近代社会とは異次元の社会であり、西洋的思考に慣らされ、その観点で世界を捉えている我々が、伝統中国の「人々の生活感覚」と「国家大の政治秩序」の照応関係を、「現代世界について持っている照応関係についての理解を同じ程度」にもっていくのは、平安時代史の泰斗《たいと》土田《つちだ》直鎮《なおしげ》（一九二四～一九九三）の遺《のこ》した三教訓――

一、現代人の心で古代のことを考えてはならない。
二、古代のことは、古代の人の心にかえって考えなくてはならない。
三、俺は長い間、そうしようと思ってやってきたが、結局駄目だった。お前らにできるわけがない。ざまぁみろ。
（倉本一宏「土田直鎮『王朝の貴族』、中公文庫、二〇〇四年、解説」）

と同様に、事実上、「結局駄目だった」と諦めるしかないような、峡谷の上を綱渡りで渡っていくような困難な学的営為となる。しかし、寺田氏は敢然とそれに挑戦し、法秩序の全体が把握できる中国法制史の「教科書」を出された。その志と学的能力の高さと強さには何も言えない、たただただ圧倒され頭を垂れるばかりである。

だが、この時、私の所属する国文学古典部門も、実のところ、寺田氏の困難な営為と近似した問題を抱えていることが諒解《りょうかい》されるはずである。なぜなら、日本の古典とされるテクスト群や古典を支えた前近代社会は、どうにもこうにも西洋的思考と論理では歯が立たない代物だからに他ならない。それに気づかず、もしくは知らずに、テクストさえあれば大丈夫などというのは、言ってみれば、聖書さえあれば済むとする宗教的原理主義とほとんど変わらないだろう。しかしながら、こんなに厄介な古典のしかも「全体を自立的・内部無矛盾的に再構築する」（しょうとした）人は、過去にごく少数はいたようだが、現在はほぼいないと言った方がよいのが現状である。他方、おもしろおかしく現代と比較して照応関係めいたことで笑い話にする人はいるかもしれないが（もはやいないか）、対象とするテクストとその時代・秩序・権力などどとの照応関係に分け入って当時の人たちの認識を我が物とするに至る人は、土田直鎮の嘆き同様、ほとんどいないのではあるまいか。

そうした中で、我々国文学古典部門に希望がないわけではない。たとえば、工藤重矩《くどうしげのり》氏（一九四六〜）の『源氏物語の結婚』（中公新書、二〇一二年）が出るまで、平安期は一夫多妻の世界だと信じていた方が多かったのではないか。一夫多妻を前提にして『源氏物語』や平安期の作品を読むのと、一夫一婦多妾制を前提にして読むとでは、まるっきり得られる像が異なるだろう。むろん後者で読まない限り、正妻女三宮《おんなさんのみや》の登場後の紫上《むらさきのうえ》の不安など読めないことになるだろう。こうした研究こそ、国文学における照応関係をより密にするものである。

また、加藤昌嘉《かとうまさよし》氏（一九七一〜）が発した提言は、古典研究の現状に対するまっとうな批判である。

「作者の死」を標榜するテクスト論者であれば、新編日本古典文学全集や新潮古典集成が提供する本文や解釈や巻順や巻数を白紙に戻し、複数の写本を自由に行き来して、ゼロベースから己の「読み」を呈示することで、はじめて、テクスト論の真価を顕揚《けんよう》できるはずである。
（『揺れ動く『源氏物語』』「あとがき」、勉誠出版、二〇一一年）

この提言通りに、加藤氏が同著および他の論文や著書で実践していることは、寺田氏ほど体系性には拘《こだわ》りはないものの、ほとんど同様な思考にもとづく学的営為ではなかろうか。古典の世界を古典の固有性（諸本の異同や形態そして、固有かつ自在の論理などなど）を通して把握しようとしていると思われるからである。むろん、これが単純に古き（権威か）、もしくは、国文学的規範（実証主義か）に従えではないことは、所謂《いわゆる》「テクスト論者」ではない土方洋一《ひじかたよういち》氏（一九五四〜）の「〈テクスト論〉と〈読み〉の問題――『河海抄』のことなど――」（『日本文学』、二〇一八年一月）が示すように、『河海抄《かかいしょう》』のごとき古注であっても、「梅枝巻」に一度だけ登場する「大弐」になんと藤原道雅であると比定して『樹下集』にある道雅詠「末の世に（とィ）なれはなりけり橘の昔の香にはにるへきもあらす」を引いて「「中関白家全盛の時代とは異なり、今は「末の世」とはなりはてたものよ」と、道長―頼道時代を当てこする詠というように読みなされる」可能性を示すこともあるのである。

古典は古典の制約や制度派経済学がいう「制度」に縛られながらも、その中ではかなり自由自在な展開をするものなのだ。それは古典注釈をちらっとでも眺めれば納得されるはずである。

3 どうして非近代的＝非論理的な古典世界を勉強するのか

こうした希望の芽をさらに期待しつつ、敢えて問うてみたい。伝統中国の法に紛うどころかそれ以上に非近代的＝非論理的な古典テクストおよび古典世界を、どうして我々は「勉強＝研究」するのだろうか。

この問いは、古典と古典を表現する書記言語をもつ前近代文明社会に存在するあまたの古典テクストを研究対象とする世界中の研究者から離れることができないものである。いわば、根源的な問いと言ってよい。

おそらく様々な解が用意されるだろう。

まずは素朴なものとして、マイナー愛好家のごとく単純に「好きだから」がある。なぜ好きかは問わないにしても、学的志向において純粋であり、対象に対して眼を輝かせながら熱く語っている姿まで想像できようか（かなりの部分のオタク系研究者はここに属するだろう）。

次に、やや固いアプローチとして、ナショナリズムに基づいて我が国の来歴を確定したいというのもあるだろう。これが、近代国家の教育体系において古典が歴史と並んでなくならなかった最大の理由である（なぜか日本では脳天気な学習指導要領に基づいているが）。自国および自国が所属する文化圏の古典と歴史を学ぶことを通して自己のアイデンティティーを確立させていくということである。文部大臣として漢文・古文教育廃止を提唱した井上毅《いのうえこわし》（一八四三～一八九五）が実は皇典講究所《こうてんこうきゅうじょ》（現國學院大學）の設立に深く関わり、大日本国憲法制定のために、国学者小中村（池辺）義象《よしかた》（一八六一～一九二三）に制度研究をさせていたのは、まさに古典と今を繋《つな》いで日本の骨組みを確立したかったからに違いない（本書Part.5で詳しく論じている）。とはいえ、現在の研究者でかかる志を持つのは、国語教育と古典研究の狭間でもがいている少数の研究者ではあるまいか。

第三に、上記と似ているが、やや異なるものとして、そして、日本ではほぼ喪われているもののエリートとしての嗜《たしな》みとして古典を学び場合によっては研究をするというのもあるだろう。たとえば、パブリックスクール時代、数学とラテン語が学年トップだったというジョン・メイナード・ケインズ（一八八三～一九四六）のごとき立派な紳士（顔貌はたしかに立派だが、振舞いは男女九人の愛人をもつなどそれほど立派ではない）である。経済学者としてのありようを「ハーヴェイロードの僭見」と評し、所詮《しょせん》エリートとしての限界があったと本人与り知らない後年に宇沢弘文（一九二八～二〇一四）が批判したものの、恐るべき少年がパブリックスクール時代になぜラテン語を好きになったのか（大嫌いな生徒が多かったことは『チップス先生、さようなら』を、ギリシャ語については、フェリーニの名作『アマルコルド』を参照されたい）。はっきりとは分からないものの、上流階級出身の秀才にままある余裕派感覚に加えて、凡俗なナショナリズムとはいささか異なる、古きよきヨーロッパが湛《たた》えていたものの、もはや喪われてしまっている精神世界への深い憧憬《しょうけい》、加えて、一家の系図を作るのが好きだったという趣向とも連動する、古きよきヨーロッパの精神を継承するのが自分だというある種のエリート意識ではなかったかと思われる。この系統で古典に向かった人に、おそらく江戸後期の松平《まつだいら》定信《さだのぶ》（一七五八〜一八二九）、島津久光《しまづひさみつ》（一八一七〜一八八七）、近代では入江相政《いりえすけまさ》（一九〇五〜八五）などが入るのではないだろうか。現在の日本では、まずお目にかかることができないタイプであろう。

それ以外の大部分の古典研究者はなんだろうか。国文学の場合は、たまたま国文学科に入ってとか、やっていると面白くなってというのが大方の答ではあるまいか。簡単に言えば、学問同様、人畜無害な答えである。だからといって、誰かに迷惑をかけたりしているわけではないから、批判できるものでもない。皆それ相応に出会った古典テクストとまじめに対峙《たいじ》しているのであるから。

4　勉強をしていて何が快感か

それでは、お前はどうなのだと質《ただ》されたら、私はこのように答えることにしている。

近代を相対しうる最も強力な装置が古典である。

我々が生きる時代は、古典的教養など単なるオタク趣味（＝道楽である）を超えない、以前書いた拙著（『記憶の帝国』）のサブタイトルの一部を借りれば、既に「終わった時代」である。ナショナリズムは周辺諸国のおかげで、時折、一部ながら間歇泉《かんけつせん》のごとく噴出しているが、こちらも永遠に古典とは重なってこない。せいぜい『源氏物語』は千年前にできたのだ、偉いだろうといった低レベルきわまりない主張があるかないかである（もうないか）。

そんな時代に生きる私たちにとって、古典を「勉強＝研究」する意味は、第一義には、上記に掲げた寺田・加藤・土方氏のように古典および古典世界そのものの探究と可能性を追うことは言うまでないけれども、それと同時に、とりわけ近代日本のごとく、古典を「一種の美術」（井上毅の言葉）のように脇にやって、事実上、潰《つぶ》してきた国に生まれ合わせた身としては、古典を殺してきた日本近代を相対化しておきたいのである。むろん、思考の過程で近代と同時に古典もまた相対化されていくが、近代の相対化が「昔はよかった」といったこれまた低レベルな感想に落ち着いてしまったら、これで話はおしまいだが、「そんな時代」であれ、我々は近代社会に生きている。そこから逃れることはできない。だから、当たり前だが、永遠に古典的世界にも古典が輝いていた古典日本にも戻ることはできない。

しかし、前言をひっくり返すように聞えるかもしれないが、大きく断絶しているとはいえ、我々の言葉は過去と繋がっているといった意味で、古典的世界＝前近代社会の延長にある現在に生きていることも否定できない事実としてある。古典と近代を相互批判しながら、古典的世界を破壊した近代を批判し評価していくことを通して、より新鮮な気持ちで古典的世界、と同時に近代的世界と対峙することが可能となるのではないか。その先にはまだ見たことのない世界像が立ち現れるのではないか、勉強をしていて何が快感か。世界像なるものが見えるような線がうっすらと浮かんで来る時である。そんな線が現れることを胸に描きながら、本書に所収されたエッセイを書いていた。

＊

本書はPart.1からPart.5の全5部より成る。

全体的には、「**古典入門**」（その1）（その2）、「**古典で今を読み解く**」（その1）（その2）、「**古典と近代の歴史を知る**」に大きく区分される。だが、それらはそれぞれに関係し合っている。また、誠に恐縮ながらやや重複する箇所がある。これもそれぞれの連関性を重視した結果ということで諒《りょう》とされたい。それでは、以下、Partごとに内容を簡略に説明しておこう。

Part.1「古典入門　その1…教養と伝統の世界を知る」は、四本のエッセイからなり、本書の世界に入っていくのに相応しい内容となっている。1「**昔の人は教養があったのか**」は、教養をめぐる今と昔の問題を扱っている。内容は読んでのお楽しみだが、若い諸君は、無知だからといって、へこんだり恥じたりする必要はまったくない。2「**注釈学事始め**」は、古典に必ず付帯する古典注釈の問題を扱っている。注釈なき古典がないように、古典なき注釈もないのだ。3「**古典的公共圏とは何か**」は、私の捉える古典世界像である古典的公共圏を論じている。言うまでもなく、2と3は深く絡み合っている。最後の、4「**伝統の作られ方**」は、伝統をありがたがるのは自由だが、伝統そのものが作られていることに注意を向けてみた。人間が作り出すもの・文化で天然自然なものなどないのだ。古典も伝統も同様である。作られたからこそ伝統は素晴らしいと言えるのである。

Part.2「古典で今を読み解く　その1…歴史・伝統・古典」は、他に比べて多い、計八本のエッセイからなる。1「**「日本共産党」の古典的意義**」、そんなものあるのか、という意見も多かろうが、日本共産党はしっかり古典的世界の一部を受けついでいるのである。2「**アメリカ、「新大陸」における伝統とは何か**」はアメリカの伝統を探ってみた。あれだけ銃撃事件が跡を絶たないのに、銃を自由にもて、健康保険がない唯一の先進国の閉ざされた伝統をキリスト教から探ってみたのである。3「**天皇制度を永続させるために**」は、二〇一九年は世代わりとなるが、日本そのものとも言える天皇制度を永続させるための前提として前近代における譲位と譲位を拒絶した近代天皇制度のありようを考えてみた。4と5は、日本が今度どのような国になったらよいか、歴史・伝統の面から考えてみた。4「**品格ある二等国になること**」は、品格ある二等国になるための条件と可能性を探り、5「**日本における国・国民・国民主義**」は、諸外国との優劣比較を超えた国民主義を提唱している。そして、6「**日本人論を終わらせるために**」と7「**日本・日本人はどこ**

にも行かないだろう」は、日本人論をめぐっての議論である。日本ほど日本人論が好きな国民もないようだ。いつもアイデンティティー不安に苛まれているか、我身の根元を考えず、時折、ふと思い出すからだろう。とまれ、そろそろ日本人論などはおしまいにすべきではないか。言っても無駄なのである。それならば、古典に帰れというのはやや言い過ぎだろうか。最後の８「**成績という文化**」は、近代と前近代の違いを学校という制度の存在と成績の果たした役割で論じてみた。成績などたいしたことがないという意見の人は是非熟読してもらいたい。自由・平等・職業選択の自由と成績は固くリンクしているのである。

Part.3「古典入門　その2…和歌と文化の厚みを知る」は、和歌にからむエッセイ四本を収載した。１「**和文にスタンダードはあったのか**」は古典に用いられた文体の中で和文にスタンダードはあったのかを論じたものである。現在の文章語は、明治の末にほぼ完成し今日に至っているが、和文の場合はどうやらなかったようなのだ、とすれば、何がスタンダードだったのか。これを考えてみたのである。２「**藤原俊成の古典意識**」は、Part.1の２と３にも絡むが、日本における古典意識および古典概念の形成者としての藤原俊成を考えてみたものである。俊成はなぜ「源氏見ざる歌詠みは遺恨のこと也」と言い放ったのか。そこには俊成の周到な狙いが隠されていたのだ。３「**アヴァンギャルドと伝統**」は、源仲正《みなもとのなかまさ》という武士歌人が用いた「ゑごゑご」という特異な歌語を追ってみたものである。平安後期にはこのようなけったいな言葉を和歌に使うことができたが、その後、使えなくなる。これも、俊成・定家の古典化と深く関連しているのである。

4「**文化の厚みを知る方法**」は、勤務先が所蔵する正広自筆『正広《しょうこう》自歌合』がどのような人々によって写されていったかを探ったものである。ここから、和歌や古典をめぐる近世初期の大名間ネットワークがうっすらながら立ち会われてくることを見出すだろう。前代の歌人や和歌を愛する大名たちも江戸時代の古典を支えたのだ。

Part.4「古典で今を読み解く　その2…戦乱・和歌・古典」は、三本からなるが、これまでなんとなく思われている「文学は平和の産物だ」というイメージを徹底的に批判したものを集めている。1「**古典・和歌は平和の産物ではない**」は、戦乱と文学（古典作品）がいかに関係深いかを論じたものであり、2「**乱世到来、いよいよルネサンスだ**」は、今後、予想される乱世は、1で主張したように、ルネサンスと捉えるべきと論じたものである。3「**破局・古典・復興**」は東日本大震災を踏まえて、1と同様に、戦乱と文学の関係を取り上げ、精神的危機を乗り越えるものとして古典を挙げている。むろん、妄論として斥けられるかもしれないが、自身敗北した南軍の末裔《まつえい》と称するウィリアム・フォークナー（一八九七～一九六二）が戦後来日して、今後日本には素晴らしい文学作品が出ると語ったように、そろそろ戦争・戦乱と文学・古典を切り離す脳天気な振舞をやめようではないか。ここでは、戦争・戦乱と文学・古典の緊張感覚を味わっていただきたい。

最後の**Part.5「古典と近代の歴史を知る」**は、Part.1～Part.4とは異なり、三本の論文（含解説）である。いずれも近代と古典の関係を論じたものだ。1「**国文学始動元年、明治二十三年の夢と幻滅**」は、国文学が生まれた明治二十三年の意味するものを、井上毅・国学者・国文学者の三竦《さんすく》みで考えてみた。国文学は自然に生まれたのではない。明治二十三年に作られたのである。だが、スタートからして、二派に別れ、そのまま並行して進み、国学系と親しかった井上毅《いのうえこわし》は、文部大臣になってから古文・漢文廃止論を主張するに至るのである。生みの苦しみと喜びを堪能して戴きたい。2「**古典と出会う、戦時・戦中という時空**」は、戦前、『コギト』とならぶ国粋主義的な文芸雑誌であった『文藝文化』グループの中心にいた清水文雄の『戦中日記』の解説である。実に面白い日記であり、清水の人となり、交友関係、時局に対する対応などを論じてみた。私は『戦中日記』を読んで清水なる篤実な国文学研究者が大好きになった。3は、「**研究者共同体と大衆文化**」というけったいなタイトルだが、これは編集者から与えられたもので、それを改めないでそのまま使うことにした。内容は、1の続きである。国文学系と国学系のその後の展開を主軸としながら、国文学の世界が共同体性を漸次消失していく過程、また、大衆文化とほぼ無縁となっていく過程、すなわち、国文学が人畜無害化していく道程を論じた。大衆文化と対比する意味で依田学海《よだがっかい》(一八三三〜一九〇九)の『源氏物語』享受にも触れたが、こうしてみると、国文学が生まれた明治はまだまだ江戸の香りが漂っていたことが分かる。国文学なる学問を知るためにも、1〜3の論考はそれなりのヒントを与えてくれるだろう。

読者諸氏の厳しいご批判をお待ちしている。

Part.1

古典入門

その1…教養と伝統の世界を知る

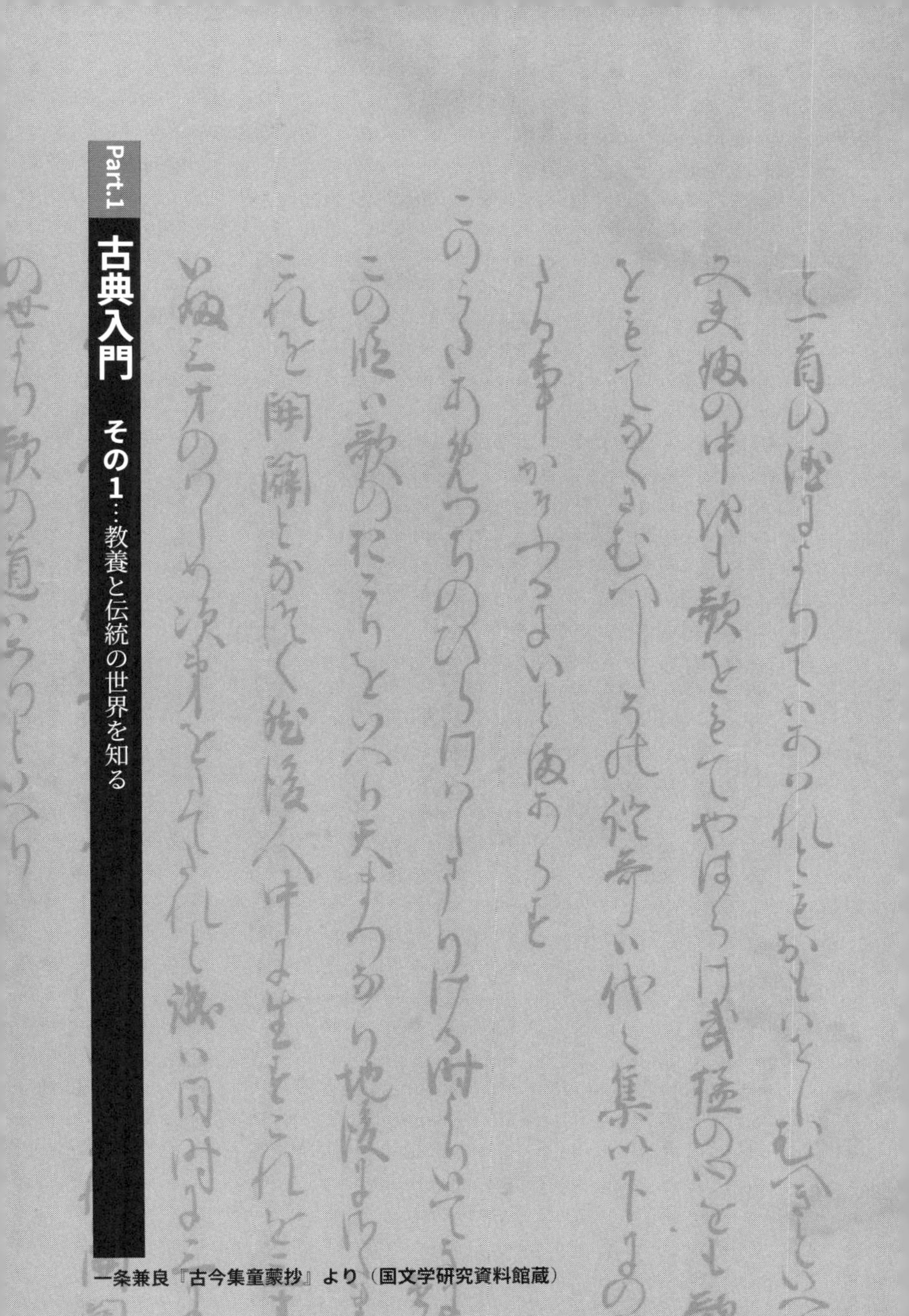

一条兼良『古今集童蒙抄』より（国文学研究資料館蔵）

Lesson.1

昔の人は教養があったのか

1　いつも言われる若者批判を糸口にして

「今の若者は何も知らない、無知だ」、これは若者批判の際に用いられる、手垢《てあか》に塗《まみ》れた常套句《じょうとうく》である。これに類した言い方は、どうやら古代ギリシャにもあったようだから、いつの時代も中年や老人は同時代の若者を何も知らない、無知だ、と言い続けてきたということだろう。

となると、いつの時代も中年や老人は物知りで教養があったのか、と言えば、これまた、何も知らない、無知な若者が年をとって中年なり老人なりになるのだから、いつの時代も、若者・中年・老人、つまり、あらゆる人間は何も知らない、無知だということになる。この理解は、一応正しいと思われる。なお、ここで言う「一応」というのは、だいたいにおいてということであり、例外もあるかという期待を込めた用法である。

一九九三年は大凶作で米が足りなくなり、タイから緊急輸入した。多くの人々は米屋さんに並んで米を買ったものであった。その時、米屋さんもなかなかしたたかで日本米だけを売らず、タイ米とセットで売っていた（そうしないとタイ米が売れ残るからだろう）。私は米屋さんの前で店主と思われる老婦人の話に耳を傾けていた。曰《いわ》く「大変な時代になったね、まったく。」と。

だが、私はこのことばを聞いてやや疑問に思った。彼女は、年齢からしておそらく戦後の食糧不足を経験しているはずである。「大変な時代がまた来たよ」と言うのなら、ともかく、はじめて来たような口ぶりに、私は、ああ、人間とは忘れる動物だ、だから、いつまで経っても賢くならないのだと痛感したものであった。

これを見る限り、いつの時代も老人・中年・若者はみんなものを知らず、無知だということになる。さらに、忘れるということを付け加えてもよいだろう。

こうなってくると、だんだんと「人間＝愚物」論に傾いてしまいそうだが、それでも、このような意見はある。いや、昔は賢い人が多かった、と。これは、別段、私が言っているのではなく、多くの人がそう思っていたのだ。というよりも、ギリシャ神話から儒教に至るまで前近代の主たる思想・宗教は、古代、太古が理想的な時代であり、聖人・賢者はそうした時代しか出ていないのである。ある種の進歩史観の原型を作ったとも言えるキリスト教とて、イエスの再臨という形でしか人間の救済はない。これは起源＝イエスの復活ということだろう。言い換えれば、古代の復活である。古代や太古に偉大な時代があり、偉大な人がいたというのは、日本人のみならず、かなり普遍的な考えだったということである。我が日本近世が産んだ偉大な儒者荻生徂徠《おぎゅうそらい》は、先《せん》王《おう》とよばれる聖人が儒学の道を作ったと言ってのけた。徂徠は、そこから、だからこそ、先王の言葉を正しく理解したら、我々は古代の理想国家を日本に作ることができる、と主張した（Part.1 Lesson2,4 参照）。ここでも基本は古代であり、太古である。

それでは、古代・太古は偉大であり、また、賢人・聖人が多くいたのか。

2 旧制高校生は凄いか

当たり前であるが、こうした考え方は、理想として古代・太古をもってきただけであって、どんな時代でも愚者・賢人がおり、多くの人は周囲を見ながら、そして、自己の経験に基づいて行動していたはずであって、古代・太古が偉大であったことはなかっただろう。これは昔と言い換えても同じである。

大学生の教養が低くなったと嘆く人が絶えない。戦前の大学は本科・予科（旧制高校）があり、それぞれ三年制だったたから、併せると六年もあった。今の学部＋大学院修士や医学部と同様である。進学率はだいたい二〜四％である。現代は五十％を優に越えている。百人のうち二〜四人、しかも、男子だけの時代と男女が五十％以上大学に行く時代とを比較すること自体、ナンセンスというものだが、それでも敢えて比較すれば、学力は戦前の方があったに違いない。二〜四％の選別された集団だから、当然である。なにしろ、東京に旧制高校は、一高・東京高校・学習院・武蔵・成城・成蹊の六つしかなく、そこに通う生徒計三六〇〇人（一学年二百人×三×六）が帝国大学への入学を事実上許された人たちだった。その他、私立大学の予科、一橋大学の予科を加えても、せいぜい五千人といったところか。この人数が一年から三年生までいれた全生徒数である。だから、私の勤務先である明星大学だけで八千人もいる現代とはそもそも比較にならない。

とはいえ、厳しい入試を突破した旧制高校生の全員が高い教養をもっていたわけではなかった。大学進学予備校は戦前の旧制高校受験予備校から始まった。つまり、昔から上の学校を目指す生徒は、現代と同様に参考書片手に予備校で受験勉強をしていたのだ。その時、ある旧制高校生（「彼」とする）が老人になって回想した文章を知ると、旧制高校生といっても、実は現代の大学生とあまり変わらなかったということが分かってくる。彼は、このように書いていた。

「僕のように、教科書と参考書しか読んだことのない中学生（五年制の旧制中学、現在の高校に匹敵する）にとって、保田君のように難解な文章で論文を書く人間はそれだけで驚きあり、畏怖の念を抱いた」

彼は、旧制高校卒業後、帝国大学の文科系で唯一入試があった東京帝国大学法学部（いわゆる東大法）に入学し、結局、大手の不動産会社の社長さんになったが、彼が驚いた保田君とは、昭和を代表する批評家であった保田與重郎《やすだよじゅうろう》（一九一〇〜一九八一）である。早熟な保田は旧制高校（大阪高等学校、現大阪大学）の頃から論文めいたものを書いていたのだった。とはいえ、ここで私が強調したいのは、論文めいたものを書いていた保田ではなく、教科書と参考書しか読んだことがない「彼」を含めた他の生徒のことである。こちらの方が数としてはずっと多かったのではなかったか。その根拠は、これもいい加減な物言いかもしれないが、知的なものに興味を抱く人間の比率はいつの時代もそれほど高くないからである。「彼」はごく普通の、今で言う偏差値秀才であり、このような人々は他にも多くいたと思われる。偏差値秀才で一等目にするのはお医者さんだが、私は、知的な雰囲気を湛《たた》えたお医者さんを一部の精神科医の他知らない。東大法卒の官僚も少しは知っているが、知的な人間をそれほど見出すことはできない。知的＝高偏差値という「常識」はそろそろ捨てた方がよいのではないか。

そして、今度は称讃《しょうさん》された保田の方に目を向けると、普通の旧制高校生を驚歎《きょうたん》させた、保田の論文もどきは、現在の保田研究によって、だいたいが当時のそれなりの著名だった評論家（土田杏村〈一八九一〜一九三四〉など）の文章をかなりパクったものだったことが判明している。敢《あ》えて保田を弁護すれば、明治以降、何かものを書こうと思ったら、パクリから始めるしかなかったようなのだ。だからといって、保田の行為は褒められたものではないけれども、ともかくそこから、かの保田だって、それほどたいした教養や知識をもっていなかったということが判明する。

こうしてみると、「彼」と保田との間に読書経験の差はかなりありながらも、それは言われるほど絶望的なものではないということになる。知への関心、ならびに、自己表現を通して自分をよりよく見せたい願望が保田の方が高かったことは確実だが。

私はこのことを知って、旧制高校生の教養もそれほどではないと思うようになった。はっきり断言するが、現代のオタクの方が、間口は狭いが深い知識を持っている。

それでは、それ以前の江戸時代、さらに中世はどうだろうか。

3　江戸時代・中世の人は教養が深かったか

二〇〇六年に、百歳で亡くなった祖父は政治家の批判が趣味のような人間であった。そして、必ず田中義一《たなかぎいち》（一八六四〜一九二九）が最後の偉大な総理大臣だったとつぶやいていた。ちなみに田中義一といっても張作霖《ちょうさくりん》爆殺事件がらみで退陣した総理大臣だと知っているだけでたいしたものだが、それはともかく、祖父の発言を幼少期から聞いていた私は大人になって、その発言の多くがある時当時の新聞社説によっていることに気づいた。なんだ、祖父は新聞で言っていることをオウム返しで言っていただけなのだ。保田とさして変わらないな、とも言える。

だが、祖父はどうして新聞を読みそして影響を受けることになったのか。それは初等教育（尋常小学校・高等小学校）、中等教育（商業学校）を出て、きちんと文章を読む訓練ができているからだろう。

私は、暴論だと承知しつつ敢えて言えば、博覧強記の人間は江戸時代以降しか出現していないと考えている。それは、学校システム（江戸時代は塾・寺子屋）・書物（江戸時代以降、書物の多くは板本で出される商品となり、お金を出せば買えるようになった。他に貸本屋もある）といった制度インフラが整備されていたからである。中世に徂徠・契沖《けいちゅう》・宣長《のりなが》のような博識な人はいない。十数カ国語に通じてイスラーム思想をイランにおいてペルシャ語で教えていた井筒俊彦《いづつとしひこ》（一九一四〜九三）は、ポマード製造業者（井筒薬粧）の息子だが、小学校・青山学院中等部・慶應大学予科・慶應大学という通常の学校システムの中で育ったのである。特別の教育を受けていたわけではない。

だから、最初にこう言っておきたい。江戸時代には猛烈な教養をもった人がいたと。ならば、中世はどうだったか。畠山義総《はたけやまよしふさ》（一四九一〜一五四五）という武将がいた。十六世紀初頭の人である。彼は若い頃、三条西実隆《さんじょうにしさねたか》の源氏講義に参加して、『源氏物語』にすっかり魅入られ、能登の守護となっても『源氏物語』を学びたいという気持ちはずっと一貫した。しかし、『源氏物語』のテクストや注釈書など周囲にはない。そこで、彼が採った方法は、宗碩《そうせき》（一四七四〜一五三三）といった連歌師を通じて、実隆に書写を依頼するというものであった。むろん、大枚を払って入手するのだが、本屋もないのだから、宗碩を知らないと実隆へのコネをつけることもできないのである。義総はその後、注釈書も欲しくなり、実隆は結果的に『細流抄《さいりゅうしょう》』という注釈書まで書く羽目になった。これなど義総の向学心の成果と言ってもよいだろう。

だが、改めて考えてみてほしい。自分が中世に生まれ育って、義総のような勉強できる環境があればともかく、それがなかったとしたら、おそらく字もろくに書けず、和歌・連歌など夢の又《また》夢だったのではなかっただろうか。だから、近代がいいとは言わない。近代の方が隠れていた才能や能力を導き出す比率が高いとだけ言いたいのである（その代わり、どうやって生きたらよいか分からない人間も大量に輩出した）。

そこから想像されるように、中世の人はそれほど教養があるわけではない。しかし、中世を学ぶ人間として最後に、一言だけ申し添えておきたい。古典（『古今』・『伊勢』・『源氏物語』。次章の「四大古典」の節も参照）が全国に広まるのは中世からである。それは宗祇《そうぎ》（一四二一〜一五〇二）・宗碩といった連歌師が媒介したからだが、いくら連歌師がいたところで、欲しい人がいないと話は始まらない。室町期の半ばともなると、地方の守護から被官《ひかん》と呼ばれる家来衆まで古典をほしがり、勉強を始めている。連歌師は注文をとって、実隆あたりに書写させてそれをせっせと現地に運んだ。このか細いけれども、着実な知の伝授があったからこそ、義総他、山口の大内氏などかなり古典的教養のある武将が出たし、近世以降、古典籍を収集する地方大名（松平忠房〈一六一九〜一七〇〇〉・伊達吉村〈一六八〇〜一七五一〉など）が現れる素地を作っていった。こうしてみるとやはり、中世は偉大な時代であったのだ。

最後に、今時の若い者といった物言いは、昔若かった人が今の若者を見て心配と嫉妬がない交ぜになった感情の吐露だと思われる。言わないに越したことはなかろう。

Lesson.2

注釈学事始め

1 注釈とは学問である

私たちは、学問と言えば、なにやら疑問が最初にとにかくあって、疑問を合理的に解こうとする行為を指すと考えている傾向がある。これは間違ってはいない。いないどころか、西欧における学問は、まず疑問、それから問題を立てて、解く道筋を考えるという行為を指すから、その影響をもろに受けてきた明治以降の日本においても学問とはそのようなものとして理解されてきた。

これに伴って、学者・研究者という存在も変わってきた。今の時代、すごい学者というのは、物知りであるよりも、問題の立て方や分析の切れ味で評価されるように思われる。あの人は頭がいい、と言う場合、大概は、問題の核心を素早く見抜き、もっとも納得のいく把握やその解決法を示す人を指す。何でも知っているが、頓珍漢な答えを出す人は頭がいいとは決して言わない。変人扱い、よくてオタク呼ばわりされるのが落ちだろう。

しかし、学者というのは、本来、物知りが条件であった。これは今の時代も実は変わっていないのだ。物知りでない学者は評論家とは言ってもよいが、通常、学者の範疇《はんちゅう》には入らない。但し、物知りは近代の場合、専門分野に限られる。それに対して、何でも知っている人。これが前近代の学者の必要十分条件だったのである。

たとえば、荻生徂徠《おぎゅうそらい》という、どえらく物知りでなおかつ頭が飛び切りにいい、江戸時代の儒学者がいた。彼は、古文辞学《こぶんじがく》なるものを創始して、『論語』なら『論語』が生まれた時代の言葉の意味を押さえて、そこから、『論語』を読み返した人物である。『論語徴《ろんごちょう》』という『論語』の注釈書がそれだ（東洋文庫に入っており、書き下し文に直されているから、それほど困難を伴わないで読むことが可能である）。『論語』を現代風に理解して、そこから何かを言うのではなく、『論語』の言葉そのものを彼なりに『論語』が生まれた時代に遡《さかのぼ》って注釈していくというのが徂徠の方法である。そして、出た結論は、「天下を安んずる道」という言い方に典型的に表れているように、倫理道徳を排除した政治学のテクストとして『論語』を読めという働きかけであった。こんなことを言うために、わざわざ言語学的手法を用いたのか、なんて無駄なと言う人がいるかもしれないが、徂徠にとっては、こうでもしないと、当時もっとも影響力があった宋学《そうがく》（朱子学）の『論語』理解（『論語集注』）を乗り超えることはできなかったのである。と同時に、言語的に正しく理解すれば、日本を理想的な古代＝古典中国にすることができるという確信が徂徠にはあったのだ。

これまで、昔と今の学問と学者の意味合いの違いを述べてきた。今の学問と昔の学問の根本的な違いを簡単にまとめると、今の学問はいわゆる科学的真理や歴史的事実に忠実だが、昔の学問は仰ぐべき書物（徂徠の場合なら『論語』）にそれこそひたすら忠実なのである。疑問を核におくのが今の学問、信仰に核をおくのが昔の学問と考えればよいだろう。そして、書物の正しい意味を見出していこうという行為、これが注釈なのである。徂徠の仕事からも分かるように、注釈とは、自分の全知識と知的センスを駆使した学問そのものであるが、同時に、きわめて創造的な思想行為でもあったことを忘れてはならない。実際、徂徠は儒学の知識をベースにして日本のみならず世界のすべてを論じているのだから。

2 日本四大古典

「日本四大古典」、こんなものは聞いたことがない、というのが大方の感想だろう。四大古典と命名したのは他ならぬ私であるから、まだ市民権も何も得ていない、見方によれば、いい加減きわまる名称である。

だが、根拠はある。私が四大古典に選んだ書物は、『古今集』・『伊勢物語』・『源氏物語』・『和漢朗詠集』である。ええ、どうして、という声が上がるのではないか。

たとえば、『万葉集』や『平家物語』が入っていないと鋭くつっこみを入れたくなる人もいるのでは。だがこの二つの書物については以下の理由で古典には入らないのである。

まず、『万葉集』は、藤原俊成《ふじわらのしゅんぜい》が尊んだものの、江戸期の国学によって改めて見直され、国民文学になったのは、『古今集』を徹底批判した（ということになっている）正岡子規以降の明治時代からである（品田悦一『万葉集の発明』、新曜社に詳述されている）。江戸時代までは『古今集』が和歌第一の書物だったのであった（故に子規は権威＝古典としての『古今集』を批判したのだ）。『万葉集』の注釈としては、主として読み方（なにしろ万葉仮名＝漢字で書かれているから）については鎌倉時代の仙覚《せんがく》（一二〇三〜？）というお坊さんの偉大な業績があるけれども、本格的な注釈は江戸時代最高の和学者といってよい契沖《けいちゅう》（一六四〇〜一七〇一）からである。中世では堂々たる古典ではなかったのだ。

次に、『平家物語』は応仁の乱以降、焼失した書物の再建運動に取り組んだ後土御門《ごつちみかど》天皇（一四四二〜一五〇〇）に献上された（明応三〈一四九四〉年七月、近衛政家〈一四四四〜一五〇五〉が天皇の命を受けて書写し献上した）が、それまで文化的帝王ともいうべき天皇家が持っていたことはなかった（足利義満〈一三五八〜一四〇八〉に献上されたという奥書をもつ『平家物語』があるが、事実かどうか不確かである）。『平家物語』は盲目の琵琶《びわ》法師が語る平曲（当時は単に『平家』と言っていたが）によって広まったと考えた方がよいと思われる。それは院・皇族・貴族・将軍までが楽しんだ（但し、天皇だけは、琵琶法師を近くに侍らせることは禁じられていた。おそらく琵琶法師が身分の低い存在と見なされていたからであろう）。加えて、歴代の室町将軍が愛してやまなかった能楽の題材の多くは『平家物語』が採られていることからも推察できるが、『平家物語』は芸能として享受されたのではないか。そして、古典でない決定的な事実は、『平家物語』には注釈がないことだ。

これらに対して、『古今集』・『伊勢物語』・『源氏物語』・『和漢朗詠集』は大量な写本群（『古今集』から『源氏物語』まではその後定本的役割をはたしたテクストに藤原定家が絡んでいる）に加えて、それこそどれだけあるか分からないくらいの注釈書を有している。注釈書があること、これが私の考えでは、古典であるか否かの分かれ目である。これは日本のみならず、古典的書物をもった前近代文明社会ではどこでもいえることだ。中国の四書五経、インドのヴェーダと言われるヒンドゥー教の経典類、イスラームのクルアーン（コーラン）・ハディースとよばれる聖典とアリストテレスのテクスト、ヨーロッパの聖書とアリストテレスのテクスト（アリストテレスのテクストはギリシャからアラビアに伝えられ、そこで翻訳された後、注釈がなされた。その後、ラテン語に翻訳されて、ヨーロッパのスコラ哲学に寄与したのだ）などはいずれも注釈書の宝庫である。

これを日本に当てはめると、先の四大古典になるのである。但し、このほかにも、『日本書紀』・『御成敗式目《ごせいばいしきもく》』・『職原抄《しょくげんしょう》』といったテクストも古典の名に値する。『職原抄』の注釈だけでも読むのにまあ一生かかるくらいあるようだ。

とはいえ、日本の古典の特徴と言えるものは、中国・インド・イスラーム・ヨーロッパが宗教・哲学のテクストが核にあるのに対して、日本は文学、それも和歌を記したテクスト（『源氏物語』でも和歌と有職故実を知るための読まれてきた面が大きい）が古典の中心となっていることだ。これは日本文化を考える上でも大事な点ではないだろうか。

四大古典について、さらに付け加えると、室町期において、とりわけ『古今集』～『源氏物語』は貴族ばかりではなく、生まれや身分があまりはっきりとしない人が多かった連歌師たちによって注釈・研究がなされたという事実である。東常縁《とうのつねより》（一四〇一～?）が始めた「古今伝授《こきんでんじゅ》」（『古今集』の二条派風の解釈を特定の個人に伝えていくこと）は、宗祇を経て、三条西実隆、実隆を経て、実隆の子供・孫（公条《きんえだ》・実枝《さねき》）に伝わり、それから、細川幽斎《ほそかわゆうさい》（一五三四～一六一〇）なる文武両道の武将を介して、智仁親王《としひと》（一五七九～一六二九）にいく。親王は後水尾天皇《ごみずのお》（一五九六～一六八〇）にそれを伝えたので、なんと、それほど著名でもなく、宮中や貴族社会とも無縁だった常縁の二条派の解釈は、結局、天皇家に入り正統的な注釈となったのである。その際、『伊勢物語』・『源氏物語』もほぼ同時に伝授されていくので、宗祇といった連歌師たちがいなかったら、はたして日本の古典および注釈が後代に伝わったのかという疑問さえ起こるくらいである。こうした民間の連歌師によって古典注釈が行われたということは、我が国の古典文化を考えるときに見落とせない点だと思われる。

連歌師たちが古典注釈に手を染めたのは、連歌を作るときに役立つだからだろうが、いつごろからか、深く注釈そのものにのめり込んでいったのだろう。藤原定家（一一六二～一二四一）の記した和歌入門書に『詠歌大概《えいがたいがい》』がある。大名や公家の書物を所蔵した文庫のみならず、ちょっとした蔵書家のお蔵にはまずこの本があると言っていいくらい普及した。この書物は室町期に古典化したが、それは宗祇が注釈を付けたからである。宗祇をはじめとする連歌師たちの活動は決して連歌だけにとどまらなかったことも銘記しておきたい。古典継承を担ったのは、天皇・貴族・武家だけではなく、連歌師たちがその中核にいたのである。

3 実際の注釈を見る

それでは、注釈の実際を少しばかり覗《のぞ》いてみたい。注釈というのは、語句の意味説明か、通常はそれで済むだろうが、実際は異なる。

『古今集』仮名序には「この歌、天地《あめつち》の開闢初《ひらけはじ》まりける時より、出来《いでき》にけり」（新大系、以下も同じ）という一節がある。和歌というものは、天地開闢《てんちかいびゃく》、即《すなわ》ち、世界が始まったときからできたのだという内容である。「仮名序」は和歌の原理論だから、ここで言われていることは真理だと昔の人は考えていた。しかし、注釈となると、様々な異説が現れてくる。

定家の息子である藤原為家《ふじわらのためいえ》（一一九八〜一二七五）は、このようにここを解釈した。

天地開闢の時よりいできにけりといふは、歌のことはりをいふなり。うたのすがたにはあらず。（『古今序抄』、『中世古今集注釈書解題』）

天地開闢の時には人間はいなかったと『日本書紀』には記されている。だから、為家は、人間はいなかった、つまり、歌というものはなかったが、その「ことわり」＝理はあったのだと言ったのだ。理という理念でものを考える習慣が古代日本にあったとは考えられない。為家はここで『詩経《しきょう》』（＝『毛詩』）の注釈書である『詩経正義』を用いて説明している。矛盾を解決する方法であるが、中国的な思考方法を導入してなんとか和歌の始源性を説明しようとした試みだと見ることができるだろう。

ところが、鎌倉後期と言われている（実際にはもっと下りそうだが）『毘沙門堂本古今集註《びしゃもんどうほんこきんしゅうちゅう》』という注釈書になると、これが大きく変貌する。それを記す前に、『古今集』のもっとも古い注釈である「古注」の注釈を見ておこう。そこでは、「天浮橋の下にて、女神、男神と成り給へる事を、言へる歌なり」としている。これはイザナギ・イザナミが天浮橋《あめのうきはし》の下で出会い、愛情ある言葉を掛け合って夫婦となり、日本を生んだという神話である。「古注」にしてみれば、実際の歌の起源をここに見出したのだろう。逆に言えば、為家はそれに対する反論だったのだ。

それでは、『毘沙門堂本古今集註』ではどうか。「古注」と似ているがやや異なる。

他州ヨリニハタヽキトイフ鳥来テ、尾ヲ土ニタヽクヲ見テ、メ神ハアフノキオ神ハ上ニナリテトツギヲシ初ケリ。此時《このとき》始テアナウレシアナ心ヨト云コトハ出来《いできた》レリ。此ヲヤマト言《ごと》ノ初トシテ思事《おもうこと》ヲ云アラハス。皆歌ト云也。（ルビ・濁点・句読点を加えた）

イザナミとイザナギはどうやって「トツギ」（＝男女の交わり）をしていいか分からなかったが、鳥のまねをしてできた（これは『日本書紀』の一書にある）、その時、「アナウレシアナ心ヨ」ということを言った。これが「ヤマト言」（日本語ということだろう）のはじめであり、思っていることを表している（「仮名序」の冒頭に「やまと歌は、人の心を種として万《よろづ》の言《こと》の葉《は》とぞ成《な》れりける」とあり、和歌とは人の心を言語化したものだとされている）から、これを皆歌と言ったのだ、というのである。かなり猥褻《わいせつ》な内容だと感じられた人もいるかもしれないが、この注釈を記した人はそのようなことはみじんも考えていない。一生懸命、「仮名序」に即して和歌の起源を考え抜いた結論がこれだったのだ。

最後に、室町期、最大の学者と言われた一条兼良《いちじょうかねら》の説を見ておきたい。兼良は儒教・仏教・道教（日本の場合は神道）が一致するという三教一致説《さんきょういっち》を信奉していた。だから、彼によれば、このようになる。

天先《まづ》なり地後《のち》にさだまる。是を天地開闢《てんちかいびゃく》となづく。然後《しかるのち》ニ、人その中ニ生ず。これを三才といふ。天地人のはじめは次第をたてたれど誠は同時には三にわかれたり。かならず其中に人も有しゆへに、天地人の三は同時にして出来たる也。人生ずれば、哥といふこわざもいでくれば、開闢の世より歌道は有《あり》といへり。（『古今集秘抄（古今童蒙抄）』、武井和人『一条兼良の書誌学的研究』）

天・地・人を三才《さんさい》というが、三才も兼良によれば同時発生となる。だから、人がいたとは書かれていないけれども、実際にはいたということになるのだ。つまり、天地開闢の時から人はいた、だから、歌もあり、「歌道は有」ったということになるのである。三教一致もむろん中国から来た考え方であるが、ともかく、兼良によって、仮名序にある天地開闢と和歌の起源の矛盾は解決した。しかし、兼良の説がその後支配的になったわけでもない。このような説もあるということだけである。

中世の注釈は最終的には、どの説が正しいかではなく、諸説集成に向かっていく。あらゆる説を知っていることが学者としての正しいありようだったからだろう。学者が物知りでなければいけない理由の一つである。

ほんの一例を見るだけでも、注釈の世界がいかに奥深いか、また、時に奇妙奇天烈《きてれつ》かが理解されただろう。これを近代の国文学は、「荒唐無稽」と言って馬鹿にして無視し排除してきた。しかし、このような注釈があったからこそ、『古今集』をはじめとする四大古典は正しく古典となり、後代に伝わったのである。決して荒唐無稽と済ませられるものではない。

近代の国文学を相対化するためにも、中世の注釈学は学ぶべき価値がある。学ぶというのがやや抵抗があるのなら、注釈の海で遊ぶという気分でその広大な世界に入ってはいかがだろう。

Lesson.3
古典的公共圏とは何か——和歌が滅びなかった秘密

1 公共圏とは

公共圏、「これって何?」というのがこの言葉を聞いて思いつく最初の感想ではないだろうか。公共といえば、公共交通機関から連想される私有ではない皆のもの、皆に共有されているものといった意味合いが普通想起されよう。しかし、ここには「公共」に「圏」なるものがくっついている。だから、一層のこと、何のことだが分からなくなるのではないか。ここでは、この言葉からはじめて、「古典的公共圏」という私が造語＝命名した「公共圏」のことを考えてみたい。

ドイツの社会哲学者にユルゲン・ハーバーマス(一九二九〜)という人がいる。多くの本を書いており、どれも皆難解である。ある人は現代思想のチャンピオンだと言っているから、きっと偉い人なのだろう。私も偉い人だとは思っているが、彼の民主主義観にはどこかついて行けないところも感じている。それはともかく、この人に『公共圏の構造転換』という本（翻訳では『公共性の構造転換』、未来社、原著一九六二年、翻訳一九七三年、改訳新版一九九四年）がある。ハーバーマスを一躍学界・思想界のスターダムに押し上げた本であり、事実上の処女作（博士論文）である。

その本のなかで、ハーバーマスは、二つの公共圏を上げている。

一つは、前近代的な「代表具現的公共圏（repräsentative Öffentlichkeit）」であり、もう一つが近代的な「市民的公共圏（bürgerliche Öffentlichkeit）」である。

のっけから、なにやら難しそうなことが書いてある、面倒だな、もう読むのをやめようかと思っている人がいるかもしれないが、もう少し我慢して付き合っていただきたい。なぜなら公共圏の問題は、私たちにとっても重要な問題だからである。

2　代表具現的公共圏の内実

二つの公共圏のうち、ここで議論するのは、最初にあげた「代表具現的公共圏」である。というのも、私の関心である古典や前近代と絡んでいるのがこちらだからだが、それにしても、「代表具現的公共圏」とはどんな意味なのか。まずもって、何が言いたいのか、皆目訳の分からない命名であり、誰がどうしたらこんな翻訳になるのか、不思議であるが、まずは、原文から見ておこう。

原文のrepräsentative（ドイツ語）は英語ではrepresentativeとなる。このrepresentativeは通常「下院議員」の意味で用いられる。ええ、また混乱してきた？悪いがもうちょっとだけお付き合いをお願いしたい。なぜこの単語が下院議員の意味になるのか、ここから説明していく。下院議員とは、ヨーロッパ議会では国民議会のことであり（上院は貴族の代表である）、「国民の代表」という意味である。これをとにかく押さえておきたい。

それでは、どうして「国民の代表」という意味になるのか。それを理解するために、この言葉を分解してみる。representativeはre＋present(ative)と分解される。re＝再び、present＝現れる、そこにいる、存在している、出席しているという意味だ。二つを合わせると、「再び現れる」という意味になるだろう。そこから下院議員の意味になるのは、そう難しくはない。「国民が再び現れている」状態が国民の代表という意味であり、それを具体的に示すのが下院議員になるからだ。国会でご活躍中の衆議院議員（これが日本の下院である）の人達は、皆さん国民の代表なのだ。彼らを馬鹿にすることは、自分たち国民を馬鹿にしているのと同じなのだくらいの良識をここで確認しておきたい。少なくともこの国も主権在民なのだから。

だが、「代表具現的公共圏」の「代表具現（repräsentative）」は下院議員のことではないし、国民を代表するという意味でもない。いったい何を代表しているか。またまた混乱してきたでしょうか。これについて、ハーバーマスは、以下のように述べている（重要なところには傍線を引いておいた）。

たとえば国民や特定の委任者たちの代理という意味での代理は、主君の具体的現存にまつわる彼の権威に或《あ》る種の「威光」を与えるこの代表的具現の公共性とは、まったく無関係なものである。国君が聖俗の領主たち、騎士や高僧や都市を左右に侍らせるとき（あるいはドイツ帝国で一八〇六年までまだおこなわれていたように、皇帝が諸侯や直参伯爵や直轄都市や修道院長を帝国議会に召集するとき）、それはだれかほかの者を代理する代議員の集会ではない。君主とその議会がとりもなおさず国そのもの「であるのであり」、これを単に代理するものでないかぎり、彼らは或る特殊な意味において代表することができる。すなわち、彼らは、彼らの支配権を人民のためにではなく、人民の「前で」具現するのである。

どうだろう、理解できましたか？　やっぱりというか、とてつもなく面倒くさい言い方をしているので、私なりに簡単にかつあっさり言い換えてみたい。

池田理代子氏（一九四七〜）の名作コミック『ベルサイユの薔薇』（宝塚歌劇で何度も上演された）の冒頭から少しいったところに、マリー・アントワネット（一七五五〜九三）とデュ・バリー夫人（一七四三〜九三）とが対立するシーンがでてくる。対立の中身は、デュ・バリー夫人が求めているのに、マリー・アントワネットは夫人に挨拶しないということだ。「なあんだ、そんなこと、無視されてるだけじゃない」とお思いかもしれないが、これが大問題なのである。結局、夫人は、手練手管を使ってマリー・アントワネットからの挨拶を実現させてしまう。だから、この勝負、デュ・

バリー夫人の勝ちとなったのだが、それでは、夫人にとって、どうしてマリーの挨拶が必要なのか、ここに「代表具現的公共圏」の秘密が隠されているのだ。

夫人にとって自分になされるマリーの挨拶とはマリーという一個人の挨拶ではない、このことを最初に理解したい。挨拶とは、王妃マリーにまつわる、目には見えないが確実に存在する、フランスの威光が自分にも及んでいることの証拠なのである。再び言い換えてみたい。マリーが挨拶によって代表するのは、いうまでもなく、フランス国民ではない。マリーは国民の代表ではないからだ。そうでなく、マリーの挨拶には、フランス国王ないしはフランスそのものの威光・栄光が意味されているのである。とすれば、夫人にとって、マリーから挨拶されることは、フランスに認められた、公認されたという意味になるのだろう。だからこそ、育ちが悪く愛人から貴族の正妻の座を得た夫人にしてみれば、何が何でもフランスに認められなければならないのだ。そこで、マリーに挨拶させるべく頑張ったということである。したたかながら、ある意味でけなげな態度ではないだろうか。夫人にはこの生き方しかできないからである。

ここから、この「代表具現的公共圏」がどんなものか、おぼろげながら理解できただろう。日本のテレビドラマで言えば、かつての『水戸黄門』にこれが典型的に示されている。ドラマの最後の場面、格さんは印籠を掲げながら、

この紋所《もんどころ》が眼に入らぬか～！こちらにおわすお方をどなたと心得る。おそれおおくも前《さき》の副

将軍、水戸光圀《みつくに》公にあらせられるぞ！一同、ご老公の御前である。頭《ず》が高い！控えおろう。と、皆に向かって威圧的に叫ぶ。すると、そこにいる人間は一斉に水戸黄門に向かって土下座をする。その後、悪の代表たる家老や廻船問屋《かいせんどいや》（大概二人はグルとなっているが）が退治されるという次第となるが、番組を見ているお父さんやおじいさんにとっては、日頃のフランストレーションを解消させることができる一等大事な場面がここである。このシーンのためにそれまでのドラマがあるといっても過言ではない。

だが、「代表具現的公共圏」の視点でこのシーンを見直すと、市井《しせい》の「ご隠居」から天下の「ご老公」に変身すること、即《すなわ》ち、そこに紛れもない「前の副将軍、水戸光圀公」こと水戸黄門（黄門とは「中納言」のこと、ちなみに副将軍なる言い方は存在しない）がその場に現れることによって、その場所が公共空間に変じてしまったことが判明するだろう。だから皆は土下座するのである。

水戸黄門がいることによって、通常の空間が制度的（身分的に秩序づけられた）公的空間に変わる。そうなるのは、言うまでもなく、水戸黄門が徳川幕府＝ご公儀の栄光を代表する存在だからである。そこにいるのは、単なる「ご隠居」ではなく、徳川幕府＝ご公儀の権威・権力そのものを示した「ご老公」なのだ。だから、悪家老も土下座をして控えるしかないのである（たまに刃向かい、助さん・格さんにやられるのもいるけれども）。

こうした場面やこうした公的空間のありかた、これがヨーロッパのみならず、日本においても、

というよりも、前近代文明社会の基本的なありようだったのだ。ハーバーマスによれば、

代表的具現の公共性の発揮は、人物の諸属性——位章（印綬《いんじゅ》と武具）、風貌（衣装・髪型）、挙措（会釈と態度）、話法（挨拶と一般に様式化された語法）——要するに「高貴な」態度の厳格な作法に結びついている。この作法は中世盛期をつうじて、宮廷的な徳の体系となって結晶した。

という。位章・風貌・挙措・話法といったものが「宮廷的な徳の体系」となり、それらがきちんとできていない人は、一人前に見なされないのだ。この辺から鋭い人は「品」なるものの本質が分かったかのではないか。品のよさ、上品とは、まさに「宮廷的な徳の体系」の「結晶」なのだ。決して人格などを言っているのではない。

3 古典的公共圏と和歌

ハーバーマスはこの本では、明確に述べていないが、教養も「宮廷的な徳の体系」の一つであった。だから、教養と品性は同根である。ヨーロッパ中世では記憶術が異様に発達したが、それは会話の節々にギリシャ・ローマ古典の一節をはめ込むためである。ある一節がはめ込まれて質問されたら、その答えも何かを嵌《は》め込まなければいけない。よって、古典の著名な語句・台詞・詩

は皆記憶しておかねばならなくなったのだ。

お隣の中国では、宋代以降、科挙《かきょ》という官吏《かんり》登用試験が制度化し、その試験問題が、『十三経《じゅうさんぎょう》注疏《ちゅうそ》』（儒教の全経典とその注釈、但し明代以降宋学の新注が基本テクストとなるが）の暗記、詩文の作成、書であったから、官吏＝士大夫《したいふ》になりたい人たちは、『十三経注疏』と古代以来の主要な詩文を暗記した。その結果、中国では、近代初頭まで古典文化が維持されてきたのである。古典の一節を手紙・詩・会話に引用するのは、彼ら士大夫にとってはごく当たり前のことであり、詩を自在に作れないと、おそらく士大夫の世界で生きることは難しかっただろう。反面、一生科挙に受からず、悲惨な人生を送った多くの受験生が生まれたこと、また、十九世紀以降、西欧に圧力に対して簡単に屈してしまったことも古典主義を守り続けた結果によることも否定できない史実である。対して、古典を捨てた日本は近代化に成功した。同時に、古典的教養や価値まで捨ててしまったが。

そこで、前近代の日本ではどうだったかを見ておきたい。延喜五（九〇五）年、『古今和歌集』が編纂されて、以後、永享十一（一四三九）年に完成した『新続古今和歌集』（文安四〈一四四七〉年に再奏覧）まで五百年以上に亙《わた》ってなんとか続けられて勅撰集《ちょくせんしゅう》の伝統が見事に物語っているように、科挙も高級官吏採用には一切用いられなかった日本においては、和歌が教養・素養の基本となっていた。

軍記・語り物研究者である兵藤裕己氏（一九五〇〜）は、以前、

『古今集』の勅撰とは、要するに貴族社会の共同化が天皇の名において一元的に規範化されたことを意味している。
（「和歌と天皇」、『王権と物語』、青弓社、一九八九年）

と論じた。これまたやや分かりにくい文章だが、かなり凄《すご》いことを言っている。私なりに言い換えてみると、『古今和歌集（古今集）』の編纂によって、天皇―貴族体制が和歌を核において完成したということである。つまり、和歌が天皇―貴族体制を繋《つな》ぐ役割をしているのだ。他のものでは駄目だということである。これによって、和歌ができないと、天皇―貴族体制に入ることが不可能となったのだ。

『古今和歌集』の頃は、天皇―貴族だけを和歌で繋いでおけばよかったのだが、後鳥羽院《ごとばいん》がぴったり三百年後に編纂《へんさん》させた『新古今和歌集』の時代になると、今度は武家（武士）が東国に独自の政権（鎌倉幕府）を立てていた。おそらく後鳥羽院はこれも兵藤氏が指摘するように、「本当の王はこの俺だ」というつもりで『新古今和歌集』を編纂させたのだろうが、かといって和歌＝天皇―貴族という限定はもう不可能になっていた。実際に、後鳥羽院の忠実な和歌の弟子が頼朝《よりとも》の息子実朝《さねとも》であり、実朝に実際に和歌を指南したのが当代第一の歌人藤原定家であったのであるから。

さらに言えば、白河院《しらかわいん》が院政を始めた応徳三（一〇八六）年に完成した『後拾遺和歌集』仮名序には、既に日本人なら身分の差なく誰でも和歌を読むと理念的に表明されていたのである。それが武士・僧侶が和歌を詠み出して具体化されていくというのが中世という時代であったと言ってもよいだろう。

鎌倉時代の中期から後期にかけて、まさにモンゴルが襲来してくる直前の弘長年間（一二六一～六四年）、鎌倉の地で、御家人後藤基政《ごとうもとまさ》の編纂になる『東撰和歌六帖《とうせんわかろくじょう》』なる私撰集《しせんしゅう》が生まれた。現在はごく一部しか残存していないが、春・夏・秋・冬・恋・雑の六部立で、おそらく二千首以上の和歌が収められていたと推測される。歌人は京都から下ってきた貴族もいるけれども、原則、鎌倉・関東にいた将軍をはじめとする武士たちである。また、執権を務めた北条家も多くの勅撰歌人を出しており、入集歌数では、貴族の最上位に位置する摂関家とそれほど変わらなかった。そして、室町期に至ると、遂《つい》に室町将軍が事実上勅撰集を編纂することになる。これを武家執奏《しっそう》と言うが、こうした事態など『古今和歌集』の頃には想像もできなかったに違いない。

武士と共に和歌に熱中したのが僧侶たちであった。醍醐寺では『続門葉和歌集《しょくもんようわかしゅう》』というやはり春・夏・秋・冬・恋・雑の六部立の私撰集が作られている。現在、失われた、僧侶編纂の歌集も多くあったことだろう。勅撰歌人および入集歌数はおそらく北条家の数倍いたと思われる（僧侶の方が武家よりも貴族社会に近いというよりも、貴族社会そのものでもあるので、これは当たり前なのだ）。私が調べてみたところ、六代将軍足利義教《よしのり》（一三九四～一四四一）が執奏した最後の勅撰集『新続古今和歌集《しんしょくこきんわかしゅう》』の恋部の十六％は僧侶が詠んでいるのである。僧侶が恋の歌を詠むのは、和歌が題詠となって、題を詠めばよくなったこと、即ち、歌人が自己をどんな立場にすることも可能になったことが大きいのだが、それにしても、和歌が僧侶の世界にも完全に馴染んでいたことがわかる事例ではある。

私は、和歌によって、「院・天皇―公家（貴族）・武家（武士）・寺家（寺社・僧侶）」が結ばれた世界を「公《おおやけ》」秩序と命名した。それぞれ職分・職掌《しょくしょう》・役割を異にした権力集団が和歌によって結ばれる。これが中世という時代から和歌が切り離されなかった最大の理由である。

足利家九代将軍であった義尚《よしひさ》（一四六五～八九）は、近江に出陣中、惜しくも二十五歳の若さで亡くなってしまうが、異常なほど和歌を好んでいた。近江の陣中でも歌会を開いているくらいである。義尚主催の歌会に特徴的なことは、武将と貴族のコラボレーションになっていることではないか。また、義尚の時代が始まった文明五年の二年後にあたる、文明七（一四七五）年に、貴族である甘露寺親長《かんろじちかなが》（一四二四～一五〇〇）が主催した『公武歌合《こうぶうたあわせ》』（貴族と足利幕府の公事奉行人〈＝官僚〉の歌合）はその意味で公武の出会いを象徴的に物語るものであったと言えよう。

それまで歌合や百首歌に将軍は入ってもそれ以外の武将はなかなか入らなかった、否、入れてもらえなかったのだ。しかし、義尚の『将軍家歌合』（文明十四〈一四八二〉年）などには武将が貴族と肩を並べて参加している。武将が堂々と和歌を詠み、歌合にも参加する、これが、応仁の乱という大混乱を経た室町中期において達成した、和歌による公武一体化の実像だったのではなかっただろうか（死によって中絶したが、『室町殿打聞』（『撰藻鈔』）が完成していたらとつい思ってしまう）。

ここで冒頭の「公共圏」に戻りたい。私は、前近代日本、古典日本といってもよいのだが、現在、古代・中世・近世と呼ばれる時代において、公共圏なるものがあるとすれば、それは天皇・摂関・

将軍を上位とする身分秩序を基本とする「代表具現的公共圏」であったと考えている。だが、「公共圏」はそれだけではなかったのだ。和歌、そして、古典（『古今集』・『伊勢物語』・『源氏物語』・『和漢朗詠集』）の教養を基盤とする「古典的公共圏」と言えるものも「代表具現的公共圏」に重なりつつあったのである。長く野蛮人扱いをされてきた武士も、古典的教養と和歌を詠む嗜《たしな》みを身につけて、古典的公共圏の一翼を担うようになったのである。つい頑張る武士を応援したくなる。

だから、そろそろ朝廷と幕府の対立といった分かりやすすぎる理解というか、ステレオタイプの当て嵌《は》めなどはやめて、どうして和歌が滅びなかったのか、どうして和歌は明治という近代社会になると短歌と変わったのか、それらを新たに考え直してみる方が日本の文化・歴史を考える上で意味があるのではないだろうか。

こうした地平から和歌そして古典にアプローチしていけば、きっと稔《みの》りある成果がもたらされるはずである。

Lesson.4

伝統の作られ方

1 ロッカーの出で立ちから分かること

「伝統」とは、通常は、あるべき文化・立ち居振舞い・観念であり、まさに正統の意味である。だが、既にそのものは失われているけれどもあこがれ慕う対象といった喪失感を伴ったものも伝統の中には含まれる（失われた伝統として）。どちらにせよ、概《おおむ》ね、プラスの意味で使われることが多い。

それでも中には、戦前の日本で屈指のエリート養成校であった旧制第三高等学校のモットーは、聞くところによれば、「伝統を破壊することが三高の伝統である」というのだから、伝統は正統ないしは権威であるが故に、破壊するに値する対象だということなのだろう。だが、これは大前提として伝統の正統性を認めた、言わば、ちょっとしたおちょくり、揶揄《やゆ》でもあったし、その背後にはこれを口にする旧制高校生の傲岸なエリート意識が貼りついている。だから、素直にその発言を受け入れることはできない（いやらしいのである）けれども、これに類する正統的なものに対するおちょくりは今でも場所を変えて様々なかたちで行われているはずである（いきすぎると、九〇年代に流行したポストモダンのように、すべてを無価値とする考えが横行する）。

今から四十五年以上も昔になる私の高校時代、大部分の生徒にとって好きな音楽と言えば、英米のロックかビートルズのごとき英米ポップスであった。そんな時、多数派につくのをよしとしないのか、マイナー三グループが発生した。各グループ間はほぼ非干渉・無関係ながらも（勝手にやっていたということである）、それぞれジャズ・クラシック・演歌のいずれかをこよなく愛し、少数派であった（＝今でいう「おたく」を誇りとしていた。演歌部門で言えば、森進一の曲を三十曲三番まで空で歌えるというのはなかなかのものだろう。なお、この手のマイナー人間が他の高校にもいることは大学に入学してから知った。マイナー願望は普遍的か）。

私自身は、と言えば、主流・少数派こもごもどのグループにも属さず、当時一部に流行っていたフォークソング（直訳すれば、「民衆の歌」だが、「民謡」ではない、言ってみれば、ポップス風演歌だろうか。岡林信康〈一九四六～〉が教祖だった。七十年の学生運動の影響で反戦歌が多かった。それを変えたのが吉田拓郎〈一九四六～〉と井上陽水〈一九四八～〉である）などが好きだったが、それはともかく、ここは主流派ロックに的を絞ると、英米のロッカーたちは、どうして髪が長く痩せていて、かつ、極度に目立つ派手な、言ってみれば、けったいな恰好《かっこう》（＝ファッション）を身に纏《まと》っているのかが、かねがね疑問だったのである。なぜなら、音楽さえよければ、姿形はどうでもいいと思っていたからだ（とはいえ、演歌歌手、フォークソングのシンガー・ソング・ライターもロックには及ばないが、独特のファッションを身にまとっているが）。極端なことを言えば、紋付き袴《はかま》、あるいは、力士のスタイルでロックを演奏してもよいではないか、と思っていたのだ。

その後、伝統の問題を考えていくうちに、ある時、ロックファッションの秘密がほぼ分かったのである。それはこういうことだ。ロックを生んだイギリスは、今でも貴族やお金持ちを中心とする上流階級が社会の主要部門を握っている階級社会である（ビートルズのように、たくさん税金を納めると貴族《サー》になれる社会でもある）。故に、日本の基準で言えば、中卒であるダイアナ妃〈一九六一～九七〉貴族出身のくせに、なんとも珍しいが）やヴァージングループのブランソン会長〈一九五〇～〉は庶民から人気があるのである。上流階級にいる人たちは、紳士《ジェントルマン》・淑女《レディー》と言い換えられ、男性の場合なら、TPOに応じて、スーツ・タキシード・モーニングといった正統的な服装を身につけ、上品な振舞いと言葉で社交の場に参加する。好きなスポーツも大衆が好むサッカーではなく、ラグビー・クリケット・ゴルフなどであったりする。

イギリスを代表する文芸批評家テリー・イーグルトン〈一九四三～〉の『アメリカ的、イギリス的』（河出書房新社、なお、岩波書店から出ている『文学とは何か』は、文学理論の基本書として、その方面に興味のある向きは必読書である。それが無理なら、これをパロディーにした筒井康隆〈一九三四～〉『文学部只野教授』〈岩波現代文庫〉くらいは読んでおきたい。但し、内容はやや下品である）は、彼の鋭い毒舌と分析で抱腹絶倒間違いない名著だが、こんなことが書かれていた。イギリス人は見た目でほぼ相手の階級の推測ができ、一言しゃべると完全に分かるという。他方、アメリカ人はさっぱり分からないらしい。たしかにブッシュ(息子)元大統領(一九四六〜)など田舎のいいおっさんという風体であった。

とすれば、ロッカーのファッションは、イギリス紳士・淑女および彼らの正統的文化・態度に対する反逆的表現であることが容易に推測できるだろう。ロックとはもともと反逆の音楽である。音楽自体もクラシックという正統に対する反逆である。ともかく、分かりやすい譬《たと》えで言ってみると、正統＝紳士・淑女対異端＝ロッカーの構図である。

もう一つ加えておくと、異端とは正統があってはじめて成立するということだ。中世ヨーロッパにおいて、普遍性を意味するカトリックに逆らった宗派が異端となったのである。だが、残念ながら、日本にはイギリスのような紳士・淑女はいても、上流階級といった存在は、敗戦と戦後改革でほぼいなくなった(偉い人たち、お金持ち、権力者はいるが、彼ら彼女らは上流階級ではない)ので、日本にはイギリス的な意味での正統は存在しない。となれば、正統もないのに、勝手に異端の格好であると考えている日本人のロッカーはイギリスのロッカーの真似《まね》をしているだけだ、ということになる。

おそらく、本来の意味が失われて、ロックスタイルというファッションが全世界的に広まったためだろうが、やはり、これは滑稽ではあるまいか。ドラえもんやピカチュウと異なり、ほとんど話の中身も知らないのに、ミッキーマウスを愛し、かの遊園地に繁く通う行為と同じく、戦後日本の無思想性・無節操性の一例とも言いうるだろう。

2 伝統の起源

それでは、イギリスの紳士・淑女の正統的振舞いはいつごろ生まれたのだろうか、大昔からか。実は、これはそれほど古くないのである。おそらくビクトリア朝（一八三七〜一九〇一年）あたりが起源かと思われる。早い話が近代社会になってから生まれたのである。そして、「伝統（tradition）」という言葉もほぼ同じ時代に誕生した。

伝統を意味するtraditionの原形は、ラテン語のtraditioであるが、これは手渡し（デリバリー）という普通名詞であり、今で言う「伝統」の意味はない。traditionが今の「伝統」の意味をもつのは、権威ある『ＯＥＤ（オックスフォード英語辞典）』によれば、十九世紀に入ってからである。なぜ十九世紀なのか。これは近代社会が本格的に展開しだしたのが他ならぬ十九世紀であり、世界的に見れば、それまで世界のなかで一等力があった大清帝国（中国）やオスマン帝国（トルコ）に代わって西欧（英仏）が世界の覇権を握るようになったのが十九世紀だったのだ。たとえば、アヘン戦争から始まる大清帝国の半植民地化、十七世紀に設立された東インド会社がインドを完全な植民地にしていったのが十九世紀である（インドは十九世紀後半にビクトリア女王〈一八九一〜一九〇一〉を君主に仰ぐ大英帝国の一員となる）、と考えると分かりやすいだろうか。

人類のそれなりに長い歴史において、中世から近代へ移行していった十九世紀ほど激しい変動に見舞われた時代はなかった。近代社会は、フランスを例にとると、フランス革命のスローガンであった「自由」・「平等」・「友愛」（これらはあくまでスローガンであって、今でもフランスの官公庁にはラテン語でうやうやしく掲げられてあるが、「自由」と「平等」の両立は不可能であるように、三者を同時に発展させることはまずもって不可能である）によって、それなりに人々は中世に較べると、自由になった。貧しい労働者はたくさんいるけれども、自由を奪われた奴隷がいなくなったのが近代社会である。国民国家（＝途中から植民地帝国）と資本主義（＝途中から帝国主義）経済によって、経済・軍事・科学技術・教育・文化といった広い分野で前近代には見られない広がりと発展がみられ（故に西欧が世界の覇権を握ったのだが）、過去に存在したさまざまな文化・精神・習慣などが急速に失われていった時代、これが十九世紀の近代社会というものであった。

そうした時、多くの人々は、失われていくものに対して、何か意味づけしたくなったのである。そうしないと過去と断絶されてしまうからに他ならない。そのような時、時代を超えて「手渡される」（＝継承される）という意味を込めた「tradition」（＝伝統）という単語が誕生したのであった。それとほぼ時期を同じくして、紳士・淑女の服装や振舞い、紳士・淑女の服装や振舞い、テーブルマナー、言葉遣いから始まって、文化遺産、古い文学などを「伝統」という言葉で表現するようになり、それはよいもの、上流、そして、正統的なものとなったのである。ちなみに、古典（classics）の class とは、言うまでもなく階級の意味であり、上流階級の読むもの、親しむものが、ヨーロッパにおいて、本来、古典というものであった。

ところで、漢字の「伝統」という言葉はどこで生まれただろうか。それは日本であると断言できる。漢字の本家である中国には「伝統」という単語はもともとない。とはいっても、『魏志倭人伝』には「伝統」という表現はある。だが、それは、「統を伝ふ」と読み、まとまった意味をもつ単語ではない。しかも、日本の王の継承を論じたくだりで出てくるのである。

tradition に相当する「伝統」という言葉を作ったのは明治の日本人である。彼らは、西欧の同時代の文章から、十九世紀的な意味をもつ tradition と出会い、それを「伝統」と訳したのだろう。それまで日本には伝統という言葉は中国同様になかった。だからといって、伝統に近い意味を持つ言葉や態度がなかったわけではない（古典籍や骨董品《こっとうひん》などといった古いものを尊び、古風なものを慕うのは、近世の日本人の考え方の基調であった。国学もその一つである）。ちなみに、現在の中国では、「伝統」は日本と同じ意味で使われている。清朝までの中国を traditional China（伝統中国）と呼ぶのは、ほぼ世界的な傾向である。

3 作られたものとしての伝統

日本における「伝統」が西欧起源なら、「古典」（classics）も概ね西洋起源である。江戸時代の代表的な国学者である本居宣長《もとおりのりなが》（一七三〇〜一八〇一）は『玉勝間《たまかつま》』で「古典（イニシヘブミ）」といったが、この言い方は宣長からであり、それ以前には、六国史や『太平記』に中国の古典的書物を意味する言葉としては出てくるが、今でいう古典文学という意味はない（なお、宣長は天文学などについては西欧の学問に触れていた）。こちらも明治以降、国文学なる学問を芳賀矢一（一八六七〜一九二七）が始めたことと絡んでいるだろう（彼は国文学の根幹に文献学を置き、ためにドイツに留学したのである。日本の古い文学の研究方法は、なんと当時の学術先進国であったドイツからもたらされたのである。Part.5 の 1,3 を参照されたい）。

以上から、伝統とは、近代になって過去の文化や精神が次々に失われていったが、それらへの哀惜の念が反転して、今度は正統に押し上げられたものなのであった。言い換えれば、過去のものを失っていくと、人間や人間によって構成される様々な集団はアイデンティティー危機に陥ってしまうのである。根無し草になるということだ。それを防ぎ、我々は偉大な過去としかと繋《つな》がっているのだという思いが伝統なるものを作り上げたのである。だから、伝統とは作られたものである。イスラーム過激派と呼ばれる集団も『コーラン』の言葉と彼らの考えるイスラームという伝統にとにかく忠実でありたいと思う人たちによって構成されており、アメリカの福音派、イスラエルの超正統派と、危険度はさしおいて、原理主義的な態度としては同様の人たちである。

だが、ここで勘違いしないでいただきたいのは、作られたものとしての伝統だからこそ、価値があるということである。人間が行ってきたもので、自然に生まれ、自然に続いたものなど一つもない。あらゆるものは、作られたものなのだから、そうとも言えるが、それだけではない。

江戸時代で一等頭がいい人は誰か、と聞かれたら、私は、荻生徂徠《おぎゅうそらい》（一六六六〜一七二八）か、新《あら》井白石《いはくせき》（一六五七〜一七二五）だ、と答えることにしている（残念ながら宣長は入らない。理想の上司と聞かれたら、これは徂徠が仕えていた柳沢吉保《やなぎさわよしやす》〈一六五八〜一七一四〉となるだろう）。その一人である徂徠は、宋学（＝朱子学）を批判して古文辞学《こぶんじがく》なる儒学の一派を打ち立てた人物だが、彼がこんなことを言っている。儒学で言う「道」とは天然自然にあったものではない、先王と呼ばれる理想的な君子が作りだしたものであると（『弁道《べんどう》』、「先王の道は、先王の造る所なり。天地自然の道に非ざるなり」、『思想大系』）。

道徳や倫理、あるべき生き方を示す言葉である「道」が実は作為の産物だったというのは、当時においては驚きを以て迎えられたはずである。人には疑問をもたずにそう思っていること（ヨーロッパの哲学では、「ア・プリオリ」という、吉本隆明〈一九二四〜二〇一二〉が「共同幻想」と呼ぶものもこれに近い）がかなりどころか厖大《ぼうだい》にある。たとえば、親は子供を愛するものだとか、人を殺すのはよくないとかもそうである。だが、子供を殺す親は少ないけれども存在するし、世界中で毎日かなりの人間がさまざまな理由で殺されている。そのような行為に対して、「道」から外れているというのは簡単であり、原則的に正しいのだが、そのように言い主張する人は、実のところ、「道」そのものをあまり考えていないのである。ということになっているから、ということで納得しているだけである。通常はそれでよい。

たとえば、なぜ人を殺すのはよくないと、理窟で説明していくと仕舞には破綻するからである

（蚊は殺してもよいが、人間は駄目なのは、人間が蚊よりも価値があるからか。だったら、その価値とは何か。蚊だって生きる権利と事情があり、それは人間とさして変わるまい。だから、殺すことの意味と根拠を徹底的に考えていくと、訳が分からなくなるはずである。その意味で、反捕鯨団体が言う、利口だから鯨を殺すのは駄目だというのは理窟になってない。体《てい》のよい、日本人差別の感情が底辺に流れているのではないか）。とにかく駄目だ、と強制的に教え込むしかない（倫理の根元は理窟や論理で説明できないものである）。

そのような時、徂徠は、「道」は先王という人間が作り出したとあえて考えることによって、まず、儒学から通俗的な道徳・倫理性を追放し、その代わりに核としての政治（＝天下を安んずる道）を抽出した。次に、中国の先王が作ることができたのであれば、我々日本人も作ることができるはずだと考える。そして、中国人のように漢文を中国語風に読み、その意味も中国古典のコンテクストにおいて確定していく（そこには文献学的厳密さと徂徠の狙いというか野心が混合＝融合しているが）。そうして、彼は、江戸時代の日本を理想の古代中国のような国にすることができると考えるのである。むろん、そんなことは実現しなかったけれども、前近代の人間で徂徠ほど、「道」という伝統的な価値を作られたものであると捉えて、それを今度は我身のものにしようと考え抜いた人はいない。伝統はこうしてみると、融通無碍《ゆうずうむげ》、自由自在であり、我々は伝統をおのがものとして実践しうるのである。

最後に、難解な『荒地《あれち》』という詩で現代詩を変えてしまったT・S・エリオット（一八八八～一九六五）はこんなことを言っている。新しい文学が定着するとは、それが伝統の中に組み入れられたことである、と。前衛的な詩をものしながらも、エリオットは保守思想の持ち主であり、伝統なるものと革新なるもの（新しい文学）を対立物と考えないで、どこかで革新なるものが伝統なるものと一体化する場を夢想していた。

このように言うエリオットの伝統も、やはり作られたものだろう。そして、それは、新しい文学に価値を賦与する、目には見えないが、あるべき過去の総体である。ある新しい文学がしばらくして消えてしまったら、これは伝統に拒絶されたとエリオットなら考えるのである。エリオットの伝統もお定まりの固体的存在ではない、新しい文学をも取り込んでいく自由と包容力をもっているのだ。むろん、取り込まれない、即《すなわ》ち、定着しない作品は黙って消えろと言っているのだろうが。

伝統は作られる。しかし、徂徠やエリオットほど積極的に意味付け、捉え返しをしなくても、人間は誰しも作られた伝統ないしはそれに近い起源なるものがないとふらふらして落ち着かなくなるのである。

そこから、改めて伝統なるものを考え直してみてはいかがだろう。これは歴史と伝統をもつ国に生まれた日本人の運命だと言っておきたい。

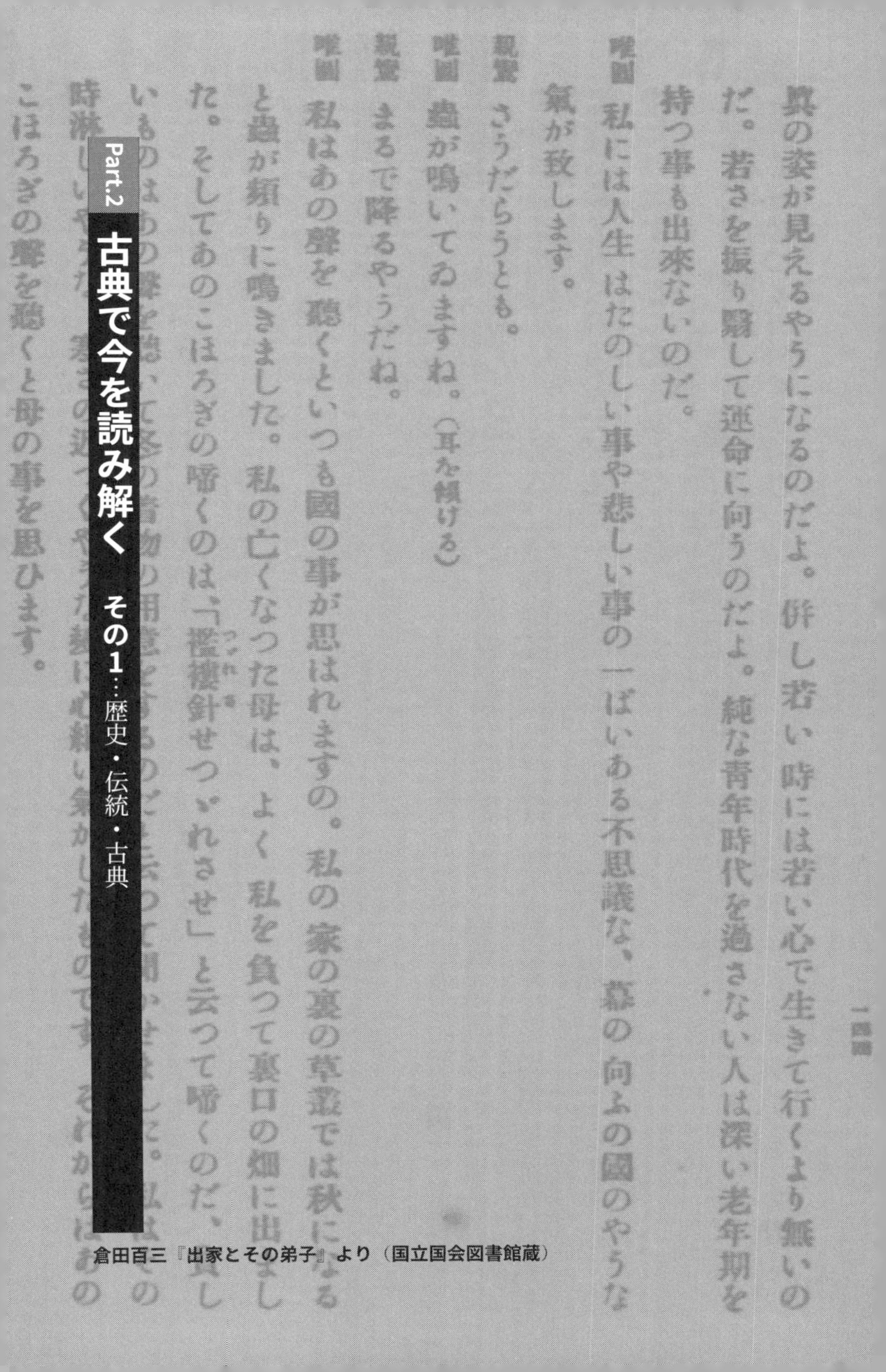

與の姿が見えるやうになるのだよ。併し若い時には若い心で生きて行くより無いのだ。若さを振り翳して運命に向うのだよ。純な青年時代を過さない人は深い老年期を持つ事も出來ないのだ。

唯圓 私には人生はたのしい事や悲しい事の一ぱいある不思議な、幕の向ふの國のやうな氣が致します。

親鸞 さうだらうとも。

唯圓 蟲が鳴いてゐますね。(耳を傾ける)

親鸞 まるで降るやうだね。

唯圓 私はあの聲を聴くといつも國の事が思はれますの。私の家の裏の草叢では秋になると蟲が頻りに鳴きました。私の亡くなつた母は、よく私を負つて裏口の畑に出ました。そしてあのこほろぎの啼くのは「襤褸《つゞれ》針《さ》せつゞれさせ」と云つて啼くのだ、と貧しいものはあの聲を聴いて冬の着物の用意をするのだと云つて聞かせました。私はその時淋しいやうな、寒さの近づくやうな氣に心細い氣がしたものです。それからはあのこほろぎの聲を聴くと母の事を思ひます。

倉田百三『出家とその弟子』より（国立国会図書館蔵）

Lesson.1

「日本共産党」の古典的意義

1 日本人にとって思想やイデオロギーは倫理に他ならない

今村均《いまむらひとし》（一八八六〜一九六八、陸軍大将）の佐倉連隊長時代（一九三二〜三三年）、連隊に所属する兵士が師範学校在校時にストライキを起こして退学させられた廉《かど》で陸軍刑務所に収監されるという事件があった。この兵士は共産党とは無関係であったし、共産党も、この時期となると、検挙と転向で統一的な活動などできていない。しかも、入営前の事案で禁錮二年はひどすぎる話だが、それほど陸軍は「アカ」＝共産党を警戒していたのだろう。その時、今村は、刑務所に赴いて、部下のために、一冊の本を差し入れている。それは倉田百三《くらたひゃくぞう》（一八九一〜一九四三）の『出家とその弟子』（一九一六年）と『絶対的生活』（一九三〇年）であった。このうち『出家とその弟子』は大ベストセラーではあったが、既に刊行から十五年以上経っている。今村がこの本を選んだ理由は分からないけれども、『歎異抄《たんにしょう》』に基づき悪人正機説《あくにんしょうき》を前面に出したストーリーが悩める一時期左翼がかった兵士を正気にさせるものと認識されていたのだろうか。たとえば、こんな台詞《せりふ》はどうだろうか。

唯円《ゆいえん》　世の中は若い私たちの考えているようなものではないのでしょうね。

親鸞《しんらん》「若さ」のつくり出す間違いがたくさんあるね。それがだんだんと眼があかるくなって人生の真の姿が見えるようになるのだよ。しかし若い時には若い心で生きて行くより無いのだ。若さを振りかざして運命に向かうのだよ。純な青年時代を過ごさない人は深い老年期を持つ事もできないのだ。

唯円　私には人生はたのしい事や悲しい事のいっぱいある不思議な、幕の向こうの国のような気がいたします。

親鸞　そうだろうとも。　（新潮文庫）

加えて、親鸞（一一七三〜一二六二）が放蕩《ほうとう》に明け暮れた善鸞《ぜんらん》（生没年未詳）を臨終間際に許したように、兵士も許される存在であることを示唆したかったのかもしれない。

今村は、陸軍士官学校に中学から進学した組（彼の学年〈十九期〉だけ陸軍幼年学校出身者がおらず、全員中学組だった。これは今村にとっては幸いだっただろう）に属するが、裁判官であった父の突然の死によって一橋大予科や旧制高校受験を諦め、授業料のかからない陸士に入学したとはいえ、マルクス主義他反体制的思想に共感をもったことは一度としてなかっただろう。だから、この手の書物を与えて、別の選択肢を示すのではなく、再度じっくりと我身と向き合えと言いたかったのではないか。その後、兵士は無事、原隊に復帰した。

日本共産党の問題をめぐって、妙なところから筆を起こしたのは、他でもない。日本における左翼のみならず右翼まで含んだ思想やイデオロギーのもつ意味合いをまずは押さえておきたかったからである。

それは何か。日本人にとって思想やイデオロギーとは、論理や理念ではなく、倫理に他ならないということである。倫理だから立派だとか下らないと言うのではない。倫理だから、より一層面倒だと言いたいのである。それは、宗教や信仰に近い頑《かたく》なな心性をもっているからである。

適例が浮かばないので、私の体験談で代替させよう。私が以前勤めていた職場のトップは、それほど知られた存在ではなかったが、東大法学部卒、東大社会科学研究所の元所長という、いわゆる学者エリートであった。そして、紛れもない左翼であった。人間的には申し分のないいい人であって、私とはなぜかうまが合い、よく話をした。一度、意地の悪い質問をしたことがあった。

先生はどうして左翼になられたのですか、ひょっとして貧しい人たちが気の毒だったからでは？

この失礼千万な、かつ、人の内面をからかうような問いに対して、先生はあっさりと答えられた。

その通りでございます、

と。その後、先生の若い頃のご論文は、講座派の影響が大きいですね、という問いについては、

いや、労農派からの影響もありますよ、

とお答えになったのだ。私はこの問答を通じて、二つの未知の事実を知ったのである。一つは、「先生」にとって左翼思想とは上から目線ではあるものの貧民救済への切実な願いから発したものであること、もう一つは、さすがにエリートであるから、講座派（日本資本主義において、天皇制国家の絶対主義的性格や地主—小作の半封建的性格を強調したマルクス主義のグループ。日本共産党に近い）か労農派（日本資本主義において、講座派に対して、近代的、ブルジョア的性格を強調したマルクス主義のグループ。戦後の日本社会党に近い）かといった党派的な選択肢は存在せず、使えるものは何でも使うという実にプラクティカルな態度によって左翼の方法論と付き合っていたという二つである。両者は一見矛盾するようだが、「先生」の中では全く矛盾はなかったはずである。一等大事な動機は、鼻持ちならぬ上から目線とはいえ、貧しい人たちに対する同情・憐憫《れんびん》と一体化した社会的な倫理である。その後に

続く具体的な方法論についてはケース・バイ・ケースで使い分ければそれでよいと考えていたということだ。その上で、自分の展開する論がどう転んでも左翼の枠組みを超えることはないという見通しもあったのではないか。

「先生」のようなエリートではない、通常の左翼は、動機と方法論が一体化し、党派性が前景化している人がままいた（し今もいる）だろうが、ここで大事なことは、左翼とは思想ではなくて、何よりも倫理だということである。むろん、右翼も倫理である。但し、こちらときては理屈など言わないから（なぜ貧民が発生するかといった問題をめぐる体系的な議論など）、倫理即行動となりやすく、通常のインテリからは忌避の対象となる場合が多い（戦時中、右翼になった講座派の平野義太郎〈一八九七〜一九八〇〉などもいたけれども）。他方、「先生」の場合は、周囲で目にしたり、耳にしたりする貧しい人たちのことを知って、なんとかしてあげたいと思い、そこから左翼思想に親近感を抱いたのであり、左翼思想に染まっている人を少なくとも右翼思想や無思想人間に比べて、倫理的に立派な人間、ヒューマニズム溢《あふ》れる信頼に足る人間であると信じていたと思われる。とはいえ、さすがに天下のエリートであったから、東大法学部内ではどちらかと言えば右に位置した法制史家の石井良助《いしいりょうすけ》（一九〇七〜九三）に対しても、どんな立場の人間の意見にも耳を傾ける人だったと実に好意的な評価を与えていた（実際そうだったのだろうが、思想で人を評価しないということである）。つまり、こうした柔軟な、通常の言い方によれば、リベラルな思考をできる人間でも、左翼とは何よりも倫理だったということである。

かつてストライキを起こした兵士を真人間にするために差し入れされた書物が『出家とその弟子』であったことは、左翼とは一切無関係だった今村にとっても、思想とは倫理だということが実のところ分かっていたのではないか。宗教戯曲と言うよりも人生を考える対話劇である本作品も読者の倫理にぐさりと食い込み、改めて自己なるものを考え直す縁《よすが》となりうるのである。

してみると、日本共産党を支えてきたのも、共産党なるものに対する倫理的シンパシーからまだ逃れきっていない人たちだったのではあるまいか。その意味で、利害が優先する自民党・民進党（当時）支持者（これも色々いるが）と比べて、より信仰共同体に近い存在となるだろう。正反対の立場にある宗教団体を背景に持つ与党・公明党と存外どころかかなり近い性格をもっているのである。

2 「日本共産党」、その不寛容の伝統と根拠

Monarchie（＝monarchy）が「君主制」ではなく、「天皇制」と訳され、さらに「絶対主義的天皇制」と巨大化させせられたばかりか、大地主・独占資本とも一体化し、打倒の対象となったのは、いわゆるコミンテルンの三二年テーゼ（ソ連の共産党本部＝コミンテルンが日本共産党に向けて出した指示命令文書）においてであった。戦前・戦後の共産党の世界観は、ほぼこれに従っている。いわゆる講座派的世界観である。その意味で、戦後、アメリカべったりの自民党を批判する資格は共産党にはない。

だが、そうではない人もいた。その一人が、近時、辻井喬《つじいたかし》（一九二七～二〇一三）が『風の生涯』という伝記小説で描いた、戦後、財界四天王、フジサンケイグループの総師となった元共産党員水野成夫《みずのしげお》（一八九九～一九七二）である。水野は、「天皇制」を肯定していたために、一九二八年三・一五の一斉検挙で逮捕された後、転向第一号となり、詩人浅野晃《あさのあきら》（一九〇一～一九九〇）と共に、二九年に天皇制下の共産主義運動を標榜して、「日本共産党労働者派」を設立した（その後、ぽしゃり、水野は翻訳家から財界人に変貌していく）。水野の転向は、三二年テーゼ以前のことであるから、二七年テーゼも含めて、コミンテルンに盲従する共産党指導部に根源的な違和感があったのだろう。違和感の正体は、「天皇制」ということばが、単なる社会科学・歴史学用語ではなく、政治スローガンであったことではないだろうか。つまり、そこには「打倒すべき」（天皇制）という目標が予《あらかじ》め含意されていたのである。もっと言ってしまえば、そのような目標は日本の国制《コンスティテューション》・国体にそぐわないと水野には映ったのである。「先生」同様の倫理をもって共産主義者たらんとしながら、他方、天皇制度に対しても倫理的な親和感を捨てきれなかった水野の矛盾は、共産党に巣くう信仰共同体とは無縁であり、戦前の良識的インテリの達成点を示していよう（浅野晃はその後戦争賛美詩人となったが、水野はそれには荷担せず、戦後徹底的に批判された浅野の面倒を見た。立派である）。

共産党時代、水野の兄貴分に当たる福本和夫（一八九四～一九八三）は、一時期、「過程が過程する」といった言い回しに典型的な独自の難解極まる福本イズムで共産党員・シンパ（とりわけ若手）の圧倒的支持を得た。だが、二七年テーゼで批判されて共産党内の地位を失い、水野と同様に三・

一五で逮捕され、こちらは不転向を貫いたのが祟《たた》って、一九四二（昭和十七）年まで獄中にあった。若い頃、独英仏三カ国に留学し、かの地で左翼文献をすべて原語（福本に拠《よ》れば、ドイツのハイパーインフレのおかげで、大量の書物が恐ろしいまでの廉価で購入できたとのこと）で読み、レベルはともかく、借り物、翻訳ではなく、自分のことばでマルクス主義を語り論じたはじめてのマルクス主義者であった。だが、その福本にしてもコミンテルン権威の前にはいとも簡単に葬り去られてしまうのである（むろん、福本自身は自伝で語っているように、コミンテルンに負けた自覚はない）。福本は水野と異なり、戦後も共産主義者であることを捨てなかったが（やっていたのは捕鯨史・からくり史をはじめとする日本ルネッサンス史論だったとはいえ）、この手のオリジナル溢《あふ》れる魅力的な人間をコミンテルンの意向だけで日本共産党は追放したのである。上位の組織に従順であり、かつ、かつての仲間であれ同志であれ、一旦《いったん》敵対すると排除し、それのみならず、徹底的に批判を加える体質は今も継続していると思われるが、こうした体質がどこから生まれているのかと考えると、おそらく答は、非合法下の政党という性格が出発点からあったためではないだろうか。

つまり、政府からは敵対され、弾圧される対象であるが、それ故に、倫理と使命感は人一倍強い革命政党、否、秘密結社に近いということである。しかも、コミンテルンという絶対無謬《むびゅう》の「神」までいるのである。最終的な判断はコミンテルンが決めるから、それに逆らう人間はいとも簡単に排除してしまう。戦後、公認政党になってからは、コミンテルンからは独立したと言っているが、今度は内部でさんざん揉《も》めた末に宮本独裁体制になっただけのことである。宮本顕治（一九〇八

〜二〇〇七）がコミンテルンの代わりに「神」として君臨した。その余光が現在の体制だろう。ということは、非合法時代に作られた体質から逃れきっていないということである。それはこれこそ共産党なるもののアイデンティティーだからだろう。故に一定の力を持つかもしれないが、得体の知れない雰囲気もなくならないので、おのずと限界がある。一部の領域（たとえば、歴史学会など）には進出しても、キリスト教系の学校（小中高大）がほとんど信者を増やさなかったように、共産党系の歴史学者が書いたものもさして国民の歴史観に影響を与えていない。但《ただ》し、歴史学のために弁護すると、今日、共産党と同じことを言っている共産党系歴史学研究者はほとんどいない。実証と方法で実質マルクス主義歴史学は過去のものとなっている。だが、共産党と完全に縁を切った歴史学者（多くは老研究者）もそれほどいない。やはり若き日の倫理（それに加えて深い感動）と様々な人間関係のしがらみが今も彼らを拘束するのだろうか。その一途《いちず》さをおそらく彼らは、自己と共産党との間に存在する深刻な諸矛盾を覆い隠して、プライドとしていると思われる。

3 日本の伝統から生まれた「日本共産党」

それでは、共産党的構えは近代日本特有のものか。答は否である。

室町・戦国期を見渡して、最大の富をもち、かつ、動員力では戦国大名クラスであった在野権力は本願寺（一向宗）である。但し、一般的なイメージとは裏腹に、本願寺は、同じ真宗の高田派とは甚だしく対立し戦争に及ぶけれども、真宗以外の宗派や大名とはうまくやっていく能力をもったしたたかで柔軟な教団でもあった。本願寺の資金で即位後二十一年めにして漸《ようや》く即位礼を挙行しえた天皇（後柏原天皇）もいたくらいである。他方、信長との間で十年以上に及ぶ本願寺戦争を繰り広げたように、一揆における最大勢力でもあった。その時、蓮如（一四一五～九九）の子蓮淳（一四六四～一五五〇）の書状に「一念ニたすからむとする其御恩の難有さニハ、一世の身命をすてんハ、物の数ニあらず」とあるように、命のことよりも「信を得て「仏」になるという救済の是非こそ重要」（金龍静〈一九四九～〉『一向一揆論』、吉川弘文館）だという教えは、門徒を一揆に引き込み、果敢な戦いに向かわせる動因になったことは間違いないだろう。

真宗他派との壮絶な戦い、内部の異端を見つけ出し直ちに排除していく姿勢、そして、「仏」になるためには命を捨ててもよいとする構え、こうした「一向」性＝排他性をもつ集団は、実は、前近代日本にも存在したのであり、その流れは、思想は異なるものの、幕末の水戸天狗党、さらには、西南戦争の薩軍《さつぐん》にまで脈々と受けつがれていった。こうしてみると、日本共産党もかかる日本の伝統から生まれ出たと見做《みな》してもよいのではないか。そこに、日本共産党の古典的な意義がある。

だが、真宗が宗教界のトップに立ったのは、江戸期以降、大人しい体制宗教になってからのことである。日本共産党は身に染みついた古典的な構えを今後捨てることはあるのだろうか。おそらく無理であると思われる。

Lesson.2

アメリカ、「新大陸」における伝統とは何か

1 dreamが妄想ではない国

前にも触れたが、頭が素晴らしくよく、皮肉も超一流なのになぜか左翼である（やはり倫理か）テリー・イーグルトンの『アメリカ的、イギリス的』にはこんな件がある。アメリカではdreamがなぜか肯定的に受け取られている。「俺にも夢があった」など。しかし、イギリスでは、「夢みたいなことを言うな」と親に言われて子供は大きくなるのに、と。

私は、これを読んで「なんだ、日本とイギリスは同じじゃないか」と大いに膝を打った。私も幼少期亡父から「おい、何を夢みたいなことを言っているんだ」とちょいちょい怒鳴られたものだ。夢＝妄想という図式は子供の頃に叩《たた》き込まれていた。その一方で、学校や世間では夢を肯定的に語る言説（これはアメリカの価値観が浸透した面があるだろう）もそれなりに瀰漫《びまん》しており、両説のうち、

はたしてどちらが本当なのか最初の頃は悩んだものであった。しばらくして亡父の認識に落ち着いたか。

イーグルトンによれば、イギリスの労働者階級では、目立たないように世間の掟《おきて》に従って生きよと子供に教えているらしく、これまた、自己主張を全面的に肯定し推奨するアメリカの社会とは大いに違っている。もっともアメリカの黒人社会ではイギリスの労働者と同様以上の徹底的な守りのしつけがなされているようだが（渡辺由佳里「白人が作った「自由と平等の国」で黒人として生きるということ」『ニューズウィーク』、二〇一五年十一月十一日付）、日本でも本来イギリスの労働者と同様の生き方をよしとしていたのではなかったか。世間様に対して申し訳ないという言い草がそれである。

イーグルトンの快著から分かることは、日本とイギリスは歴史と伝統を有した、言い換えれば、一見不合理・不条理に見えようとも、世間の振舞い方にはそれ相応の知恵が詰まっているから、よしとせよと皆が自然に思っていた社会であった（その意味で二〇一六年六月の欧州連合〈ＥＵ〉からのイギリスの脱退〈Brexit〉によって、イギリスは栄光の孤立に戻ったのか、それとも、ポピュリズムの力で衰退が決定的となったか、興味深いものの、どうやら伝統の叡智による統治はイギリスでもとっくに終わっていたようである）。ともかく、目立たないようにして生きることは、他人から嫉妬されず、馬鹿にされずに生きられるということでもあり、本人にとってそれほど損ではないのだ。まして、誠実でまじめときたら、なんとかうまくやっていけるのが世間というものであった。

他方、アメリカときては、アメリカン・ドリーム（もっとも、大概の場合は郊外に一戸建て住宅を建てる程度らしいが）という言葉が端的に示すように、夢は妄想であってはならない。それは高く掲げ実現されるべきものとしてある。夢に向かって生きる、これこそアメリカン・ライフである。

だが、言うまでもなく、宝くじに滅多《めった》なことでは当たらないように、自分の夢を実現できる人もほとんどいない。たとえば、億万長者のアリストテレス・オナシス（一九〇六～七五）はまさにアメリカン・ドリームの体現者である。だが、山内昌之氏（一九四七～）のコラムによれば、なかなか凄まじい生き方なのだ。オナシスは現在のトルコに生まれたギリシャ人である。エリア・カザン（一九〇九～二〇〇三）もそうだが、トルコにはギリシャ人がそれなりに多く住んでいた。ギリシャがオスマン帝国の属領だったからである。オナシスの父はギリシャ独立運動に参加した廉《かど》で官憲に捕まり、入獄していた。オナシスは父が出所できるために懸命の努力をし、結果的に父は解放されたが、息子には一切感謝の念がなかったという。そこで、オナシスは、ここまで尽くしても一切感謝もしない人がいるのだと深く胸に刻んで、ギリシャを捨てニューヨークに向かい、そこで成功した。この成功物語から諒解《りょうかい》されることは、アメリカン・ドリームを実現できた人たちの多くはオナシス並みの痛烈を超えた体験をし、それによって、自己のリアルな世界観と行動原理を獲得した人たちではなかったかということである。さらに言えば、そのような人たちの中でもごく少数だけが夢を実現しえたに違いない。アメリカン・ドリームと安直に言ったところで、大概の人たちにとっては、現実的には郊外の一戸建て、それも不可能なら、せいぜいディズニー・ランド等で作られた夢の世界をほんの一瞬追体験する類だったのではあるまいか。

だからといって、夢の世界に浸っていられる人もいるが、そうでない人もいる。たとえば、テネシー・ウィリアムス（一九一一〜八三）の『ガラスの動物園』やアーサー・ミラー（一九一五〜二〇〇五）の『セールスマンの死』のような芝居は、とてつもなく暗くて、救いが皆無の世界である。このタイプの演劇が「芸術的」とされているのも、アメリカならではないだろうか。そこに描かれるのが人間のある面の真実であるとしても、見ていて滅入《めい》るだけの芝居から醸し出されるのは過度のリアリズムが作り出す残酷そのものの世界である。たしかに、これらは、楽しくはらはらどきどきするものの、最後は一件落着するハリウッド映画やミュージカル、そして、ディズニー・ランドの夢の世界の対極に位置するから、私はやや否定的だが、芸術になるのだろうが、それでもやはり、言っておきたいのは、なんともやりきれない芸術であるし、オナシスの冷徹なリアリズムからともずれた位相にある露悪的なリアリズムでしかない。

おそらく、いくら夢が好きなアメリカ人でも、オナシスや『麗しのサブリナ』に描かれるハンフリー・ボガード（一八八九〜一九五七）演ずるやり手の長男のようなビジネスにおけるリアリストの振舞いは肯定的に受け取っても（そんなワーカホリック人間でも恋をしたというのがこの映画の肝である）、『セールスマンの死』の決め台詞《ぜりふ》である「セールスマンというものは、夢に生きているものなんだ」にある「夢」を肯定的には受容しないだろう。それはアメリカ人にとって「夢」とは言えないものだからである。

しかし、叶わないと分かっていても、多くのアメリカ人には夢が必要だったし、今もそうであるようだ。なぜか。日本やイギリスのような長い歴史・伝統・古典を背負っていない「新大陸」だったし、今もそうであるからではないだろうか。

2 知性主義が駆逐されたアメリカ

前近代において、古典と古典を記している古典語をもった文明社会は、以下あげる五つの文化圏である。

中国・朝鮮・日本・ベトナム↓漢文　（但し、日本では和漢と言うように和歌を記す和文も古典語となった）
インド文化圏　↓サンスクリット　（但し、イスラーム化してペルシャ語・アラビア語も加わる）
チベット文化圏　↓チベット語　（範囲はモンゴルを含む中国の北部・西部をカバーする）
イスラーム文化圏　↓アラビア語　（但し、文学語としてのペルシャ語も重要）
ヨーロッパ文化圏　↓ラテン語・ギリシャ語
ユダヤ文化圏　↓ヘブライ語　（但し、アラビア語も時に加わる）

各文化圏では、それぞれにおいて普遍的とされた道徳・宗教を具備していた。というよりも、そちらの方が第一に重要であった。漢文文化圏では儒教・仏教、サンスクリット文化圏ではヒンドゥー教、チベット文化圏では仏教、イスラーム文化圏ではイスラーム・イスラーム哲学、ヨーロッパ文化圏ではキリスト教・ギリシャ哲学、ユダヤ文化圏ではユダヤ教といった具合である。

そして、上記の文化圏以外に古典と古典語をもった地域は存在しなかったということである。インカ文明は高度なレベルを達成していたようだが、残念ながら、文字を持たず、結果的に古典ももっていないから、上記の文明社会には入らない。また、上記から漏れているが、沖縄＝琉球は、漢文と平仮字表記という文字を持ち、なおかつ、『おもろさうし』などの古典をもつから、漢文文化圏の中に入る文明社会である。但し、文明化の過程は他の国々に比べると若干遅かったという事実はある。

こうしてみると、いずれの文化圏もユーラシア大陸ないしはそこに付属する島嶼《とうしょ》によって限定され、ジャレド・ダイアモンド（一九三七〜）『銃・病原菌・鉄』（草思社）ではないが、文化は東西には伝わるが、南北（アフリカからヨーロッパ、南アメリカから北アメリカ）にはなかなか伝わらないことが改めて諒解されよう。そうした中でアメリカには、言うまでもなく、もともと古典語も古典も存在しない。ネイティブ・アメリカン（かつてインディアンと呼ばれていた）は文字を持っておらず、彼らの社会が文明段階には至っていなかったからだが、後から入ってきた白人たちが切り開き作ったのがアメリカ合州国という国である。だから、手垢《てあか》がさんざん付いた言説ながら、この国は近代からしかない、世界史上類のない国なのである。たとえば、アメリカと並ぶ実験国家であった旧ソ連は、元々ロシアであり、ロシア正教＝ギリシャ正教、東ローマ帝国の濃密な文明を伝える社会であったから、過去の前近代的文明を持たないアメリカとは大きな違いがある。
ならば、アメリカには古典がないかと言われれば、それも厳密にはないとは言えない。ネイティブ・アメリカンにはないが、彼らを追い出し殺戮《さつりく》して、国を作り、発展させていった主としてイギリスからやってきた白人たちには、言うまでもなく、ヨーロッパの古典があったからであり、イギリス・ドイツ系移民のプロテスタント系では、清教徒・長老派・メソジスト・バプテスト・クエーカーなど数え切れないくらいの宗派があり、他方、アイルランド、イタリア、ポーランド移民のカトリックも単一教派では十九世紀から最多人口を有し、今日もヒスパニックの流入で増えつつある。さらに、アメリカ・ユタ州ソルトレイクシティーを本拠地とするモルモン教を加えると、実に多種多様なキリスト教諸派が移入され、あるいは、生まれ、独自に発展し、今日、先進諸国の中で最も宗教性の強い国としてある。つまり、ヨーロッパの古典とキリスト教があることによって、遅ればせながらヨーロッパ文化圏の一翼を担っているのである。
しかし、リチャード・ホーフスタッター（一九一六〜七〇）『アメリカの反知性主義』（みすず書房）、森本あんり（一九五六〜）『反知性主義』（新潮選書）が明らかにしたように初期のピューリタンに濃密にあった知性主義は、十八世紀末から二十世紀にかけてアメリカを席巻した福音主義と信仰復興論者たちによって、徹底的に批判され、駆逐されていった。ホーフスタッターに拠《よ》れば、
ともあれ福音主義の衝撃―民衆に接して魂を救済するという新しい型の宗教を追求する動き

――によって、長老派や会衆派の強力な知的・教育的伝統は弱体化してしまった。その点、メソディストの例は興味ぶかい対照を示している。最大の教会団体であるメソディストは、暗愚なアメリカ人を回心させることにかけては長老派よりもはるかに成功したからだ。

という。さらに、引用されたKKK団のハイラム・W・エヴァンス（一八八一～一九六六）が一九二六年にものした、以下の言説は、彼らの反知性主義が骨髄にまで到達していたことを如実に示していよう。

行為の源となる情緒や本能は、何千年にもわたってわれわれの内に育まれてきた。つまり、人間の頭脳にある理性よりもはるかに古いものなのだ。

先天的な情緒・本能の方が後天的な理性よりも古くかつ優っているというのである。ホーフスタッターは「この叙述自体はかならずしも不適切ではないし、調子としても不穏当ではない。ただ、それを実行に移す手段となると、きわめて不穏当だった」と述べているように、KKK団が実際に行った行動から捉え直すと、「不穏当」という生やさしい言葉では済まされないだろう。ここでは、この極度に差別的排他的な行動を生み出す方向性をも反知性主義はもっていたことは押さえておきたい。アメリカに渡ってきた人々の心を最も多く摑んだのが、福音主義のメソディストやバプティストであり、さすがにKKK団は少数派であろうけれども、反知性主義では同根だったのである。

ということは、何を物語るのか。当初ピューリタンにあったヨーロッパ的知の伝統の徹底的な敗北という端的な事実であり、反知性主義に基づくキリスト教信仰こそがアメリカのオリジナルな宗教であり、思考形態であったということだ。なお、今日、アメリカの大学における人文学研究は、日本古典研究一つとっても世界的に見ても高いレベルにある。また、学部は教養教育中心である。だから、知的伝統や知的教育および学術研究がアメリカで低迷しているわけではないし、勉強する学生も少なくとも日本よりは多い。だから、アメリカ＝反知性主義と捉えるのは危険である（もっとも、カルチュラル・スタディースの巨大な浸透には反知性主義に通じるものが感じられるのも事実だが）。だが、庶民・大衆レベルにおいては、今日においても州や市によっては初等教育における進化論の扱いをめぐって論争が絶えず、妊娠中絶の是非が国政の争点になるのは、福音主義のもたらした反知性主義が尾を引いているのではあるまいか。

イーグルトンはまたこんなことも言っていた。アメリカ人と話していて困るのは、イギリスではジョークでも言わない、神のことをまだ語ることだ、と。森本氏も大統領予備選挙は伝道集会と同じだと別のところで述べていたが、アメリカ人の信仰心の強さとそれに通底するある種の政教一致的ありようは、「新大陸」における伝統なのである。あだやおろそかにはできないのだ。

D・H・ロレンス（一八八五〜一九三〇）は『アメリカ古典文学研究』（一九二三年、研究社）という卓

抜なアメリカ論の中で、

自動車、電話、収入、それに理想までそなえた白い野蛮人たち。しっかりと機械の内側に閉じこもった野蛮人たち。それでも野蛮ぶりは申しぶんなし、君ら神々は。

と喝破した。アメリカ人とは、結局、機械の内側から出ない、つまり、いつになっても「新大陸」から出ない人々なのである。それなのに、アメリカは、世界の最強国になり、この間まで世界の警察官までやっていた。これは、実に不幸な事態であり、野蛮がそのまま外に表出される次第となったのは記憶に新しい。だから、一刻も早く「新大陸」的伝統に戻ることが肝腎なのではあるまいか。

Lesson.3

天皇制度を永続させるために

1 天皇制度のア・プリオリ性

二〇一六年八月八日、全国に一斉に流された今上天皇（一九三三〜）の「おことば」は、園部逸夫氏（一九二九〜）に第二の玉音放送と言われもしたが、前もってリークされた報道と相俟《あいま》って、今や現状の天皇制度を揺るがすほどの問題となっている。「おことば」の意図は、このままでは象徴天皇の仕事が完全に果たせないから、退位したいというものであった。それに対する国民の意見は、各種世論調査によれば、概《おおむ》ね、「生前退位」に同意するというものであったようだ。

しかし、天皇の仕掛けたクーデタという意見もあった。それはある意味で当たっている。というのも、天皇の行為は、『日本国憲法』に

第三条　天皇の国事に関するすべての行為には、内閣の助言と承認を必要とし、内閣が、その責任を負ふ。
第四条　天皇は、この憲法の定める国事に関する行為のみを行ひ、国政に関する権能を有しない。

と規定されているからだ。即《すなわ》ち、私的な行為（皇室がらみなど）を除いて、すべて「内閣の助言と承認を必要とし」「国政に関する権能を有しない」のが現憲法下の天皇であるからには、天皇の方から制度や行為の変更希望について何も規定されていないように、本来そのような希望はないものとするという規定なのである。だから、かくある規定に反し、新たな制度構築を希望する「おことば」は現状の憲法およびそれに基づく政治に対するクーデタと受け取られても致し方なかろう。しかも、現在のところ、天皇の試みは、国民的支持を得ているようである。これらをまとめると、天皇の希望と国民の承認が一致し、これまでの法・政治システムには違背《いはい》しているということだ。戦後七十年を過ぎて、これほど戦後立憲体制なり戦後民主主義なりの矛盾を衝《つ》く発言はなかった。その意味で画期的な「おことば」ではあった。

しかし、ここでは、今上天皇の誠実さやまじめさに現れている個人的な問題は一切議論するつもりも予定もない。なぜなら、今上天皇の個人的な性格や人柄などは、天皇および天皇制度とは基本的に無関係だからに他ならない。こうした事柄以上に問題なのは、日本において、天皇制度に対する疑問や廃止論をもったのは、幸徳秋水《こうとくしゅうすい》（一八七一～一九一一）がおそらく初めての存在だろうから、秋水以前の日本社会において、天皇制度はあることが当然というか、ア・プリオリなものであり、それに対して疑いなど持っている権力者・知識人から多くの民百姓までいなかったという事実である。京都の人々や寛政の三奇人の一人高山彦九郎《たかやまひこくろう》（一七四七～九三）の如き勤王家や本居宣長《もとおりのりなが》に代表される国学者などを除いて、幕末に至る前は、さして深い関心もなければ、だからといって、なくしてしまった方がいいと考える人もいなかったというのが実状だろう。この歴史的事実は、天皇制度を考える際にまず以て基本的枠組みとしなければならないだろう。天皇制度をもつ国制が日本という国なのである。

2　前近代における「譲位」事情

最近、「生前退位」という奇妙な言い方をされる「譲位」について議論を進めると、まず、明治の日皇室典範十条によって、

天皇崩スルトキハ皇嗣《こうし》即チ践祚《せんそ》（注・皇位につくこと）シ祖宗《そそう》ノ神器ヲ承ク

と規定されたことによって、「譲位」は否定されたということを押さえないといけない。そして、

戦後改正された皇室典範（昭和二十二年一月十六日法律第三号）も第四条においても、

天皇が崩じたときは、皇嗣が、直ちに即位する。

と旧皇室典範の規定に対して若干文字を入れ替えるだけで意味的にはそのまま引き継いだのである。だから、今上天皇の「おことば」はこの四条規定に背馳《はいち》するということになるのだ。

それでは、前近代において天皇の継承はどのように行われていたか。これはほぼ譲位であった。まず、平安期に奇妙な表現を敢《あ》えてすれば、自身の「崩御＝次の天皇即位」したのは堀河《ほりかわ》天皇（一〇七九～一一〇七）だけである。それ以外の天皇は、崩御する前に退位して、次の天皇に位を譲っているのである。そして、次の天皇を決めるのは、父である院（太上天皇）ではなく、概《おおむ》ね外戚にあたる摂関であった。いわゆる摂関政治とは、摂関（摂政・関白）が次の天皇を決めていた政治だったと言える。だが、摂関自体も、後三条《ごさんじょう》天皇（一〇三四～七三）のように摂関を外戚としないと天皇が誕生すると、あっという間に権力の座から滑り落ちるから、それほど安定的な地位を保ち続けるわけではない。院政以降、摂関の生存戦略は貴族の中で一等高い家柄を持つ「摂関家」になるということになった。これは成功し、五つの摂関家（近衛・九条・鷹司・一条・二条）は今日まで続いている。

堀河天皇は病気により崩御《ほうぎょ》に至った。通常は、次に譲ってから崩御に至るのだが、あまりに急で間に合わなかったのだろう。崩御の直後、堀河天皇の皇嗣《こうし》であった鳥羽《とば》天皇（一一〇三～五六）が五歳で即位した。だが、この急変によって、これまでなかった政治システムが事実上誕生したことは記憶してよいだろう。即《すなわ》ち、白河院（一〇五三～一一二九）による「院政」の創始である。院政とは、摂関政治と異なり、天皇の父・祖父（鳥羽の祖父が白河）が次の天皇を決めるシステムなのだ。となると、院政をするためには、天皇はどこかの段階で譲位しなくてはならないことになる。よって、鎌倉期などが典型であるが、幼少で天皇に即位し、二十歳前後で退位＝譲位するというありようがごく普通の天皇の振舞になった。

後嵯峨《ごさが》院政（一二四七～七二）以降、皇統は、持明院統《じみょういんとう》（後嵯峨の皇子後深草天皇の皇統、現在の天皇家はこちらの皇統である）と大覚寺統《だいかくじとう》（後深草天皇の同母弟亀山天皇の皇統）に分裂し、鎌倉末期にあっては、両統から一代ずつ交替で天皇を出すことになったが（両統迭立《りょうとうてつりつ》という）、これも最高実力者である院をどちらの皇統が取るかが最大の問題であった。一旦《いったん》、亀山院（一二四九～一三〇五）が権力を握り、後宇多《ごうだ》天皇（一二六七～一三二四）を立てたが、その後、後深草院《ごふかくさいん》（一二四三～一三〇四）が盛り返して、皇子である伏見天皇（一二六五～一三一七）が天皇位に即くと、時代は後深草院時代になるといった具合である。その後、伏見院と後宇多院の院争奪戦が展開した。この時代、天皇になるよりも、ポスト天皇として院、しかも、権力のない新院ではない、最高実力者の本院になることがそれぞれの皇統の皇嗣にとって最重要課題であったのだ。院政がらみで言えば、次の天皇を決めるのはそれぞれの皇統の本院であった。

この慣行を打ち破ったのが、天皇位が次の順番で自ら属する大覚寺統に戻ってくる時点で、自分の皇子ではなく、兄後二条《ごにじょう》天皇の皇子（邦良〈一三〇〇～一三二六〉）ないしは邦良の皇子（康仁〈一三二〇～五五〉）しか天皇になれないことを恨んで、倒幕（幕府が天皇の両院で交替して即位することを決めたこと。「文保のご和談」ともいう）を決意し、結果的に成功してしまった後醍醐《ごだいご》天皇（一二八八～一三三九）であった。

だが、足利尊氏（一三〇五～五八）・直義（一三〇六～五二）兄弟が幕府の正統性を裏付けるために立てた北朝（持明院統）に破れて吉野に逃げた後醍醐天皇以降の南朝の天皇たち（後村上《ごむらかみ》〈一三二八～六八〉・長慶《ちょうけい》〈一三四三～九四〉・後亀山《ごかめやま》〈？～一四二四〉）はほぼ近代同様の崩御＝次の天皇即位を繰り返した（但し、長慶・後亀山については、史料上の制約があり、推定である）。後醍醐天皇が院政を否定した（幕府も摂関政治も否定した。その意味で革命政権であった）先例を重視した面もあったろうが、宮中行事が執行できず和歌を詠むことで代替した事実からも推測できるように、南朝自体の財政難に拠《よ》る結果だろう。他方、北朝は、一三五二年、光厳《こうごん》（一三一三～六四）・光明《こうみょう》（一三二一～八〇）・崇光《すこう》（一三三四～九八）の三上皇と皇太子直仁親王《なおひとしんのう》（一三三五～九八）が南朝に拉致されるという大事件が勃発したが、京都に残っていた光厳皇子を後光厳天皇として尊氏が即位させ、併せて、光厳母の西園寺寧子（広義門院〈一二九二～一三五七〉）が皇族以外でははじめて嫌々ながらも院となった。つまり、北朝では院政システムが曲がりなりにも維持されたのである。譲位を伴う院政は中世における天皇制度の通常のあり方であり、院政自体は、断続的ながらも、なんと光格《こうかく》上皇（一七七一～一八四〇）の崩御まで続いたのである。その二十七年後は明治維新、光格上皇は明治天皇（一八五二～一九一二）の曾祖父に当たる。新井白石が将軍家宣（一六六二〜一七一二）に進言してできた閑院宮家《かんいんのみやけ》（東山天皇〈一六七五〜一七〇七〉の分家）出身である。

それでは、南朝以外に譲位をしなかった天皇は他にいるかと言われれば、室町期の天皇がこれに該当する。室町期の最後の院は後花園院《ごはなぞのいん》（一四一九〜七〇）であるが、その後、皇子だった後土御門《ごつちみかど》天皇（一四四二〜一五〇〇）↓後柏原《ごかしわばら》天皇（一四六四〜一五二六）↓後奈良《ごなら》天皇（一四九六〜一五五七）の三天皇はいずれも譲位せず、崩御＝次の天皇即位となった。なぜか？これは偏《ひとえ》に財政上の理由に拠《よ》るだろう。後土御門天皇在位時に、応仁の乱が勃発し、御所は焼失、天皇は皇子他を連れて、室町将軍（義政）の御所に避難しているが、崩御の際、葬儀費用を捻出できず四十三日間火葬されないで放置された。次の後柏原天皇が本願寺等の援助で即位の礼をあげたのは、前述したように、即位後二十一年後であった。譲位が復活したのは、後奈良天皇の皇子正親町天皇《おおぎまちてんのう》（一五一七〜九三）からである。正親町天皇は没年を見れば分かるように、既に豊臣秀吉（一五三六〜九八）政権となっており、秀吉の援助もあって、孫の後陽成《ごようぜい》天皇（一五七一〜一六一七）に譲位が可能となったのだ。

以上、天皇の譲位状況を歴史的に検討してきたが、病没した平安期の堀河天皇以外、崩御＝次の天皇即位という構図は、南朝と室町期の天皇にほぼ限定されるが明らかになったと思う。だが、江戸末期の天皇にもこの現象が見られるので、簡略に論述しておきたい。

江戸中期の桃園《ももぞの》天皇（一七四一〜六二）が在位十六年にして崩御した際、儲君英仁親王が幼少であっためために、姉であった智子内親王が後桜町《ごさくらまち》天皇（一七四〇～一八一三）として立ったことがあったが、一七七〇年に英仁親王に譲位し、親王は即位して後桃園天皇（一七五八～七九）となった。その後、後桃園天皇は、在位十年後に崩御したが、皇女しかいなかったために、閑院宮家から光格天皇を養子として迎えることになった。光格天皇は、一八一七年に皇太子恵仁親王に譲位し、仁孝《にんこう》天皇（一八〇〇～四六）が即位した。光格天皇が譲位した最後の天皇である、別の言い方をすれば、前述のとおり、最後の院政であった。仁孝天皇は崩御して孝明《こうめい》天皇（一八三一～六六）が即位し、その次は明治天皇となる。

江戸期の崩御＝次の天皇即位には財政的な問題はない。江戸期の天皇は幕府の保護を受け安定していたからである。だから、山口和夫（一九六三～）『近世日本政治史と朝廷』（吉川弘文館）が強調するように、明治維新は幕府の崩壊のみならず、近世の朝廷の崩壊でもあったのだ。そこから、考えられるのは、崩御＝次の天皇即位となるのは突然の崩御（後桃園・仁孝・孝明）しかないだろう。これは、むろん制度化したものではない。

3　「譲位」禁止と天皇制度の行方

明治を迎え、皇室典範が準備されるようになったが、どうして明治政府は崩御＝次の天皇即位としたのだろうか。これについては、奥平康弘（一九二九～二〇一五）『「萬世一系」の研究』（岩波書店）

が一等詳しいので、これに拠って論述するとこうなる。

　当初、皇室典範の起草者である井上毅は、天皇家の伝統を評価することに加えて、天皇家内で問題が処理され（摂政の場合は天皇家のみでは済まない）、なおかつ、退位したい天皇を無理矢理に在位させることを考慮して、「譲位」を認めていた。摂政の方が天皇と摂政という二つの権威・権力が生まれるとして危惧もしていたのである。だが、伊藤博文（一八四一～一九〇九）・柳原前光《やなぎわらさきみつ》（一八五〇～九四）との議論の過程で、井上は自説を引っ込めた。伊藤の考えは、「天皇ノ修身大位ニ当ルハ勿論ナリ。又一タビ践祚《せんそ》シ玉ヒタル以上ハ随意ニ其位ヲ遜《のが》レ玉フノ理ナシ」「天子ノ犯冒《はんぼう》スベカラザルト均シク、天子ハ位ヲ避クベカラズト云ハントス」というものであった。天皇は間違いもせず、退位もしない存在だとされたのである。この案が成案となり、枢密院にかけられたが、譲位の問題は一切議論されなかった。むろん、井上も今更混ぜ返しはしなかった。

　それならば、伊藤はなぜ譲位を否定したか。以下は私の推測である。譲位は「浮屠氏（仏僧）ノ流弊《りゅうへい》ヨリ来由スルモノ」とされているが、第一に、前近代の天皇制度を近代的な天皇制度に変更したかったこと（天皇＝男子限定と並ぶ近代化の証である）、第二に、譲位という天皇の自由を奪いたかったこと（天皇は最高権力をもつが退位すらも行使できないようにしたのである）、第三に、譲位後上皇（＝院）となって今上天皇と二人の権威が存在し、それぞれに近臣がはびこって、今以上に政府との緊張関係が今度は三竦《さんすく》みで出来することを防ぎたかった、以上の理由からではないか。その後、大正天皇（一八七九～一九二六）が病気によって、皇太子（昭和天皇）が摂政となったが、なんとか、昭和天皇（一九〇一～八九）までは伊藤の構想通りに、譲位のない天皇が続いたのである。

敗戦後、新憲法が制定され、天皇は、第一条「天皇は、日本国の象徴であり日本国民統合の象徴であつて、この地位は、主権の存する日本国民の総意に基く」と規定されるように、象徴になった。象徴天皇とは、明治の「主権」としての天皇も近代的な天皇であったが、これまでの歴史には見られない天皇が誕生したのである。石井良助『天皇』（講談社学術文庫）は、象徴天皇こそ「不親政」という天皇の伝統に適ったものだとして肯定的に評価し、国民の多くは、そんな難しいことを考えずに、公務に精励する天皇・皇后に敬愛の念をもって対したが、問題は、天皇が象徴としての勤めを果たすことが出来なくなるという肉体的な問題を『皇室典範』が一切考慮していないことにあるだろう。天皇とは、いかなる存在のありよう（ア・プリオリ・主権・象徴）であれ、人間であるから死ぬ存在である。だからこそ、私は、以前から唱えているように、天皇位と個別の人間天皇とを厳密に分けて、皇位の永続を図る制度設計を今こそすべきではなかろうか。そして、さまざまな感情が絡んでくる天皇個人の問題ではなく、天皇制度という日本の constitution（国柄）が永続化することに今こそ踏み出すべきある。もう時間はあまりないのだ。

Lesson.4

品格のある二等国になること

1 江戸の保守主義

先頃話題になった宇野重規氏（一九六七〜）の『保守主義とは何か』（中公新書）は、日本に保守主義があったのかと疑問を呈していたが、ここで論じられた西洋風の保守主義が日本の思想の主流や基盤になったことは近代以降ではおそらくなかったのではなかろうか。

それでは、前近代にはあったのか。むろん、前近代には保守主義という言葉も概念もない。だから、ないとも言えるが、保守的な態度や思考はあったので、ないとは言い切れない。一応あったとしておきたい。そこで、前近代の保守主義というものがあったとすれば、「元《もと》に帰れ」という主張（「元への志向」と言い換えてもよい）がそれに当たるだろう。たとえば、徳川幕府の「中興《ちゅうこう》の祖《そ》」と呼ばれた徳川吉宗《よしむね》（一六八四〜一七五二）の口癖だったとかいう「権現様に帰れ」というスローガンは、享保の改革が復古的改革であったことを如実に示している。実際はかなり革新的な改革も含んでいるのだが（蘭書の輸入許可など）、吉宗にとっては権現様＝家康の時代に復することが改革だったのであり、唯一の正しき道なのである。

吉宗のために書かれた政治指南書である『政談《せいだん》』をものした荻生徂徠《おぎゅうそらい》（その主張はほぼ無視されたが）はさらに保守的であり、武士は本来農村にいるものだから、農村に移住させよと主張した。但し、徂徠の保守主義は、前述したように、儒教経典を作られた時代の意味で読み、その意味するところを実行すれば、日本であっても理想的な中国になれるというものであり、帰る元は日本ではない。その一方で、幕府を構成する将軍・幕閣・大名などが今以て律令官位（たとえば、大岡忠相〈一六七七～一七五一〉は越前守など）をありがたがっていると、将来日本で誰が一等偉いのかという議論が起こった時に天皇が返り咲くことになりかねないから、幕府は独自の官位（＝制度）を作るべきだと実に本質を衝《つ》いた議論もしている。だが、この提案は、権現様原理主義の吉宗によってあっさり却下された。と言うよりも問題にもならなかった。そして、幕末に徂徠の予想通りの事態が出来したのである。

とはいうものの、二六〇年の平和をもたらした江戸幕府は、これまでの武家政治の叡智《えいち》を結晶した権力であった。まず、人間は士農工商という身分で大きく分節されたが、最上位の武士も、官位のあるなし、旗本・御家人、藩であるなら上士・下士と細かく区分された（旗本など江戸城大広間の座る場所が身分によって畳の目レベルで指定されていた）。つまり、身分・家格・石高等によって、人間集団を細かく分断化し、人間同士が可能な限り衝突しないように仕組まれていたのである。故に、村も庄屋と村方役人の数名で問題なく秩序が維持されたのだ。考えてみれば、これは実に凄いことなのである。

そうした中で、武士の人口は一五〇万人くらいである。人口は幕初から幕末まで約三千万人であるから、ほぼ五%である。五%の人間が九五%を支配しているという構図だ。アメリカのように、一%（もっと言えば〇・一%）の超富裕層が九九%（正しくは九九・九%）のその他の人々を経済的に支配しているよりはましとも言えようか。だが、武士の世界も決して甘くない。武士のなかで、当時における人間のグレードの指標となった律令官位（武家官位制と言われるが）をもっていたのはほんの五五〇〇人前後（〇・〇三六%）しかいないからである。全国の警察官の総数約二十五万人に対して、キャリア警察官はだいたい五百人であるから、キャリアの価値など江戸期の律令官位に比べるとたいしたことはないのである。よって、徳川三百藩（実際には二六〇前後か）と呼ばれているが、小藩なら殿様くらいしか官位はないということになる。北町奉行遠山景元《とおやまかげもと》（一七九三〜一八五五）は従五位下左衛門少尉であったから、立派なものであった。明治以降、一士族となってしまった遠山家の悲嘆は想像するにあまりあるものがある。

だが、左衛門少尉という官職は、平安期で言えば、だいたい検非違使の武官に与えられるものであり、末期では概《おおむ》ね武士に与えられた。文武両道の達人だった西行（一一一八〜九〇）は、出家前の十八歳の時、功労で似たような官職である兵衛尉となっている。それが江戸期になると、極めて貴重なものとなったのだ。何が言いたいのか。武士政権としての江戸幕府は、律令官位のありがたさを実によく分かっていたということだ。言い換えれば、ご奉行殿と呼ばれるよりも左衛門少尉殿と呼ばれる方が遠山景元を含めて武士・大名は嬉しいという武士の本音を巧に利用していたのである。そこにある官位をもつものの特権意識はやはり歴史的由緒を気にする保守的なそれだろう。ちなみに、水戸黄門とは水戸権中納言の意味だが、権中納言という官職は水戸家の極官である（御三家のうち尾張・紀州は権大納言が極官）。権中納言クラスは鎌倉・室町の宮廷にごろごろいたから、江戸期の官位のありがたみは並大抵ではなかったのだ。

加えて、江戸幕府は、自己の権力の正統性を担保するために吉良や喜連川といった足利幕府がらみの家を高家として厚遇した。つまり、己が権力と権威の源泉は室町幕府を継承していることにあるとしたのである。室町幕府の前には鎌倉幕府があるから、徳川家康（一五四二～一六一六）が鎌倉幕府の正史である『吾妻鏡』を版行させたのはわかりやすい話である。これまた権力の正統性への飽くなき追究の結果である。そのために旧来の制度はほぼ温存されることになった。制度とはかくして残るのである。

その他、宗教をも江戸幕府はおのが正統性の根拠にしていた事実を上げておこう。吉村昭（一九二七～二〇〇六）『彰義隊』（新潮文庫）に詳しく記述されているように、江戸の町で一番偉いのは将軍＝公方様だが、次は誰かと言えば、庶民感覚では、輪王寺宮《りんのうじのみや》になったと思われる。寛永寺貫首・日光山主・天台座主を兼ねる門跡であり、言ってみれば、日本宗教界のトップである。輪王寺宮は普段は上野の山をすっぽり覆う広大な寛永寺境内にある輪王寺に住み、移動は八人が担

郵便はがき

料金受取人払郵便

赤羽局
承認

978

差出有効期間
平成 32 年 5 月
7 日まで

115-8790

東京都北区赤羽1-19-7-508

図書出版
文学通信 行

■注文書 ●お近くに書店がない場合にご利用下さい。送料実費にてお送りします。

書名　　冊数

書名　　冊数

書名　　冊数

お名前

ご住所 〒

お電話

読　者　は　が　き

これからの本作りのために、ご意見・ご感想をお聞かせ下さい。

この本の書名

お寄せ頂いたご意見・ご感想は、小社のホームページや営業広告で利用させて頂く場合がございます（お名前は伏せます）。ご了承ください。

本書を何でお知りになりましたか

文学通信の新刊案内を定期的に案内してもよろしいですか

はい・いいえ

●上に「はい」とお答え頂いた方のみご記入ください。

お名前

ご住所　〒

お電話

メール

ぐ輿によった（ちなみに天皇は十二人の輿である）。輿の周囲を直参旗本二十名あまりが警固《けいご》した。この荘厳とも言いうる光景を庶民が見ると、とてつもなく偉い人だと感じたことは間違いない。こうした輪王寺宮のありようは古代から伝わってきた宗教的権威をも幕府が引き受けたことを意味しよう。しかも、門跡は宮様であるから、朝廷的権威も取り込んでいるのである。将軍・幕府を「公儀」と言った意味もそこから自ずと分かろうというものだ。

幕府は、過去の遺物とも言いうる律令官位（官職は虚官である）、宗教的権威、朝廷的権威を実にうまく再編成して、統治していた。そうして、権力は、十万石程度の譜代大名からなる老中たちとさらに石高の少ない幕閣たちの合議によって行使された。そのためか、できる限り変化のない政治を実践した保守政治そのものであった。時折、田沼意次《たぬまおきつぐ》（一七一九〜八八）のような革新的老中が出てくるか、長くは続かず失脚している。また、将軍家を支えるために存在する譜代大名ほどいじめられた。何度となく行われる転封、嗣子に恵まれずお家断絶、これらは譜代大名が傑出して多い。おそらく外様大名に対して公儀の正義や筋を示す必要があったためだろうが、手っ取り早く手下を犠牲にしたのである。結果的にかなり公正な人事が行われることになった。

こうした安定的な権力・権威・統治システムは、外敵・外圧がなく経済が安定しているかぎり、それなりにうまくいくけれども、それらが崩れ出していくと、どうしようもなく脆弱《ぜいじゃく》なものとなる。幕末の混乱（外圧、さらにＧＤＰは上昇していたものの、藩経済が疲弊したなどが着火点だろう）がそれを見事に証明してくれる。とはいえ、これが前近代日本の「元に帰る」をよしとする政治のありようだったのだ。

そこには日本をどんな国にするといったプランなどはない。為政者の願いは、あらゆる政事（まつりごと）が大過なく終わること、来年も今年と同じように政事が行われることだけである。これは別段江戸時代に限ったことではなく、平安期五十年間も関白を務めた藤原頼通《ふじわらのよりみち》（九九二〜一〇七四）が日々考えていたことも同様である。様々な行事で振り回されていた室町将軍も似たようなものだろう。異なるのは、平安期は江戸期と同様に安定したが、室町期は不安定だったことくらいである。いつのまにか、摂関が制度化し（明治維新まで存続）、院政が制度化し（天保十一〈一八四〇〉年まで断続）、幕府が制度化する（大政奉還まで存続）。これが前近代日本の古典的国制なのである。戦国大名とて、ほとんど権力のない天皇・摂関・将軍を無視することはできず、織田信長（一五三四〜八二）・武田信玄（一五二一〜七三）のように京を目指したのだ。そうしないと、自己の権力を制度化する、あるいは、既存の制度に組み込むことが不可能になるからである。

2　日本の「元《もと》」を見出すしかないか

前近代社会が内乱・紛争がありながらもそれなりにうまくいっていたのは、［院・天皇―公家（＝朝廷）・武家（＝幕府）・寺家（＝寺社）］という鎌倉期に完成した支配システム（＝「公」秩序）があったからである。これが元に帰る原拠にもなったのだ（別段、宣長のように古代日本に帰ろうとしたのではない）。

明治以降、新政府は、かかるシステムに拠ることができなくなり（だから「五箇条のご誓文」が出された）、神武天皇をはじめとする新たな「元」を強引に構築し、天皇を最上位の権威として、この改革は王政復古だと見せかけながら、実際に行ったのは急速な西欧化＝近代化（文明開化）であった。だが、これはやむを得ない手段だったと言うべきではないか。

しかし、そうすると、今度は、近代化の過程で大量の負け組が発生するという事態が現れた。彼らが担ぎ出したのが英雄西郷隆盛（一八二七〜七七）であり、作り上げた思想がアジア主義というものだろう。そこには民権派（概ね国権派でもあったが、こちらも負け組では共通した）も一部取り込んでいるが、最初の近代的保守主義であるアジア主義は、大きく三点の問題を抱えていた。一に、保守主義につきものとはいえ、近代化の対抗原理でしかなかったこと（過激だが、中身がない）、二に、近代化を内面から批判して矯正する構えを持っていなかったこと（国民をいかに守るかの視点が欠落）と、三に、前近代否定では近代化論者と変わらない立場にあったこと（負け犬の近代主義者）である。

加えて、明治以降は、江戸期以上に出版・メディア文化が隆盛した。売れるとなると、国民を煽《あお》る論説・記事が世間に氾濫する。いつの間にか、論説も筋を失い、状況依存型のその場凌《しの》ぎになるし、国民の多くも浅薄《せんぱく》な煽りを歓迎した。その結果、一部の国民は日露戦争講話直後の日比谷焼き討ち事件を惹起《じゃっき》させてしまった。その時、襲われた新聞社に徳富蘇峰《とくとみそほう》（一八六三〜一九五七）の国民新聞社があったが、蘇峰もその後思想的には成熟せず、煽り屋になってしまった感がある。残念ながらアジア主義は成熟しなかったのである。戦後、暴徒的国民は一九七〇年代にほぼいなくなったが、煽る言説・記事や暴力的主張は少しも減らない。左右を通してそれらに共通するのは、前近代日本にはあった臍《へそ》のような落ち着き場所の喪失だろう。つまり、「元」の喪失だろう。

戦後の日本と日本人とは、一にアメリカの従属国家であり（お妾さんに甘んじた）、二にアジアの対する暴虐な加害者であり（実はそうは思っていない）、三にスポーツかノーベル賞以外では国を意識することが希薄であり、四に世界の情勢や問題には無関心であり、五に他者には原則不干渉（そうでなければ、過干渉のいじめとなる）である国と国民となった。その中で一等核にあるのは、一のアメリカとの関係だろう。二については一部（この手の議論は当該国の政治的手段になるから、史実に基づく冷静な議論をするのはまだまだ時間がかかる）を除いて解決している。三〜五は島国根性と結びついているからそれほどは変わらないだろう。となると、アメリカからいかに物理的かつ精神的に独立するか、これがなによりも戦後の日本と日本人の最大の課題であると考える。具体的には憲法改訂、安保条約改訂、米軍基地撤去、国防力の飛躍的向上などの施策となるだろうが、それと共に、我々日本人にとって共通の落ち着き場所（「元」）を改めて見つけていくことが対米従属から逃れることと同時に重要ではないか。

しかし、今さら、内には暖かく外には冷酷な村・共同体・大家族という場所に戻ることは制度的かつ情緒的かつ政治経済的に不可能であるし、「プロ市民」に見られるように市民社会なるものも虚妄の所産であった。明治国家を実質的に設計した井上毅は、民権派に対抗する必要もあったのだろうが、社会契約ではない、社会有機体的社会を日本に根付かせようと模索していた。社会の頭には天皇がいて権威・規範として君臨し、胴体部分には政府他国家機関は平等に天皇に仕え臣民を守り、手足の役割を果たす臣民も権利と義務を果たしながら、それぞれの仕事に精励して、社会全体が相互に依存しながら支えられ、全体として調和的なものになっていく、という構想である。むろん、うまくはいかなかったが、前近代のシステムに変わる社会=国家安定装置=「元」を考えていたに違いない。そして、言うまでもなく、井上構想をこれからの日本に当てはめることもできはしない。

それでは何が「元」として見出されるか？たとえば、足利直義《あしかがただよし》の論理的かつ鋭く切実な問いに対して、夢窓疎石《むそうそせき》（一二七五～一三五一）は直義の疑問をまっすぐに受け止めながら、直義が納得するように、言葉を選んで答えていったが（『夢中問答集《むちゅうもんどうしゅう》』）、こうした相手の立場を十分に配慮しつつ、相手と自己の納得の落としどころを見出していく、相手を倒すための論争ではなく両者が満足な結果となるような話し合いがある場をまずは目指していくことから始めてはいかがだろうか。敢《あ》えて言えば、宮本常一《みやもとつねいち》（一九〇七～八一）が言う村の寄り合い的世界の新たな復活である。気遣いと信頼が共存する話し合いの場が至る所で現出している世界である。

対米従属から脱却し、そうした話し合いの場が職場・学校・地域で増えていくならば、遠からず、日本は品格のある国になるはずである。むろん、そこには功罪含めたこの国の歴史を引き受ける決意と共に他者との理解不能性を諒解《りょうかい》する深い諦観《ていかん》と成熟も必要とされるが、島国という閉鎖された空間は存外その可能性に満ちているのではないか。その結果、二等国になってもそれはよしとすべきだろう。

Lesson.5

日本における国・国民・国民主義——対抗原理なき国民主義は可能か

1　中世までの世界像—和漢と三国

以前、「和漢と三国——古代・中世における世界像と日本」（拙著『古典論考　日本という視座』、新典社所収）という論文を書いたことがある。その後、「和漢と三国Ⅱ——イメージの奔放と捨て置かれる現実との間で」（『王朝文学とユーラシア文化』、武蔵野書院所収）なる続編ものした。これらの議論の前提にあるのは、古代・中世を通して、日本人にとって世界像や国家像を構築する際は、隣国としての中国（漢）、仏法的世界観の中心となったインド（梵）を抜きにしては世界も日本なる国家もなかったという端的な事実である。

まず、和漢世界から見ておこう。日本における最初の勅撰《ちょくせん》和歌集である『古今集』（九〇五年頃成立）には「仮名序《かなじょ》」と「真名序《まなじょ》」が付されている。ほぼ同じ内容だが、「仮名序」は全文仮名で、「真名序」は正式の漢文で記されている。和歌は漢詩に対抗して生まれたまさに和漢世界の和の代表だが、その和の世界に漢文で序文を記す意味は、こうもしないと、東アジアのラテン語、古典アラビア語である漢文が支配する中華帝国およびその周辺（朝鮮半島・越南など）に君臨する漢文文化圏に対して『古今集』の正統性を主張できないからであった。勅撰和歌集は二十一代まで続いたが、「仮名序」「真名序」をもつものは、『古今集』以外では『新古今集』・『続古今集』・『風雅集』・『新続古今集』の計五つを数え、京極派《きょうごくは》の「古今集」を狙ったとも言える『風雅集』以外は、いずれも「古今集」をその名に冠している。それは『古今集』が規範としてあった証左《しょうさ》であるが、規範であればこそ、漢世界へのアピールもそのまま継承されたということである。

和漢世界は、他方で、和歌と漢詩ではないが、和と漢のうちどちらの方が上かをめぐる世界像でもあった。そして、ここには漢＞和という鞏固《きょうこ》な前提があった。故に、和＞漢を夢見つつ、せめて和＝漢をめざしたのである。そして、その後、和と漢は何度も優劣関係の反転を繰り返した。これの近代バージョンが欧＞日を前提とした日欧関係であり、戦後では米＞日を前提とした日米関係であり、やはり反転を繰り返している。建前としては、日本人は日清戦争で無残に清が敗れるまで中国が世界の中心であり、それを一応は仰ぐという立ち位置（故に時に反逆し反転させる）にいたのである。

だが、これ以上に大事なことは、両者が対抗せず共存していたというもう一方の事実である。和句と漢句を巧みに配置して詠み合う和漢聯句《れんく》・和漢俳諧《はいかい》は室町～江戸期において流行したし、漢詩・漢文は時代を超えて作られ続け、仮に作ったところで、一部の人を除いて中国に妙な劣等感を抱くわけでもなかった。中には和歌と漢詩を歌合仕立てにしたもの（『詩歌合』）も現れた。こうなると、漢も和の中に取り込まれている。また、唐物《からもの》と呼ばれた中国産の器・茶道具・絵画等は皆に珍重され、室町将軍の権力の象徴となっていったのである。

他方、三国は、和漢世界とほぼ同じ時期の九世紀におそらく最澄《さいちょう》（七六七〜八二二）が奈良仏教からインド起源ではないだろうとの批判を受けて、否、天台宗は三国ゆかりだと言い出したことから起こった観念だと思われるが、最澄の孫弟子に当たる安然《あんねん》（八四一〜？）に至ると、これが突然、自国優越意識と変じて、天竺《てんじく》（インド）・震旦《しんたん》（中国）の仏法に対して九宗《くしゅう》が栄えるのは本朝《ほんちょう》（日本）だけと主張した（『教時諍《きょうじじょう》』）。これがあからさまな自国優越意識の濫觴《らんしょう》である。

その後、三国世界観は、和漢にある漢∨和の構図を仏陀の生まれた天竺を最上位に置く三国世界で相対化する方向で用いられた。即ち、梵∨漢＝和という構図であり、中国を相対化する第三項としての天竺があったのである。だが、鎌倉初期の顕密僧慈円《じえん》（一一五五〜一二二五）の主張にあるように、一歩進んで梵＝和∨漢という構図にまで踏み込むこともあった。慈円によれば、和語と梵語は同じだという。そこから和歌＝仏法という解釈が生まれてくる。

室町期最大の学者とも呼ばれる一条兼良《いちじょうかねら》（一四〇二〜八一）は、三教一致《さんきょういっち》という中国で生まれた思想を奉じていた。この思想によれば、三教である仏教・儒教・道教（日本ではこれが神道に変わる）は同じとなる。加えて、それに絡めて、それぞれの言語も仏教・梵語《ぼんご》の偈《げ》＝儒教・漢文による詩賦＝神道・和語による和歌というように等しくなると兼良は考えた。兼良の三教一致論と慈円の梵語＝和語↓和歌＝仏法論とは思想内容を異にするけれども、日本の立ち位置が相対的に高くなる点で似たものとなっている。兼良は三教一致に基づいて、『源氏物語』の和語で書かれた語彙を和語で説明することまで行った（『源氏和秘抄《げんじわひしょう》』、一四四九年）。こんなことをすると、「馬鹿とは阿呆である」と同様に、トートロジーになるだけである。しかし、兼良にしてみれば、和語＝漢語＝梵語であるのだから、和語を和語で解釈しても問題ないということになったのだ。

　これ以上、和漢と三国について論述することは不要なのでやめにするが、これまでの議論で諒解されることは、私がよく持ち出すカール・シュミットの言うように、自己の存在を証明してくれる他者なるストレンジャーがいない限り国家なるものも立ち上がらないということである。これが中国になると、東夷西戎南蛮北狄《とういせいじゅうなんばんほくてき》という周囲にいる野蛮人（その割には、中国の歴代王朝は漢・宋・明を除いて、「野蛮人」が立てた王朝だったが）を徳化することが皇帝の使命であったから、中華帝国も野蛮人という他者を論理的要請としても必要としたということである。世界中の中から反米国や反米集団を見つけては叩いてきたアメリカ合州国も国内の他者（原住民たる「インディアン」だろう）を征服した後は、周囲の弱小国と反米国を他者として、時にはソ連という反米の大国と対峙《たいじ》することによって自国の正当性を訴えてきた。そこに理念上かいささか現実も加わっているかの違いはあるけれども、国家なるものが他者によって成り立つことではいずこも同じである。国家は対抗すべき他者がいないと存在し得ないのである。

但し、些《いささ》かの限定条件を付け加えると、前近代日本は、十六世紀後半一時期の南蛮人・紅毛人《こうもうじん》との接触があったが、その前は商人・僧侶あるいは倭寇という海賊兼通商業者を除いて、ほとんど他者＝外国人と接することがなく、その後の江戸期になると海外渡航者さえいなくなった（オランダのカピタンは江戸詣で〈＝朝貢〉をさせられていたが）。加えて、渡来人がやってきた古代以降、彼等も含めて日本列島に住む人間はほとんど日本人となり、いずれも日本語を読み解し、日本の宗教（神仏）を信じ、天皇システムを当然のことをとして尊崇していた。幕府の将軍とて形式的ながら天皇の宣下《せんげ》に拠ったのである。だから、戦国時代末期を見てもわかるように、天皇のいる京都を我が物にしない限り、天下人とは言えなかったのである（その点、関東管領にこだわった上杉謙信〈一五三〇～七八〉は、最後まで室町幕府―鎌倉府体制的価値を超えられなかったと思われる）。

よって、日本においては、理念的・宗教的・文芸的な他者としての漢・天竺はあるけれども、現実の他者ではないから、他者のいない世界で摂関なり将軍なりのナンバー2争いが権力闘争の主要局面となり、兵藤裕己氏が「源平交代史観」に絡んで比喩的に語ったように、赤が勝っても白が勝っても日本が栄えるという図式が支配的であった（『平家物語の読み方』、ちくま学芸文庫）。だから、そのような国にナショナリズムが広範に生まれることはまず望めなかったと言ってよい。

たとえば、仏教においても本当の仏教を求めてインドに渡ろうとしたのは古代の高岳親王《たかおかしんのう》（九世紀の人、生没年不詳）と鎌倉期の明恵《みょうえ》（一一七三～一二三二）くらいしかおらず（明恵は未遂）、その代わりではないが、親鸞（一一七三～一二六二）や日蓮（一二二二～八二）が自分の仏法をインドや中国に劣っていたとはついぞ思っていなかったではあるまいか。中世以降では、日本に渡来した無学祖元《むがくそげん》（一二二六～八六）・蘭渓道隆《らんけいどうりゅう》（一二一三～七八）を初めとした来日僧と円爾《えんに》以降連綿と続く渡宋・元・明僧が臨済禅を広めていくが、日本仏教の中で最も中国の形をそのまま輸入したのが臨済宗だが、だからといって、日本の五山（鎌倉・京都）と中国五山の優劣関係などほとんど問題になっていない（それ以上に室町幕府とはほぼ一体関係であった方が宗教・政治・経済的に問題だった）。とはいえ、臨済禅とて時間の経過のなかで、日本に溶け込み、いつの間にか、日本の正統的な伝統となったのである。

その意味で、最終的に排除されたキリシタンは、日本の他者意識を考える上で重要だろう。私見に拠れば、キリシタンも十分に日本化（カクレはそうなった）する可能性があったのが、ローマ法王に忠誠を誓うイエズス会のスペイン・ポルトガル人（および背後にいるスペイン・ポルトガルなる植民地王国）という純然たる外国人・外国権力によって管理運営されていること、そのことが教義云々よりも国家間対立の原因となり、結局、日本の権力は排除の方向に舵を切ったのではなかろうか。

2　対抗原理なき国民主義は可能か

かかる日本において、ナショナリズムが燎原《りょうげん》の火のごとく拡大したのは、言うまでもなく、ペリーの黒船に代表させる幕末の対外危機であった。その前に本居宣長が大成した国学が漢意《からごころ》排除というナショナリズムの気分を醸成していたことはあったが、所詮《しょせん》、本の中の世界に過ぎなかった。それが現実的な危機として認識されたのである。その結果、尊皇攘夷という当時の支配的認識にとって超過激思想が蔓延し、薩長土肥の勝利によって維新が実現し、近代日本が誕生したわけである。

とはいえ、二六〇前後もあった藩の人間は、長州藩なら長州がアイデンティティの根源であり、ナショナリズムもそこにある。簡単に言えば、日本なる観念など存在しない。なにしろ、一八七七（明治十）年の西南戦争まで内乱をしていたのが当時の日本であった。そのようなおよそ国とも言えない国を国らしくするには、殿様よりも将軍よりも偉い天皇が統《す》べる国という近代神話を確立し、漸次《ぜんじ》浸透させると共に、日清戦争という対外戦争勝利するという国家＝国民一体化感情の構築が是非とも必要だったと思われる。

しかし、これによって培った愛国心とそれに殉じた国民（＝臣民）も大東亜戦争敗戦と共に霧散してしまったのである。荒っぽく言ってしまえば、戦争で得られた国民感情は敗戦でいとも簡単に潰えるということである。戦後日本において、愛国心を全面的に主張することはタブーであり、その代償がスポーツで日本を応援するか、隣国等の問題で対外ナショナリズムを個人的に高揚させるくらいしかなかったのではないか。

スポーツはともかく、対外ナショナリズムは、敗戦と同様に、隣国が反日的行動をやめた途端に失せてしまうものである。それは対抗原理に基づいている故である。国家間には今後も紛争が絶えないので、これが永久に続きそうに見えるものの、所詮は対抗原理でしかない。底が浅く、中国の反日デモと同様に容易に反政府デモと転化する類である。

ならばどうしたらよいのか。答えは簡単である。対抗原理なき国民主義を構築すること、それ以外にはない。そのようなことは言うは易く行うは難きの典型ではないかとの意見もあるだろう。しかし、日本は歴史的・地理的環境において、もともと国民意識が希薄であり、それを持つ必要がない例外的な国であったことをまず銘記《めいき》したい。それでは、具体的にはどうするのか。

たとえば、学校現場等で歴史教育を行う際に、子供たちに最低限この国はいい国だという誇りを持たせることは一等大事な前提だが（将来国を支える人たちを最初からへこませることはない）、隣国と過去に対する自責の念から発する異様な自虐（＝マゾヒズム）史観のみならず、いや日本は間違っていないと無理矢理日本の正義を主張する自尊（＝サディズム）史観も共に国民主義育成には失格である。なぜか、両方とも対抗原理の域を超えないからに他ならない。そうではなく、最近の良書である森山優（一九六二〜）『日米開戦と情報戦』（講談社現代新書）が描くように（Part.4,3も参照されたい）、米・英・中・ソ・日の内部事情、それぞれの思惑のずれ等を生徒の意見を述べさせながら丁寧に説明していけば、おのずとどうして戦争になったかが理解され、歴史なるものに対して、私のキーワードである「アイロニカルな共感」をもつに至るのではなかろうか。それは、並べられた事実群から冷静にものを考える習慣と歴史のアイロニーを受け入れる態度を生むだろう。ことさら強調せずとも、隣国の主張が無理筋であることも分かってくるだろう。

教育において一等重要なのは、日本の歴史と言うまでもなく国民語たる国語であるが、教育以外では、やはり国民の質をいかに上げ、それを維持するかということになるのではないか。その質とは、別段、英語ができるわけでも、ディベートが強いわけでもない。ある目標なり課題なりに逃げないで、積極的に参加し、自分の仕事を果たすといった類の質である。

幸か不幸か、私は、二〇一六年、住んでいる団地自治会の会長に選ばれ、任期一年の間に恒例の三つのイベントを行った。そこで驚いたのは、私同様に無作為抽選で選抜された自治会役員面々の働きぶりであった。実によく働き、自己の責任をきちんと果たしていくのである。最大イベント秋祭など役員に加えてサポート・ボランティアが一体化し、祭を成功裏に終わらせたのだ。

私には、ここに肩肘張らない国民主義の原型があるように思えてならない。自ら進んでやりたくはないが、選ばれた以上、きちんと責任を果たし、なおかつ、イベントをよりよい形にもっていこうと発言し努力する。そこには他の団地に負けたくないなどと言った劣情や対抗原理は存在しない。あるのは、この団地に所属する人間としての義務と責任感お呼び他者への奉仕、言い換えれば、皆を喜ばせようとするサービス精神である。そして、己が喜びもそこには伴うのである。

こうしてみると、まだ日本は捨てたものではないのだ。

Lesson.6

日本人論を終わらせるために——優越感なる劣情からの脱却

1　近代日本の「欧化」と「国粋」

アメリカの大規模書店に入って気づくのは、自伝とダイエット本の充実ぶりである。元大統領が自伝を記し、その多くがベストセラーになるのも成功者（アメリカン・ドリームの達成者）の自伝を好む国民性があるからだろう。ウォーターゲート事件で辞任に追い込まれたリチャード・ニクソン元大統領（一九一三〜九四）の頗《すこぶ》る面白く役に立つ自伝（『ニクソン　わが生涯の戦い』、文藝春秋）も例外ではない。

他方、日本人が好むのは、小説・エッセイ・人生論の類を除いて、さまざまなノウハウ本と並んで日本人論となるのではないだろうか。往年の大ベストセラー、中根千枝（一九二六〜）『タテ社会の人間関係』（講談社現代新書、一九六七年）、イザヤ・ベンダサンこと山本七平（一九二一〜九一）『ユダヤ人と日本人』（角川文庫、一九七〇年）をはじめとして、自己が所属する民族・国民とは何かを記した書物を好む人たちが他にいるのかどうかは分からないが、近代以降の日本人論を博捜し、観察・分析を加え、内容の豊富さでは未《いま》だにこれを超えるものがない南博（一九一四〜二〇〇一）『日本人論　明治から今日まで』（岩波書店、一九九四年）によれば、明治二十年代から今日まで蜿蜒《えんえん》と書かれ続けているのである。どうやら日本人とは自己が所属している日本人なるものが気になって仕方がない国民であるようだ。

当たり前の話だが、近代以前には日本人論などという類の書物は存在しない。元禄十四（一七〇一）年に『人国記』なる書物が刊行された。諸国の地誌・人情・風俗という情報を記したものであり、当時にしては画期的な出版であった。たとえば、「河内」とあるところを開くと、

当国の風俗は、上下男女ともに気柔にして、譬《たとうれ》ばゆきのあしたに庭前の柳枝甚だたわむといへども、終《つい》に折るることなきが如し　（読みやすくするためにルビ・句読点・濁点を付した）。

とあり、河内人の気の柔らかさは、雪の重みでたわむけれども決して折れない柳の枝のようだと言っている。交渉するに際しては、敵はかなりの粘り腰を発揮するとでも言いたげな書きぶりである。江戸期に入り、視野や知識欲求が日本全国にまで行き届くようになったから、こうした地誌本が出されるようになったのだろう。中期以降盛んに出された『名所図会』や十九世紀初頭に

出た十返舎一九（一七六五〜一八三一）『東海道中膝栗毛』（一八〇二〜一二）もその延長線にあると言ってよい。実際、お伊勢参りだけではなく、宿場町や街道が整備されさまざまな場所を訪ねる人も増えてきたのである。

だが、だからといって、『人国記』には日本人なる概念は言うまでもないがない。日本は暗黙の前提ないしは枠組・範囲にはなっているが、そこに住む日本人なる概念や共通イメージがまだ成立していないからである。日本人なる概念が国民的規模で承認され、日本人意識なるものが形成されたのは、一八九四〜九五年の日清戦争以降となるのではないか。一八八九年に憲法が制定公布され（翌年施行）、近代国家として形を整えていたとはいえ、日本人だという国民的自覚・アイデンティティは、戊辰戦争・西南戦争のように国内（＝内部）ではなく、海外（＝外部）に敵をもつことによって国内が結束して一つとなり、さらに外敵に勝利することによって悦びと共に生まれ確立していくということである。日清戦争とその勝利が果たした国家的かつ国民的意義はこの点にある。原因はともかく国民国家日本の成立のためには必要不可欠な戦争ではなかったのではないか。

仮にこの戦争がなかったらと仮定したらどうだろう。戊辰・西南戦争や自由民権運動の余塵《よじん》も収まるどころか、藩閥対反藩閥や政党の対立をさらに激しくする原因ともなり、下手をすると、国内分裂の危機に陥っていた可能性がある。開戦が決まると、あれだけ対立していた議会対政府も挙国一致でまとまった（終戦後、また対立するが）のだから、対外戦争と国民国家の成立は日本やプロシャ（ドイツ）のような国にとっては他に選択のないものであった（アメリカの場合は南北戦争がそれに相当するだろう）。ここに国民国家なるものの欺瞞《ぎまん》性をかぎ取ることもむろん可能である。

加えて、帝国憲法発布の恩赦で、明治維新の最大の殊勲者にしてその後最大の反逆者となった西郷隆盛の名誉回復が行われたことも、国民統合を助けたことも疑いない。内村鑑三（一八六一～一九三〇）は、英文著作『Japan and Japanese』（一八九四年、後に改訂されて一九〇八年の『Representative Men of Japan（代表的日本人）』となる。岩波文庫）で西郷を取りあげて絶賛しているが、本書が書かれたのはまさに名誉回復の五年後であった。以後、西郷は、国民的英雄およびアジア主義や右翼の元祖として文明開化の負け組たちの精神的拠《よ》り所となって、国民国家の統一性を実は裏で支えていったのである。

対して、日清戦争の十年後に勃発した日露戦争は、日清戦争に比べると、比較にならないほどの人的物的損失がありながらも、なんとか大国ロシアに辛勝した（大勝利ということにしたが、賠償金がなかったために日比谷暴動となったことは周知の通り）ことによって、夏目漱石（一八六七～一九一六）『三四郎』の広田先生の台詞《せりふ》ではないが、日本は「一等国」になったという自信と日本人という誇りが広く国民に共有され定着することとなった。簡単に言えば、世界列強＝帝国主義国家への仲間入りを果たしたのである。

だが、日露戦争開戦の一年前には、ずっと語り継がれることになった一高生藤村操《ふじむらみさお》（一八八六～一九〇三）の自殺があり、徳富蘇峰が言うところの「煩悶青年」が登場し始めていた（三四郎や一高を中退し東大選科にしか進学できなかった岩波茂雄〈一八八一～一九四六〉もその一人だろう)。国民的自覚・アイデンティティの定着とエリート青年たちの目標喪失あるいはモラトリアム的精神状態はほぼ同時期に生まれたことは注意しておいてよい。社会が固まってきて、少し余裕ができて落ち着いてくると、社会自体を窮屈に感じ、かつまた、自分とは何かと考え込む青年も当然のように出て来る。彼らは極めて恵まれた例外的な少数者だが、それなりに影響も与える。秦郁彦(一九三二～)編『日本官僚制総合事典』(東京大学出版会)によれば、明治三十(一八九七～)年代には官僚の落ちこぼれが登場しており、既に立身出世主義だけではいけなくなってもいた。ポストは上に行くほど限られているから、皆が漱石を満洲に招待した大学予備門の同級生で親友だった満鉄総裁中村是公《なかむらこれきみ》(一八六七～一九二七)にはなれないということである。これが「一等国」の現実でもあった。

それでは、日本人論はいつ頃から生まれたのか。おそらく一八九一(明治二四)年に刊行された三宅雪嶺《みやけせつれい》(一八六〇～一九四五)『真善美日本人』『偽悪醜日本人』を以て嚆矢《こうし》とするだろう。雪嶺はその三年前に雑誌『日本人』を創刊し(その後『日本及び日本人』と改題)、日本第一主義と化する前のまだバランス感覚もあり、「文明開化」に対する「国粋」を重んずる立場から活発な評論活動を展開していった。早く没したものの卓越した文明史家であった生松敬三《いきまつけいぞう》(一九二八～八四)は、近代の日本人論をこのように総括してくれている。

それは、要約していえば多くは明治開国以来の欧化と国粋の反復的回帰の動向に対応しているのであって、戦後、とくに昭和三十年代以降今日にいたる日本人論・日本文化論の流行もまた基本的にはその大枠を出るものではないように思われる

（生松編『三宅雪嶺　芳賀矢一　日本人論』冨山房百科全書）

なんのことはない、すべては「明治開国以来の欧化と国粋の反復的回帰の動向」への「対応」なのであった。前近代には現れないのも、この「欧化と国粋の反復的回帰」がないからである。逆に言えば、近代日本人は国民自覚があろうがなかろうが、「欧化」と「国粋」の枠組から逃れられないということになる。これでは煩悶青年も出て来るだろう。

こうした対応を丸山眞男（一九一四〜九六）は「思い出」をキーワードとして以下のように述べている。

過去に「摂取」したものの中の何を「思い出」すかはその人間のパーソナリティー、教養目録、世代によって異なってくる。万葉、西行、神皇正統記、吉田松陰、岡倉天心、葉隠、道元、文天祥、パスカル等々。これまでの思想的ストックは豊富だから素材に事欠くことはない。そうして舞台が一転すると、今度はトルストイ、啄木、資本論、魯迅等々があらためて「思い出」されることになる。

（『日本の思想』、岩波新書）

パスカル・トルストイ・資本論が欧化なら、万葉・西行・神皇正統記・松陰はさしずめ国粋となるだろうか。丸山はこうした態度（概《おおむ》ねインテリの傾向だろうが）に日本の無思想性を捉え、批判を加えているものの（一言言っておくと、丸山が称讃気味に描く西欧社会にも似たような傾向はあるのではないか。ポストモダンはどこに行ったのだろう。最近ヘーゲルが復活したようだ。なぜ「思い出」されたのか）、書きぶりにはかなり諦めムードが漂っている。この論文が書かれたのは一九五七年。今も状況は変わっていないと感ずるのは私だけではないだろう。

但し、引用されているから言及するのではないが、近代日本には魯迅（一八八一～一九三六）のような純正ニヒリストは生まれなかった（せいぜい皮肉屋の斎藤緑雨〈一八六七～一九〇四〉程度だろう）。上滑り文明化批判はあっても、漱石は、『こゝろ』にあるように、明治精神なるものを存外評価していた。また、あれほど英語ができていながら、漢詩・俳句は最後まで手放さなかった。欧化と国粋をなんとか調和させようともがいていたのだ（これは鷗外〈一八六二～一九二二〉も同様である）。ましてや、魯迅のように「革命」の後は「反革命」、その後は「反反革命」だ、「水に落ちた犬は打て」などとは口が裂けても言わない。日本という「近代」社会に留学して、日本語及び日本の近代文学を学んで中国の小説を根源的に変えた、否、近代中国文学に作り上げた魯迅の根柢にある闇はどうやら欧化と国粋という二分類ではなんとも収拾がつかない、伝統中国がこれまで堆積《たいせき》し沈殿した大量の澱《おり》と深く絡んでいるのではないだろうか。逆に言えば、日本にはこれほどの澱がなかったということでもあるだろう。だから、脳天気に「反復」し「思い出」すことができるのである。

2　優劣感から脱却するために

古代国家も近代国家も、くり返し述べたように、カール・シュミット（『政治的なものの概念』）の指摘するように他者＝敵をもつことによって生まれる。ここには時代差はない。日本の律令国家も大唐を敵＝対等国とし、新羅を従属国（大唐に朝貢している新羅を対等国にすることは論理上できない）とすることで成立した。だから、当時の支配層は、日本人という自覚はなかったとしても日本という自覚は明確すぎるほどあったと言ってよい。そこから和漢世界という世界観が生まれた。九〇五年、和歌と漢詩の対等を主張した紀貫之作『古今集』「仮名序」（和文）・紀淑望作「真名序」（漢文）はこの図式によっている。

これに先立つ八一八年に天台宗を確立した最澄は、三国という世界観を呈示《ていじ》した。天竺《てんじく》（梵）・震旦《しんたん》（漢）・本朝《ほんちょう》（和）によって成り立つ三国世界観である。その後、三国観は様々に変奏していくが、三国の中から朝鮮半島を排除していることを含めて、世界を三つの国で代表させている端的な事実からも、安然型自国優越意識が出て来ることは、半ば必然であった。史実的に言えば、天竺であれ、震旦であれ、三国という世界観など存在せず、日本を知らない（自称はともかく厳密に言えば、日本に来た天竺人は婆羅門僧正のみ）天竺はさておいて、震旦にしてみても、日本など辺境の一島国くらいの存在だったと思われる。

だが、三国世界には、和漢世界にない素晴らしい意味合いが隠されていた。文明国の中国と後進国の日本では、どう頑張っても漢>和という構図から逃れられない。その反動として、空海や寂照《じゃくしょう》（?～一〇三四）の説話のように、中国に留学して、現地の中国僧よりも優秀だったといった類の屈折した優越感を語る説話や日本の神仏に祈って窮地を逃れたといった霊験説話が存在するが、いくら漢＝和ないしは漢<和と強がってみても、所詮《しょせん》は、対中国劣等感は抜けない。そこで、日本人が現実に選んだのは和と漢の共存であった。これは途中重大な変更（後述）を蒙るものの、大正期まで維持された（明治期漢詩が隆盛を誇ったのだ）。

漢>和の構図が逃れる方法、これが三国観であった。仏教を基軸にしているから、仏を生んだ天竺が最高位にある。そこから、天竺>震旦＝本朝という構図が出て来るだろう。つまり、天竺を第三項として震旦との対等関係が論理上導き出せるのである。さらに、鎌倉初期の高僧（歌人でもある）慈円《じえん》が出した梵＝和>漢という構図になると、天竺と本朝をイコール化して、震旦を下位に置いてしまうのである。慈円がこれを言い出したのは、和歌＝仏法という構図の主張であった。むろん、優劣感は疑いなくあるが。

しかし、慈円の図式が別段、勢力を握ったのではない。鎌倉末期、渡来僧と入宋・入元僧が相次ぎ、禅宗が日本に根付いた。そこで生まれたのが、菅原道真（天神）（八四五～九〇三）が三百年を経て径山《きんざん》の無準師範《ぶじゅんしはん》（一一七六～一二四九）のところに教えを乞いに行くという説話である（渡唐天神説話、芳澤元『日本中世社会と禅林文芸』、吉川弘文館参照）。中国服を着て梅を持つ天神の絵も多く描かれ、室町期にはかなり影響力があった説話であった。この説話がこれまでとは異なるのは、日本の神（＝天神）が中国の禅僧に教えを乞いに行くという明らかに漢∨和の構図に立っていたことである。だが、そこになんら劣等感の気配がないのである。

禅宗がもたらした文化は、室町将軍や武将の庇護《ひご》を得て、茶・能・和漢聯句《れんく》（漢和聯句）・宋学・唐宋詩・水墨画と拡大して、江戸期以降の和漢（漢和）構図を作り出していくが、どうやら禅宗とは、三国世界を事実で以て破壊したポルトガル人の来航以前に、三国間になんらかの優劣感を生み出す三国世界観や漢∨和を前提とする和漢世界観を無化して、漢＝和という新たな漢和世界をもたらしたのではないか。

その後、十八世紀後半に本居宣長が出てくるまで、漢と和の間をどうのこうの言う人はいなかった。漢意・仏意を避け、古代の清らかな日本に戻れと宣長が説いたとき、またもや漢・和、梵・漢・和の優劣関係が持ち込まれた。いずれも古代と同様に、日本内部の議論ではある。だが、明治以降、漢・梵の代わりに欧米が入ってきたとき、またしても、同じことをまさしく「反復」しているのではないか。

やはり、鎌倉から江戸期を覆った漢和世界（唐物＝舶来趣味も目につくものの）に一度戻ってみるべきではないか。優劣感なる劣情から脱却することが、日本人論の終焉に導く方法であると確信する。

Lesson.7

日本・日本人はどこにも行かないだろう

1 凡人が治める国と怪物が治める国

二〇一七年のG7とG20のトップを見て想起したことから始めてみたい。

まず、五月二十六・二十七日に、イタリアのタオルミーナで開催されたG7（先進国首脳会議）の参加者は、アメリカのトランプ大統領（一九四六〜）の道化師振りというのか、周囲からの浮き上がり方がかなりの程度際立ってはいたものの、がさつな田舎者のアメリカ人かと言えば、受容できなくもない。他のメンバー（日・独・英・仏・イタリア・カナダ・EU）に顔のよしあしや老若の違いを除いて、いずれもごく普通の人相をしている、言ってみれば、常識人、もっと言えば、凡人の範疇《はんちゅう》に入る人たちであった。

制度派経済学者のダグラス・C・ノース（一九二〇〜二〇一五）は、ジョン・J・ウォリス等と共に『暴力と社会秩序：制度の経済学のために』（NTT出版）を著し、人類の歴史において狩猟経済社会以降の国家を自然国家と近代国家に分類した。自然国家とは、古代から今日まで存在している一部のエリートたちが支配する国家であり、思想的・政治的自由は制限され、社会のあらゆる分野へのアクセスが制限された社会である。簡単に言えば、コネをもっている人たちとそうでない人たちに区分される社会・国家であるということだ。現代の大国であるロシアや中国、大国とはいえないものの、およそ法治国家の体をなしていない韓国も自然国家に属するだろう。国家なるものは自然国家から始動したのである。ちなみに、江戸期までの日本は、緩いとはいえ身分制社会であり、移動の自由も完全には認められていないから、言うまでもなく、自然国家であった。昔の日本を恋しがるのは勝手だが、私のように喪われた〈古典日本〉が好きだという人は少数派であり、おおむねは近代日本の創始期（明治維新前後）か、戦前の理想化された日本ということになる。つまり、それらが脱自然国家＝近代国家としての日本であることを忘れてはなるまい。

他方、近代国家は、現状では、G7諸国・ヨーロッパ（西欧・北欧・スイスなど）・オーストラリア・ニュージーランドくらいしかないのではないか。都市国家香港もそれに近かったのだが、中国の支配下に入ってから、自然国家へ退行している。また、香港同様に繁栄しているものの、シンガポールも「明るい北朝鮮」と言われるように、近代国家の基本条件である自由権に制限があるから自然国家である。要するに、国民の基本的な自由権と機会均等が最大限認められていて、条件さえ適っていたら、社会のあらゆるところにアクセスが可能な社会が近代国家だということになる。そして、別段、マルクスよろしく自然国家から近代国家へと必然的に進歩＝発展するわけでもない。香港のように退行することもあるし、イギリスのように、いわゆる市民革命・産業革命後、一貫して近代国家を維持し続けている国もある。

近代国家の特性を知るために、もう少し議論してみたい。たとえば、現代の日本である。日本において、お金がある人とない人との格差は、生活レベルにおいてはかなりの違いとなって現れるが、かなりのお金もちでも東大をはじめとする名門国立大学に裏口から入学できるわけでもなく、有力者の二代目だからという理由で中国のように国家エリートになることもできない。二代目・三代目の政治家も選挙という厳しい関門を突破しているのだ。彼らを政治家にするのもみじめな落選者にするのも、国民＝有権者の多数意志の結果である。

お金もちの代表であった東急の五島家も西武の堤家も事実上二代で終わってしまった。むろんそれぞれの家は続いているだろうが、東急・西武といった企業グループに対する絶対的権力は皆無になっている。なかには、堤家のように、トップが逮捕されてしまうこともある。お金持ちでもしっかりやっていないと、いつどうなるか分からない。これが近代国家の健全なところである。

同時に、昔の旧家や名門とされた家にあったそれなりの伝統的なもの（立居振舞、家固有の行事・慣習、言葉遣いなど）をいとも簡単に破壊する面もある。たとえば、江戸期において、和歌・古典・蹴鞠《けまり》・有職故実《ゆうそくこじつ》などという、自らの家に伝わる伝統的な芸を大名等に教えることで生き抜いた貴族や武士たち——飛鳥井家・冷泉家・伊勢氏など——がいた。今日、これに似たシステムは、お茶・お花・舞踊などが家元制度として自然国家的特性を残しつつ存在し、それなりの繁栄も誇っているが、家元にはなれないものの、そこへのアクセスは言うまでもなく誰でも自由である。逆に言えば、アクセス自由でないと、家元の存立も危ぶまれるのである。

日本の場合、明治維新以降の近代化の過程で、自然国家の証であった家柄・身分を撤廃するために学歴・成績という「実力」を一等重視してきた（学歴信仰や名門校に絡む伝説もその延長線上の出来事に過ぎない）。近代日本が誇るべきものは、官立・軍関係学校では不正入学が一例もないことと、選挙違反は腐るほどあったが、投票数をごまかしたことは国政選挙では一例もなかったことである。よって、明治初期には強かった藩閥も明治の終わりには事実上なくなり、大正期には、大学（東大・京大・陸大・海大）の成績優秀者が政治・軍事・司法等の国家エリートとして君臨し、相互に対立し、昭和の動乱と敗戦に向かっていくのである。それでも納得がいかない向きには、日本が開かれていた社会であった証拠として、明治の元勲《げんくん》たちの子孫でその後権力者になった人たちはいないという事実を上げておこう。せいぜい三島由紀夫『豊饒《ほうじょう》の海』（全四巻、新潮文庫他）に描かれる、没落していくみじめな貴族院議員になるか、大久保利通の孫利謙《としあき》のように立派な学者になるかであった（『日本近代史学事始め―歴史家の回想』、岩波新書）。

そうした社会がさらに開かれていった現代日本は、一部において、子供の貧困や貧困の世襲化が社会問題化していることは事実だが、アクセス自由になっている社会が後退することはおよそ想定できない。逆に、自然国家にほぼ付帯していた共同体社会・村社会を徹底的なまでに破壊してきたので、そこからあぶれこぼれ落ちた人たちが社会福祉対象者として底辺層に埋没してしまった面があったのではないか。彼が安定するためにも、政府は何が何でも雇用安定社会を維持するしかない。

ここで、G20に議論を移す。G20とは、G7に加えて、ロシア、中国、インド、ブラジル、メキシコ、南アフリカ、オーストラリア、韓国、インドネシア、サウジアラビア、トルコ、アルゼンチンを加盟国とするが、G7以外の国々を治めるトップの面々を眺めると、G7トップとの決定的な違いが自ずと分かる。とりわけ、ロシア・中国・インド・トルコ・サウジアラビア・南アフリカのトップの顔はどう見てもG7のような凡人のそれではない。これは人種・民族さらに美醜のことを問題にしているのではない。彼らの人相のことを言っているのである。プーチン（一九五二〜）、習近平（一九五三〜）、モディ（一九五〇〜）、エルドアン（一九五四〜）、サルマーン（一九三五〜）、ズマ（一九四二〜）の人相とG7トップのそれとを比較したら、誰でも分かるはずである。こちらに凡人はいない、いずれも怪物的迫力あるいはカリスマ的雰囲気が顔から浮き出ている。中国は、胡錦濤（一九四二〜）がトップになって漸く人間の顔になった（毛沢東〈一八九三〜一九七六〉・鄧小平〈一九〇四〜九六〉も怪物だった）と言われたものだが、再び、怪物に戻ったようだ。周とサルマーン以外のトップは、一応、選挙で選ばれているのだが、同じように選挙（含間接）で選出されたG7トップとかくも異なる人相になるのは、治める国と国民が異なるからだとしか言いようがない。つまり、これらの国々は、ノースが言う、アクセス制限型の自然国家であるということだ。だがそうでありながら、経済的・政治的・軍事的においては、世界の枢要な地位を占めているのである。そのような国々では、ざっくりと言えば、凡人ではとても治まらないのである。政敵・反体制派に対しては、逮捕・投獄・監禁・弾圧、場合によっては殺害や武力攻撃もお構いなし、これらがG20の怪物的政治家が卓越したリーダーシップの裏で日々やっていることである。

それでは、G20のトップがG7化することはあるだろうか。すでにG7化しているオーストラリアを除いて、今後百年は無理ではあるまいか。これまでの歴史的経過、国内の政治的・宗教的・民族的対立状況、絶望的な格差（含裏社会との結託と抗争）が経済成長という理由だけによってそうやすやすと解消するとは思えないからである。

たとえば、中国と並んで成長が期待されているインドだが、今年一月にコルカタを訪れた。空港で入国管理官は三十年前と同様に賄賂を取るためか入国者（私だが）を平気で二時間もいびり続けるし、町にはやはり同様に路上生活者・乞食と詐欺まがいの商人が盤踞《ばんきょ》しているのである。そして、この既視感のある風景とスマホ・ウーバーが同居しているのだ。国家・社会全体の底上げは不可能ではないかと思われてならない。この手の国には怪物が統治する以外に道はないのだろう。

とはいえ、問題は、世界の主要国が凡人のG7と怪物揃いの諸国であるG20という偽らざる事実ではないだろうか。そうして、日本を眺めてみると、遠く離れた同盟国アメリカを除いて、まさに怪物だらけである。口先だけのロシア、ミサイル国家金王朝（＝北朝鮮）、法より情緒が支配する韓国、そして、経済力と軍事力をかさにきて侵略を続ける中国だ。日本の周囲で怪物でないのは遥《はる》か南の台湾だけとなる。日本の今後を考える時、ＥＵなどと比較すると、ある意味で絶望的な地政学的状況は変えられない現実としてまずは押さえておく必要がある。以前にも書いたことがあるが、幕末以来、その状況はなんら変わっていないのである。

2　日本における自立の仕方

保守派の一部が主張している、早急な対米自立＝米軍基地撤去・核武装をいくら叫んでも、現実的には難しいだろう。アメリカが日本・沖縄の基地を撤収してグアムに行くことは、現在の北朝鮮・中国そして韓国状勢を考えると不可能である。それは日本防衛というような問題ではなく、アメリカの覇権がなくなることも意味するからだ。かといって、アメリカ従属をこのままずっとし続けるのかとなると、これまた、植民地の永遠化であり、二号さんの平和や安定は続かないのが鉄則であり、なによりも旦那・アメリカの心変わりで平和や安定性が激変する。その時、前もって準備をしていないと、大混乱に陥るのは眼に見えている。そして、蛇足ながら付け加えると、憲法九条死守主義者＝絶対平和論者は今やカルト信者ということ以外存在意義がなくなったと断言したい。

ならば、どうしたらよいのか。日本は十年くらいの時間をかけて重武装中立国家を目指すべきだろう。重武装とはむろん核も含まれている。いかなる敵も攻めてくる意欲をなくすまでの軍拡である。アメリカからの自立では、とりあえず、宮崎正弘氏（一九四六〜）が推奨している第七艦隊レンタルも選択肢の一つだろう。この方針の下で、後は国内整備と周辺諸国との関係調整になるはずである。

まず、国内整備では、憲法改正や関係法令の整備、例外状況における諸設備（シェルターなど）建築、さらに今あるインフラ整備＝国土強化などになるのではないか。国内整備は少子化対策と同様の喫緊の課題である。

次に、対外関係では、中立とはいえ、米軍基地が撤去された後、アメリカとの条約等に基づく信頼関係は断固維持すべきである。最後の保険であるからだ。問題は、周辺の中韓北露の四カ国である。それらの諸国は、当面の間、国家の統治システムも変わらず、今後も現在の政治姿勢のままで日本に種々の圧力をかけてくると考えるしかない。要するに、仲良くならないし、信頼関係も作れないということだ。韓国に対しては、古田博司氏（一九五三〜）が言われるように「教えない、助けない、関わらない」の三ない政策を採っても国益はさして損なわれないから、それでかまわないと思われる。決まったことをぶり返すときは無視で対応する。これでよい。厄介なのは中国である。相互の経済関係が大きすぎるからだ。中国は殷《いん》以来統一と分裂を繰り返しているから、今の中華人民共和国もいずれは分裂・解体する。だからといってそれはいつであるかは分からない。よって、経済関係のみ（＝政冷経熱）でやっていくしかないだろう。他方、ロシアは、中国牽《けん》制《せい》のためには関係強化すべきである。まったく信用できないが、北方領土のことは棚に上げても、敵の敵は友という態度で臨み、余計な期待などしないのである。中露ともに怪物は実にしたたかであるからだ。最後の北朝鮮は、今の日本ではどうしようもない国だ。この国が中国以上にいつまで続くかは予測も立たないが、ともかく統一して巨大な反日国家が朝鮮半島にできないようにすることだけを考えて、可能なことをすればよい。

だが、上記のことはすべて政治的・軍事的・経済的な問題であり、いわば、ハードの問題である。日本人が日本や自分たちを今後どのように考えていくのか、いわば、日本人の決意や覚悟が本当のところ一等大事である。たとえば、幕末、四国連合艦隊が馬関（下関）の長州藩を砲撃し、一時的に海岸を占領した時、地元の農民は連合艦隊の乗組員の味方をしたという。つまり、農民たちには長州藩・日本人という意識すらなかったということだ。それが、大東亜戦争時には愛国心と使命感の塊となり、敗戦後、瞬時に、give me chocolate となってしまったのである。何のことはない、日本人の実態は敗戦時も馬関の農民と変わっていなかったということだ。改めて問う。我々はどうすればよいのか。

中世史家桜井英治氏（一九六一〜）は、室町時代の人たちが、付き合いのある相手を必ず殺そうと決めておきながら、今で言う盆暮れの付け届けは欠かさなかったと記している（『室町人の精神』、講談社学術文庫）。今から見れば、全くどうしようもない日本人がいたものだが、その時代は、ノースが強調する匿名性を基幹とする信用経済がしっかり維持された、高度に洗練された自然国家でもあったのだ（同『交換・権力・文化』、みすず書房）。別段、無法地帯ではなかったのである。

私は、日本人や日本に過度な思い入れをもつよりも、感情・動機（殺意など）と礼儀（付け届け）を使い分ける理性ではなく、室町的なしたたかさをもちながら、それでいて相互に信用・信頼がある社会になればそれでよいと考えている。既に日本では信用経済は十全に機能しているから、今後はしたたかさと礼儀を備えた大人になるだけである。それほど困難ではないだろう。また、日本を意識するためには皇室があるから、過度なナショナリズムは不要である。そうなると、今後の日本・日本人はここに住み存外明るいのではなかろうか。

Lesson.8

成績という文化——近代のアイロニー

1 成績というもの

最初に私を例に出しておきたい。学校の成績が誇れたのは、せいぜい高校一年生の夏休みまでであった。それ以降、大学を出るまでずっと低空飛行であった（例外は予備校の時くらいか）。高校三年の折、俺くらいひどいのはいないだろうと思って成績表を覗《のぞ》くと、なんとまだ下に八十人いるのを知って妙な安心感を抱いたことがあった（このような安心感こそ人をさらに堕落させるものとはこの時気がついていなかった）。

数年前だったか、高校時代の知人と会って、成績の話になった。私は劣等生として認知されていたから、話せばだいたい碌《ろく》なことはない。よって、高校一年夏休み前の上から二十番、夏休み後の下から二十番といった試験成績を伝えて、負け犬の遠吠《とおぼ》えよろしく、「上も下も知ると、まあ、どうでもよくなるね」と煙に巻いた。

とはいえ、受験校の宿命か、成績をいまだに気にする向きが存外多い。ある女性など、「前田君、○○君って凄いわね、だって、塾に行かないのに東大に受かったのよ」と言っていた。この発言が高校卒業時ないしは大学一・二年生時だったら、高校時代の記憶が濃厚であるし、価値観もさして変わっていないだろうから、認めてもよいだろう。しかし、還暦をまさに迎えんとする年齢で言われたとすると、この発言をされた方は人生ずっとそのように考えておられたということになる。やや言葉がきついかもしれないが、「あなたの人生って、そんなものだったの、通常はさまざまな経験が積み重なってもっと重層的な価値観になるかと思うのだが」と言いたくもなった（むろん、言えば、相手を傷つけるし、また、こちらの考えも一切理解されないだろうから、黙っていたが）。

のっけから、妙な話で当惑された向きも多かろうと思うが、この成績というものこそ、私によれば、近代という時代と社会を最も的確に表す指標となるものである。なぜか？　結論から言ってしまえば、前近代に比べて身分や家柄が人物から始まって出世さらには職業選択において影響しない近代社会において、人間としての価値を決めるものが学校の成績になるからである。こんなことを言うと、すぐに成績などたいしたことはない、実力によって、人間は社会から評価されるし、実際にそうなっているという意見が返ってくる。その通りである。

だが、その実力を発揮しようにも、職業によってはその前の成績がよくないと発揮できないケースがそれなりにあるのだ。あらゆる職業が成績と無関係だということは断じてない。また、一般的に社会的によいとされる（私がそう思っているわけではないし、ましてや、それに憧れているわけではない）職業の多くは、学校の成績がそれなりによくないとなりにくいものなのである。たとえば、官僚や医者などはそうだろう。加えて、成績のいい人間が無能なわけではない。少しでも学校の勉強をしてみたらすぐに分かることだが、高校の五教科（英数国社理）を満遍《まんべん》なく勉強してどの科目もそれなりにいい成績をあげていくのは一つの能力であり、そうした能力は、仕事における整理のうまさ、能率の高さ、無駄のなさとして現れてくることは十分に予想できるし、実際にそうだからである。人間の能力は一緒に仕事（アルバイトでもサークルでも何でもよい）をしてみると分かるものだ。そんなときに、手際がよい人、間違えずかつスピーディーにこなしていく人を見ていると、概《おおむ》ね学校の成績がよかった人たちであることが後になって分かってくる。

但《ただ》し、ここで言う、成績のいい人たちは決して天才ではない。天才とは人間がもっている多くの能力の一つが突出した状態にある人であり、彼らは超人的な能力を一つの部門で発揮するが、反面、それによって喪われるものも多く、とりわけ対人関係が絶望的に駄目であるケースが目立つようである。某先生が言われた「天才は偉くない、天才の周囲にいて天才を世話している人たちが偉い」というのはその意味で断然正しいのである。なぜか？　理不尽な発言や行動をする天才に対して我慢をしつつ面倒をみていることは通常の人間には耐えがたいことだからである。

となると、成績のいい人たちとは、通常の常識・良識・価値観をもった秀才だということになる。秀才もなろうとしてなれるものではない（急に足が速くならないのと同じである）から、私のような劣等生から見れば、それだけで仰ぐべき高峰と言うべき存在だが、ここでは劣等感・優越感なるマイナスにしか働かない感情（人を羨《うらや》むのも、人を侮蔑するのも健全な精神の真逆にある）は無視して、そういう存在が近代社会の中でどのような悲喜劇を生みだしてきたかを二つの事例に注目して論じてみたい。

2 作家と成績

二〇一五年の秋、山中湖畔にある三島由紀夫記念館を訪れた。その時は三島（一九二五～七〇）の青春時代特集だったが、なかでも二つの資料が目を引いた。三島の東大法学部の卒業成績と高等文官試験行政科（現、国家公務員一種試験、通称「国一」）の合格順位である。三島という人は、自己の成績表などを廃棄せず、きちんと保管しておく生まじめなタイプだったようだが、それはともかく、成績を見ると、東大法は優が六つ、高等文官試験の順位は一六〇人中一三〇位くらいであった。この成績・順位をよいとみるか、悪いとみるかは人によって異なるだろうが、戦前における東大法や高等文官試験の常識で言えば、悪いと認定されただろう。学習院を首席で卒業して東大法に進み、卒業後、大蔵省に入って二年後に作家となった。三島を語るときに概ねこのようなエリート伝説があるけれども、実際はさして成績のいい人ではなかったのである。

三島の成績をさらに相対化するために、東大法学部の成績について少し説明しておこう。現在はかなり変わってきたようだが、東大法学部の場合、基準になる十五科目のうち十科目以上が優でないと、学部助手にはなれなかった。学部助手とは、大学院を吹っ飛ばして、すぐさま助手になり、助手論文がよいと、二十六歳前後で東大法学部助教授になるというスーパーエリートコースである。どうしてこんな制度が生まれたかについては、はっきりとは分からないが、おそらくいい人材を東大に残すためであっただろう。そうでないと、その手の優秀な人材は裁判官・検事・官僚などになってしまうからである。助手は東大の教員であるから、給与が出るし、労働条件も抜群によい（仕事は入試の手伝いくらいらしいから、事実上ない。勉強だけしていればよいのである）。こうすれば、成績のいい秀才を確保できると目論《もくろ》んだのだと思われる（但し、現在はこの制度は事実上なくなったようである。若いときの秀才が続かないことが度々あったためだろうか）。ちなみに十五分の十の人がどのくらいいるかと言えば、約五％である。明治以来、最近のロースクール設立まで東大法学部は一学年六百人であったから、その五％と言えば、三十人である。全国の優等生が集まる東大法学部で上位三十人というのはかなりの狭き門であることがここからも理解できよう。ちなみに下位にいる約三百人の学生は概ね優がゼロだと聞いたことがある。彼らは東大法学部に入って初めて「俺は劣等生だった」と気づかされるのではなかろうか。やや気の毒ではある。

こうしてみると、三島は決していい成績ではなかったのだ。三島よりは十五歳ほど年長だが、やはり東大法を卒業した縁戚筋の人（とっくに故人）がいた。その方の成績表もなにかの縁で見たことがあるが、優は三つであった。それでも、高等文官試験司法科（現在の司法試験）を突破して、検事になられたが、さして偉くもなられなかったようである。「私の人生は平々凡々であった」と回想録に記してあったのは本音であったろう。そして、頭のどこかの隅っこにもう少し成績がよかったら、人生は変わっていたかもしれないという思いがあったかもしれない。

加えて、三島には、もう一つ隠された事実があった。学習院中等科から旧制一高（現、東大教養学部）を受験して落ちていること、さらに、大蔵省には受かったものの、日本銀行には落ちていることである。この事実は三島によってひた隠しにされていたが、近年、三島研究者が明らかにした。受験校ではない学習院から当時偏差値トップの一高（一高と最底辺の高知高校とでは、偏差値で二十以上の差があったらしい。そのさらに下に私立大学の予科があったことを付け加えておきたい）を受験することさえ無謀だと思われるから、ここに落ちたのはやむを得ないとは言える。だが、日本銀行まで落ちるというのはどういうことか。ずっと疑問だったが、上記の高等文官試験の順位で納得がいった。これを見て、よくもこんな成績で大蔵省に入れてもらったものだと思ったものである（後記。当時は省ごとの募集であったためとか。大蔵省はさして人気がなかったか）。調べてはいないが、おそらく大蔵省に入った同期で最低ランクの部類だろう。ちなみに三島の同期入省トップは長岡実《ながおかみのる》（一九二四〜）に違いない。一高→海軍経理学校→海軍主計科短期現役→東大法ときて、大蔵省に入り、最後は次官。そして、専売公社総裁（日本たばこ初代社長）となったエリート官僚である。この人は若い頃から将来の次官と目されていた。どうしてか？　成績が抜群によく能力的にも卓越していたからである。対して、三島ときては、これ以降は推測に過ぎないが、大蔵省にいたところで、せいぜい課長止まりだったのではないか。だったら、二年で辞めて作家になった方がよい。こうして作られたのが、学習院→東大法→大蔵省というエリート秀才コースを進みながらも、文学への夢を捨てきれず、作家への華麗なる転身という三島伝説だったのではないか。

だからといって、三島の作品が駄目だというのではない。おそらく戦後最大の作家は村上春樹（一九四九〜）でも大江健三郎（一九三五〜）でもなく、三島だと思われる。三島に伍《ご》するのは安部公房（一九二四〜九三）くらいのものだろう。しかし、言いたいことは、一見、世間離れしていたような都会人三島であっても近代を形作る成績という文化の中にしっかりと組み込まれていたということである。

以前、南方熊楠《みなかたくまぐす》記念館を訪れたところ、熊楠（一八六七〜一九四一）が入学し退学した大学予備門（旧制一高の前身）二年次の成績表が展示されていた。同期だった正岡子規（一八六七〜一九〇二）の名前がない（落第して一学年下にいたからだ）が、漱石はあった。七十二点であり、まあまあの成績である。他方、熊楠はと言えば、六十二点であり、及第ぎりぎりであった（翌年、熊楠は落第し、退学する）。彼の同期で抜群に成績がよかったのが、平岡定太郎（一八六三〜一九四二）（その後内務官僚、初代樺太庁長官）であった。八十四点だったか。この平岡こそ三島の祖父である。三島の父も農林省（現、農林水産省）の局長まで昇った人だが、どうやら三島家は代を下るほどに成績は低迷し、逆に文章を書く能力は上がっていったようである。

三島を例にとってやや詳しく成績との関係を述べてきた。ここから何が分かるだろうか。それは近代社会において作家なるものがどうやって生まれてきたかである。入学した学校をほぼすべて中退した永井荷風（一八七九～一九五九）や萩原朔太郎（一八八六～一九四二）は日本近代を代表する作家・詩人だが、簡単に言えば、学校にはなじめない劣等生であった。志賀直哉（一八八三～一九七一）は学習院から東大に進み中退しているが、成績がとにもかくにも悪く、成績に対する劣等感から生涯逃れることができなかったという。ために子供たちの進学にもはなはだ冷淡であったとか。太宰治（一九〇九～四八）が現代の「引きこもり」よろしく、東大文学部にほとんど通わず通常の倍である六年も在籍してそのまま退学しているのも、勉強する気がなかったことも確かだろうが、成績もよくなかったに違いない。一見、知的かつ成績抜群に見える辻邦生（一九二五～九九）だって、当時「三松」（旧制松本高校・松江高校・松山高校）と呼ばれて帝国大学の先生に馬鹿にされていた松本高校に進み、五年も在籍していた。戦前は旧制高校の定員と帝国大学の入学定員が同じだったから、東大の法学部や医学部を選ばない限り、黙って帝国大学には進めたので、辻も東大文学部に進んでいる。辻の松本高校仲間が北杜夫であった。北杜夫（一九二七～二〇一一）は父である斎藤茂吉（一八八二～一九五三）（秀才であった）の説得で東北大医学部に進んでいる。東北大になったのは、東大には入れないと思ったからではないか。最近物故した野坂昭如（一九三〇～二〇一五）は新潟の名望家（父相如は副知事だった時期がある）の出身だが、旧制三高（現、京都大学総合人間学部）に二度も落ちて嫌々ながら旧制新潟高校（現、新潟大学）に進み、京大を受験してまた落ちてなんとか早稲田大学に入った。だからといって、大学に通うわけでもなく、いつのまにか中退し、作家になった。おそらく早稲田のキャンパスで野坂を見た人はいなかったのではあるまいか。

例を挙げればまだまだ上がるが、この辺でやめておこう。作家という職業は、上記に示したように、文学青年を気取りつつも、よくよく見れば、成績がよくなく、こうなったら、作家しかなれない（なれただけでもたいしたものである。これは押さえておきたい）連中がなるものだったのである。もっと優しく言えば、作家的知性や感性と学校の成績とは相性が悪いということである。この矛盾する関係が作家を作り出すのだ。なお、漱石がプロの作家になったのは四十歳の時であり、それまでは英文学者である。秀才（二歳も歳を誤魔化《ごまか》していたとはいえ、東大卒業順位が八位だったので、東大に残れず陸軍に入った）森鷗外は一度もプロの作家にはなっていない。

ここで、大胆な仮定をすれば、明治維新がなく、江戸時代が続いていたら、これまで述べてきたような作家は誕生しようがなかったに違いなかろう。大田南畝《おおたなんぽ》（一七四九〜一八二三）は御家人出身の小役人であったが、江戸時代四回催された昇格試験にトップで合格している。むろん、科目も近代とは異なるが、旗本ではない御家人としては一等出世もし、和歌・狂歌、漢詩・狂詩、俳諧・川柳、文章（和・漢・随筆・考証）などすべての文芸分野において、堂々たる業績を遺している。南畝が明治以降に生まれていたら、さて、作家になったであろうか。

3　成績優秀者たちの集団—陸軍

最後に、作家の正反対にいた人たちの例として陸軍エリートを上げておきたい。鷗外も陸軍軍人（極官は軍医総監＝中将）であったが、長州閥の陸軍と呼ばれたのは明治で終わり、以後の陸軍は徹底した成績主義で人間を抜擢《ばってき》していった。陸軍には陸軍幼年学校・陸軍士官学校・陸軍大学校という教育機関があった（他にも経理学校などの学校があるが省略する）。陸軍将校を目指すのであれば、中学校二年次で受験する陸軍幼年学校に入るか、中学四・五年次で受験する陸軍士官学校に入るのが普通である。中でも陸軍幼年学校（「陸幼」）出身者は陸軍士官学校（「陸士」）出身者よりも陸軍の生え抜きとして大事にされもしたが、結局、将来を決めるのは成績であった。

永《なが》田《た》鉄山《てつざん》（一八八四〜一九五三）という著名な軍人がいた。軍務局長（政府予算の三十五％くらいを差配する権力をもつ。現代風に言えば、三十兆円前後のお金の使い方を決めている人である）時代の昭和十（一九三五）年に「中年の青年将校」とも言われた相沢三郎中佐（一八八九〜一九三六）（むろん成績は悪い）に局長室で斬殺された。この人が生きていたら、日中戦争も大東亜戦争（＝太平洋戦争）もなかったと言われるくらい有能かつ先見の明にたけていたが、彼の成績が凄《すさ》まじい。陸幼から陸大までの卒業席次を上げる。

東京陸軍幼年学校三位—中央幼年学校二位—陸軍士官学校一位—陸軍大学校二位

いやはや絵に描いたような秀才である。永田は最短時間で陸大を卒業した後、デンマーク、ドイツ、スウェーデン、スイスと計五年以上ヨーロッパに留学し（ドイツ女性からドイツ語でラブレターももらっている）、現場経験は他の陸軍エリートと比べても少なく、それ以外は、参謀本部、陸軍省といった陸軍中央の主要ポストを歴任し、規定ラインに乗って軍務局長に昇進した。暗殺されていなかったら、陸軍次官を経て、陸軍大臣、そして首相になっていただろう（ちなみに永田が死んだので永田の子分であった東条英機〈一八八四～一九四八〉は首相になれたのだ）。

さらに、落とせないのは、この人物が単なる成績秀才ではなかったことである。その見識もなかなかなものであった。軍縮ムードで覆われていた動員課長時代に戦争勃発の不可避性を講演し（その通り、第二次大戦は発生した）、他方、竹馬《ちくば》の友《とも》だった岩波茂雄に依頼されて書いた「陸軍の教育」（『岩波教育科学大系』八巻に所収）において、陸軍とはあらゆる国民を兵士として育てる教育機関であると論じた。そこには一般イメージにある陸軍＝精神主義という構えは皆無である。最初にカント（一七二四～一八〇四）の楽観主義とショーペンハウエル（一七八八～一八六〇）の悲観主義を上げて、陸軍の教育はその間にあると筆を起こすところなど、当時の大概のインテリと議論できたと思われるほど機知に溢《あふ》れている。

このように記すと、いや、永田が極端なのだという意見もあるだろうが、陸士の卒業席次（だいたい三五〇人くらい）がほぼ三十位以内であり、部隊勤務二年～七年の間に連隊長の推薦を受けたものだけが陸大を受験できるのであるから、陸大受験だけでも既に選ばれた人たちなのである。しかも、各連隊二名の受験者がいるとすれば、第一次試験（九科目）の合格者百名はほぼ数十倍の難関となる。最後の仕上げが二泊三日に亙る面接（ディベート）試験であり、ここで五十名に絞られ、最終合格者となる。しかし、問題は今後三年間の学業期間でどれだけ上位にいくかにある。陸大の授業は陸大卒業一位だった今村均（陸軍大将）が回想するように、演習形式であり、アメリカの大学と似ていた。よって、周到な準備に加え臨機応変的知が必要とされ、自己の意見は教官によって採点されていく。こうして三年後に卒業席次六位までは恩賜軍刀組（天皇から軍刀を拝領する）。だいたい十五位までは、欧米（ドイツ・フランス・イタリア・イギリス・ソ連・アメリカ）留学が許される。そうなると、二十五位以下は、概ね「支那通」（中国専門家）になるしかなくなるのだ。成績によって、配属先とその後の人生まで変わるのである。陸大出が誰しも配属されたがる参謀本部第一部作戦課はほぼ上位者に限定されていた。

　ということは、永田ほどではなくても、永田に準ずる軍人たちが陸軍中央の中枢にいて、政治や戦争を動かしていたのである。結果はどうだったか。悲惨きわまる敗戦であった。以前、この話をカルチャーセンターでした時に、「日本を敗戦に導いたのは秀才たちだったのです」、と告げると、聴講生は一応に驚き、中には笑う人もいた（おそらく笑ったのは成績がよくなかった人たちではないか）。だが、その直後に、「それでは、成績の悪い人たちに陸軍なり、官僚機構なりを任せたらどうだったでしょうか」と質すと、笑いは消え、沈黙が支配したのである。

近代社会は、個人の能力を最大限に重視する社会である（評判の悪い『教育勅語』もそう書いてある。「学ヲ修メ業ヲ習ヒ以テ智能ヲ啓発シ徳器ヲ成就シ進テ公益ヲ広メ世務ヲ開キ」のところなど）。とすれば、どこそこの家柄、なになにという尊い身分よりも、力のある個人が尊ばれるようになるのは理の必然である。それを示す指標が学校の成績なのだ。ということは、学校の成績がよい人間は、本人の資質に加えて努力の賜物であるから、むろん、成績の悪い人よりは厚遇しなくてはいけない。そうしないと一部の勉強好き以外は勉強などしなくなる。近代秩序が崩壊するのである。だから、成績の悪い人を厚遇して政治・行政・軍事を任せることは断じてできないのである。

それならば、成績がよくて戦争もうまい人間を育てればよいではないか、という疑問が出るだろうが、現在までそれに成功した国はない。再び戦国時代に戻って、斎藤道三《さいとうどうさん》（?～一五五六）や豊臣秀吉のような人材が出るのを待つという手があるが、払う犠牲を考えるとできるものではない。よって、可能なのは、成績のいい人間の中からさらにいい人材を選抜するという陸大方式くらいしかないのではあるまいか。

これほどの近代のアイロニーは他にあるだろうか。作家になろうとした人たちの気持ちも分かろうというものである。

Part.3

古典入門

その2…和歌と文化の厚みを知る

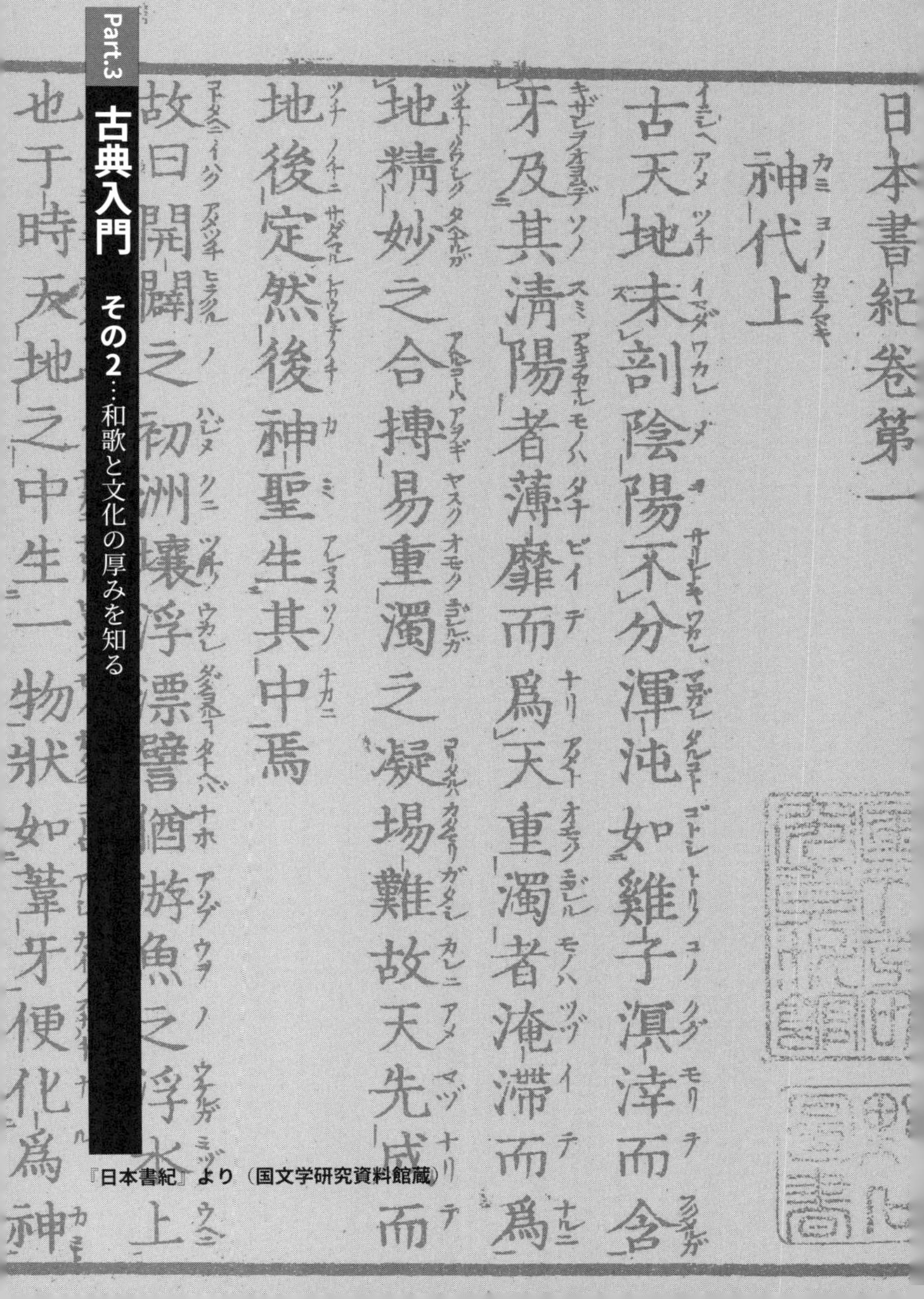
日本書紀巻第一

神代上

古天地未剖陰陽不分渾沌如雞子溟涬而含
牙及其清陽者薄靡而為天重濁者淹滞而為
地精妙之合摶易重濁之凝場難故天先成而
地後定然後神聖生其中焉
故曰開闢之初洲壌浮漂譬猶游魚之浮水上
也于時天地之中生一物状如葦牙便化為神

『日本書紀』より（国文学研究資料館蔵）

Lesson.1

和文にスタンダードはあったのか——和歌のあり方とは

1　文字と表記

日本の仮名（平仮名・片仮名）は漢字を基にして作られた（「安」→「あ」、「伊」→「イ」など）。日本には、幸か不幸か固有の文字（江戸時代、平田《ひらた》篤胤《あつたね》〈一七七六～一八四三〉などは神代文字なるものがあったと主張したが、残念ながら、願望の具現化に過ぎない。それは捏造《ねつぞう》とも言う。歴史上地域を越えてどれだけ捏造が行われたか、まあ、想像を絶する数になるだろう）がなかった。

誤解を解くために言っておくと、文字がない社会（＝無文字社会）が遅れている社会という意味ではない（レヴィ＝ストロース〈一九〇八～二〇〇九〉『野生の思考』みすず書房、川田順造〈一九三四～〉『無文字社会の歴史』岩波現代文庫、を読まれたし）。そういう社会は文字を必要としなかっただけである。日本も漢字を導入するまでは、記憶された語りで物語・歴史を語り、歌を詠んでいた（こうした伝承を文字にしたものの一つが『古事記』である）。

とはいえ、文字がないと、複雑な内容や様々な記録を記し、残しておくことはできない（簡単に言えば、証拠に基づく裁判すらできない状態だ）。和歌なら三十一文字だから、記憶でなんとかなるが、『源氏物語』などは文字がなかったら永遠に完成しなかっただろう（なお、和歌の掛詞も「いはしみず」は「石清水」と「言は（しみ）ず」に掛けるが、これなど文字表記を前提にしている。この例に限らず、その場の思いつきで掛詞はできない。だじゃれではないのだ）。だから、日本が中国から漢字を導入したことは、文字と古典をもっている前近代文明社会の仲間入りを開始したということである。

とはいえ、困った問題があった。それは日本語と中国語の言語として、とりわけ、文法的な違いである。漢文（古典中国文章語、ここでは中国語を漢文として考える）には、日本語の「てにをは」に相当する助詞はない（但《ただ》し、「於」などの助字はあるが、日本語の助詞とは機能が異なる）。動詞も日本語のように活用しない。過去形も現在形も見たところ同じである（日本語の場合、過去の助動詞を動詞の後ろにつけて過去を示す）。中世までのヨーロッパ人が文章はラテン語で書いていたように、日本人が漢文で思考し、漢文で書いていたうちはよいけれども、日本語で思考し、日本語で書こうとすると、漢字しかないとなんとも不自由きわまりなくなる。そこで、最初に日本人がやったことは、漢字を仮名のように使うことだった。これを万葉仮名と呼んでいる。

たとえば、『万葉集』巻二・八五番歌（磐姫皇后）は

君が行き　日長《け》くなりぬ　山尋ね　迎へか行かむ　待ちにか待たむ（新大系）

は、原文では、

君之行　気長成奴　山多都祢　迎加将行　待尓可将待

となっている。「気長成奴」を「日長《け》く成ぬ」と読んだことがここから分かる（但《ただ》し、言っておくと、『万葉集』の訓みは、あくまで試訓であり、本当のところ、どう訓んでいたかは分からない。まだ訓みが定まらない歌がそれなりにある）。「気長」は「日長」＋「く」、「成奴」は「成ぬ」とあるように、訓（長く・成）・音（気・奴）を駆使して漢字だけで歌を表記している。こうして漢字を仮名のように用いることによって、日本語が文字として書き表せるようになったのだ。たいしたものである。

これに近い例を挙げてみると、オスマン帝国（十三世紀末〜一九二二年）は、ヨーロッパを脅かし続けたイスラーム世界最後の大帝国であり、彼らの用いる言葉はトルコ語（当時はオスマン語と呼んだ）であった。しかし、イスラーム世界では、宗教・哲学・法はアラビア語、文学はペルシャ語という棲《す》み分けがあった（ノーベル賞作家オルハン・パムク〈一九五二〜〉の『私の名は赤』はオスマン帝国時代を舞台とする物語だが、この当時は、ラブレターのキーセンテンスはペルシャ語で記されていたとある。本当か嘘かは分からないが、ありそうな話ではある）が、文字は共にアラビア文字を使っていた。アラビア語には母音が長短はあるが、ａｉｕの三音しかない。ペルシャ語には六音あるので、後から母音記号を作って補った。ところが、トルコ語は八音もある。しかも、母音記号をあまり用いなかったらしい（アラビア語は『コーラン』といった聖典以外、母音記号は書かないのに倣ったか）ので、一部のインテリ以外ほとんど読めなかったらしい。オスマン帝国が滅び、今のトルコ共和国の建設者であるケマル・パシャによって、文字がアルファベットに改められ、今に至っている。つまり、オスマン帝国時代は、極めて使いにくい文字を宗教上の理由で使っていたということである（この点、パキスタンおよびインドのムスリムが用いるウルドゥー語は、アラビア文字に補助記号を付けてうまく使い定着している。ちなみに、オスマン帝国と並ぶ大帝国であったムガル帝国の公用語はペルシャ語、俗語がウルドゥー語であった）。

この点、日本人は、万葉仮名を長く使い続けることはしなかった。やはり不便だったからである。たとえば、日本を代表する古典とみなされている『古事記』は、本居宣長《もとおりのりなが》が『古事記伝』を書き上げるまでほとんど読めなかったのである。

古天地未剖、陰陽不分、混沌如鶏子

（『日本書紀』巻第一、神代上、旧大系では、「古《いにしへ》に天地《あめつち》未だ剖《わか》れず、陰陽《めを》分れざりしとき、渾沌《まろか》れたること鶏子《とりのこ》の如くして」と訓読み中心で書き下している）

天地初発之時、於高天原成神名、天之御中主神。

（『古事記』上巻、旧大系では「天地《あめつち》初めて発《ひら》けし時、高天《たかま》の原に成れる神の名は、天之御中主神《あめのみなかぬしのかみ》」と訓む）

『日本書紀』と『古事記』の冒頭を並べてみると、『日本書紀』が正しい漢文であるのに、『古事記』ときては、「成神」を「成れる神」と訓んでおり、漢文とは言いかねる。日本語を漢字で表現しただけである。だが、これはまだわかりやすい方である。

とはいえ、漢字の音訓を駆使して仮名のように使うのは、やはり不便であり、書くのも読むのも大変だった（だが、漢字の使い分けで万葉語の甲音・乙音の違いが分かったのだから、学問的には貴重なデータである）。

そこで、九世紀あたりから自前で片仮名・平仮名を作り、それが今日にまで続くことになる。片仮名・平仮名の登場によって、文章を書く際にどれだけ便利かつ楽になったか分からない。また、漢字も捨てなかったので（戦後、捨てようという愚かな動きもあったが）、今日、日本語で文章を記す時には、漢字（音訓）＋平仮名＋片仮名で記すことがごくごく自然となった。アルファベットだけを使っている外国人が見れば、えらく不便な表記法かと思われるかもしれないが、日本語表記の方がヨーロッパ語に比べて情報を読み取るスピードは断然速いし、また、外来語も片仮名で表記すればよいので、なんら困らない（その結果、訳のわからない外来語が蔓延《まんえん》もしたが）。一旦《いったん》習得してしまえば、日本語は最も便利な表記法をもつ言語であると私は確信している。

2　スタンダードとしての漢文とスタンダードがない和文

日本を正しく日本にした、つまり、その前に長く続いた中国風日本ではなく、和風日本（以前は国風と言った。私は古典日本と呼んでいる）を作り上げたのは『古今集』（延喜五〈九〇五〉年）である。その本文は、本来は、全文平仮名で記されたと推定されている。二つある序文（真名序《まなじょ》・仮名序《かなじょ》）のうち、真名序は漢文で記されている（真名とは本来の字という意味で漢字・漢文を指す）が、仮名序は和歌本文同様に、全文平仮名で記されていただろう。

ここで少し遠回りをして、真名序の言語である漢文なるものを考えておきたい。漢文とは言ってみれば、古典中国語である。だが、漢文は一度も話されたことがない言語である。最初から文章語として作られ、使われ、鍛えられ、伝えられたことばであった。だったら、古代の中国人は何語をしゃべっていたのか。おそらく、その地域の話し言葉（方言とも言う）を話していたのだろう。現在の中国でも北京の人と上海の人が現地の言葉で話すと通じない。古代はさらに通じなかっただろう。それを乗り越える方法が漢文という共通語だと考えると分かりやすいかもしれない。

今日、漢文は文章語としては、ほぼ役割を終えた（明治の頃、満洲で漢文新聞を発行した日本人もいたが）。よって、漢文とはもっぱら読むための古典文章語となっている。私は学んでもいないが、アラビア語など、古典アラビア語（フスハという。文法は『コーラン』に基づく）は、イスラーム圏の共通語（会議などの公用語）、また、アラビア語の文章語（逆に言えば、アラビア語には口語文章語がないようである）として堂々と生きているから、古典語がいずれも漢文のようになったのではない。ラテン語もローマ法王庁では生きているようであるし、インドにあるサンスクリット大学は、授業も会話も古典サンスクリット（梵語）でやっている。

とはいえ、ここでは、漢文なるものが最初から文章語として作られたということだけは理解していただきたい。そして、漢文に近いことばが実は身近にあることに気がつかれただろうか。それは現代日本語の文章語である。現代日本語の文章語（だいたい一九一〇年前後に完成されたという）は、近年、江戸時代の「説教」といった圏外文学＋西欧語＋漢文によって作られたということがほぼ分かってきた（齋藤希史〈一九六三〜〉『漢文脈と近代日本』、角川ソフィア文庫参照）。これも皆がしゃべっていることばが自然に文章語になったのではない。ある意味で作られた言語なのである。だが、これに慣れて（慣らされて）しまったので、私たちは、もはや地の文（会話・心話以外）を標準語と言われている文章語でしか書けなくなってしまっている。嘘だと思ったら、方言でレポートを書いてみるとよい。冒頭、どう始めようか？

とはいえ、現代文章語にも時代の変化があるし、流行もある。明治の頃よく使われた「吾人《ごじん》」「吾輩《わがはい》」などを第一人称で使う人はいなくなったし、西洋語の「誰でも」を意味する「We」をそのまま直訳して「我々は」なども言わない（よく出てくるのは、今話題になっている憲法の前文くらいである。その理由は英文を訳したものだからだ）。よって、これがお手本というような現代文章語は残念ながら存在しない。ために、文章の書き方、論文の書き方のノウハウ本は明治の昔から今に至るまで販売され続けている（今後も販売されるだろう）。

他方、漢文はといえば、これも時代によって、文体・語彙《ごい》の変化や流行はあったに違いないが、清朝までの伝統中国では、士大夫《したいふ》と言われる知識人は、漢文を自在に操る（漢詩文を書く＝作る、注釈書を書く、歴史書を書く、随筆を書くなど）ことが必須条件であり、漢文とはスタンダードな公的言語であると誰も疑ったことはなかった。もっと言えば、儒学・漢詩文への造詣の深さと漢文の運用力こそが士大夫の条件かつアイデンティティであった。

これは中国に限定されたものではない。朝鮮半島は現在南北共にハングルオンリーとなってしまったが、朝鮮王朝時代、公式文書、文章、韻文はいずれも漢文であった。ハングル文学などは王朝の女性たちの小さな集団で作られ、読まれただけであって、一度も文芸の主役にはならなかった。

そして、日本においても、正式な文章とは、長い間、漢文であった。前に示した『日本書紀』が漢文であるのは国家が制定した正史だからである。『古今集』の漢文の真名序がついているのも、『古今集』を公的な詩文集にするため、もっと言えば、漢文という中国的公的・正統的世界に向けて、中国の士大夫が実際に読んだか読まなかったかは問わず、発信するためだったと思われる。たとえば、源信《げんしん》（九四二～一〇一七）が著述した『往生要集《おうじょうようしゅう》』は中国に運ばれて、褒められたという。源信がこれを喜ばなかったということは絶対になかったはずである。漢文は日本においても、スタンダードな文体・文章として位置づけられていたのである。

他方、和文はどうなのだろうか。今、『古今集』仮名序・真名序の冒頭を掲げてみる。ほぼ同意の文章となっているはずである。

仮名序　紀貫之作

やまと歌は、人の心を種として、万《よろづ》の言《こと》の葉とぞなれりける。　（新大系）

真名序（こちらの方が先に成立したと思われる）　紀淑望作

夫和歌者。託二其根於心地一。発二其華於詞林一者也。　（同右）

「やまと歌は、人の心を種として、万《よろづ》の言《こと》の葉とぞなれりける」と「夫和歌者。託其根於心地。発其華於詞林者也」が同意かどうかやや微妙だが、言いたいことは、やまとうた（和歌）とは人間の心（＝根・種）を言語化したものだということでは共通していよう。しかし、読後感はかなり異なる。いうまでもないが、別の言語だからである。そして、漢文の真名序は和歌（＝主語）、心地に託し（＝述語1）、発する者なり（＝述語2）とあるように、文脈が実にたどりやすい一方で、仮名序は、「やまと歌」（＝主語）が「万《よろづ》の言《こと》の葉とぞなれりける」（＝述語）となってはいるものの、「やまと歌」は「～である」ではなく「～となった」と言っており、真名序に比べて主述関係がすっきりとしていないことに気付くだろう。どうしてこうなったのだろうか。

それは、文章を書く言語としての和文がまだまだ完成していなかったからだろう。日本語は、西欧語や漢文（中国語）のように、主語を必要不可欠としない。だから、「象は鼻が長い」（主語は象ではなく鼻である）という文章も可能である。ここも、真名序に倣《なら》って「やまとうたは」と書き出してみたものの、後をどう続けてよいかはっきりしないのである。それが「とぞなれりける」という強調しつつ、すっきりしない文章になっている理由だろう。

何のことはない。仮名序故にはりきって和文によって序文を記したものの、まだまだどう書いてよいかが定まっていなかったということだ。仮名序最後の文章もなかなか難解である。

青柳の糸、絶えず、松の葉の、散り失《う》せずして、真栄《まさき》の葛《かづら》、永く伝はり、鳥の跡、久しく留まれらば、歌の様《さま》を知り、事《こと》の心を得たらむ人は、大空の月を見るごとくに、古《いにしへ》を仰ぎて、今も恋ひざらめかも。

定評のある高田祐彦（一九五九～）訳（角川ソフィア文庫）でここの訳文を示すと、

青柳の糸のように絶えることなく、松の葉のように散り失せず、まさきの葛のように長く伝わり、鳥の足跡のように久しく残っているならば、歌のさまをも知り、言葉の本質を理解しているような将来の人は、大空の月を見るように、古を仰ぎ見て、この『古今集』勅撰の成った今を恋い慕わないことがあろうか。

ここで前半は、「青柳の糸」＝絶えないものの喩え、「松の葉」＝散り失せないものの喩え、「真栄の葛」＝永く伝わるものの喩え、「鳥の跡」＝久しく残っているものの喩えであり、いずれも永遠に伝わる、続くという意味内容になっている。

問題は、「久しく留まれらば」だろう。この表現の特異性は他に例を見ない。文法的には、「留まる」の已然形＋存続完了「り」の未然形＋接続助詞「ば」であるが、どうしてこんなに妙に凝った文章にしたのだろう。あっさりと「久しく留まらば」でよいではないかと思うが、前段の永遠性をここでも強調したくて、あるものがずっと続いているという意味を示す「り」の未然形を間に挟んだのだろうが、結果的にすこぶる人工的な表現となった。簡単に言えば、こなれていないのだ。

そして、最後の一文「古《いにしへ》を仰ぎて、今も恋ひざらめかも」である。高田氏がわかりやすく言葉を足して訳してくれているが、「今も恋ひざらめかも」もかなり特異である。「恋ひ」＋「ず」の未然形＋「む」の已然形＋係助詞「か」＋「も」（平安期にはいるとほぼ「かな」になる）というのは、直訳すれば、「恋わないでいられないだろうか」となるが、ここもあっさりと、「恋ひざらむや」

もしくは「恋ひざらめや」くらいでよいかと思うが、強調の結果、舌を噛《か》みそうな表現となっている。

くたくたと書いてきたが、何が言いたいかと言えば、日本最初の和歌原論たる「仮名序」とて、必死になって人工的に書き上げた和文であり、その後、和文のスタンダード（『新古今集』・『続古今集』の仮名序の手本にはなったが）とはならなかったということである。

それでは、和文でスタンダードとはあったのか。おそらく書簡体の「候文」や変体漢文と呼ばれた貴族の日記（漢文風だが、漢文ではない、日本語を漢文風に書いているだけ。だから、「被《る／らる》」を受け身ではなく、尊敬語で用いたりする）になるだろうが、これは我々が考える和文とはやや異なる。ならば何だろうか。私が思うに、和歌だと思われる。和歌が和文の唯一のスタンダードであった。故に学ばなくてはならないのである。

ならば、日本古典文学の代表たる『源氏物語』の文章はスタンダードではないのか、と言えば、規範になり、その後の物語作品に模倣されたし、さまざまな作品のモデルともなったが、皆が『源氏物語』風の文章で書いたかと言えば、そうではない。鎌倉から室町にかけて、『源氏物語』六十巻説に基づき、六巻の続編を書いた人がいる。その一つ『山路の露』を読めば、『源氏物語』をとてもじゃないが、まねて書いたとは思われない安易な（故に読解も容易な、中世的な）和文体である。これ一つをみても、『源氏物語』は仰がれた作品だが、文章としてのスタンダードにはなれなかったことが確認されるのだ。

和文にはスタンダードがなかった。だからこそ、兼好法師（?～一三五七／五八）は擬古文風に『徒然草』を書き、江戸期の本居宣長も平安人になったかのような擬古的な和文体の文章（徹底的に和語を用いる）を書いた。いずれも作為的な行為であり、当時の人の標準的書記行為ではない。こうしてみると、誰もがほぼ同じような文章で書く、近代文章語は偉大な達成だが、所詮《しょせん》、スタンダードではないのだから、今後もさまざまと変容していくだろう。その一つである論文的文章も柳田国男（一八七五～一九六二）の頃は、最後に教訓や怒りがまま表明されていたが、今、こんなことを書くと、妙な人だと思われ（＝避けられ）るだけである。

だから、最後にこう言っておこう。スタンダードがないからこそ、和文を含めた日本語の文章語は可能性にあふれていると。皆が試行錯誤をしつつ、自らの表現手段を会得されることを望んでやまない。残念ながら私はまだ修行中である。

Lesson.2

藤原俊成の古典意識――生き、活動する原点にあるものとは

1　一人歩きした俊成の言葉

藤原俊成《ふじわらのしゅんぜい》（一一一四～一二〇四。「としなり」とも）という歌人がいる。俊成の息子はかの藤原定家《ふじわらのていか》（「さだいえ」とも）であり、鎌倉時代から南北朝を通じて勅撰集《ちょくせんしゅう》を編纂《へんさん》してきた二条家・京極家という和歌の家の祖に当たる人物である。

俊成の功績として、まず挙げるべきは『千載和歌集《せんざいわかしゅう》』の撰者であり、次に、中世を代表する歌論書である『古来風躰抄《こらいふうていしょう》』の執筆、そして、『六百番歌合《ろっぴゃくばんうたあわせ》』の判者《はんじゃ》（左右どちらの歌が優れているか判定する役）といった歌壇での活躍（四十の歌合判詞を執筆）となるだろうか。とにかく、当代一の歌人として圧倒的な尊敬と権威をもっていた人物であった。『詞花集《しかしゅう》』以来、勅撰集に入集《にっしゅう》した和歌は、計四一八首だから、中世を通じて息子の定家と並んで最も重んじられた歌人である。本人の家集と

して出家直後の六十五歳ごろにまとめた『長秋《ちょうしゅう》詠藻《えいそう》』（四七九首）がある。当時にしては例外的な長命である九十一歳でなくなったので、実際に詠んだ歌の数はかなりのものに昇ったと予想される。

さて、俊成は『源氏物語』について、きわめて印象的な言葉を残していた。それは『六百番歌合』にある以下の言葉である。

冬上十三番　枯野　左勝　女房（藤原良経）

見し秋を何に残さん草の原ひとつに変る野辺のけしきに

右　隆信

霜枯の野辺のあはれを見ぬ人や秋の色には心とめけむ

右方申云、「草の原」聞きよからず。左方申云、右ノ歌古めかゝし。

判云、左、「何に残さん草の原」といへる、艶にこそ侍《はべ》めれ。右ノ方人、「草の原」難申《なんじまうす》之条、尤《もっとも》うたたある事にや。紫式部、歌詠みの程よりも物書く筆は殊勝也。其ノ上、花の宴の巻は、殊に艶なる物也。源氏見ざる歌詠みは遺恨の事也。右、心詞、悪《あ》しくは見えざるにや。但《ただし》、

常の体なるべし。左ノ歌、宜《よろしく》。勝《かつ》と申《まうす》べし。 （新大系）

「判云」以下が俊成の言葉（判詞）である。この二つの歌は、「枯野」という題で詠まれている。どちらがよいかを判定するのが判者たる俊成の仕事となる。結論は、女房（歌合では高貴な主催者の場合身分を隠して「女房」と記されることが多い）とされる藤原良経《ふじわらのよしつね》（一一六九〜一二〇六）の「見し秋を」歌の勝ちとなった。通常、院・天皇をはじめとする高貴な人（この場合は「女房」と記される良経）は歌合では勝つことになっているから、この結果にそれほどの驚きはないが、問題は勝った理由である。俊成は判詞で藤原良経詠の「草の原」にひどく反応しているのだ。

まず、「左の歌（藤原良経詠）は、「何に残さん草の原」と言っている、これは艶（優美）でございます」と讃《ほ》めている。そして、判詞の前に「草の原聞きよからず」（「草の原」は聞きにくい、あまり聞いたことがない）とした「右方」の難陳《なんちん》（双方の方人がそれぞれ相手の歌を批判したり評価したりすること）に対して、「「右方」の人が「草の原」を非難するのは間違っている。紫式部は歌人以上に物語を書く能力が優れている。加えて、『源氏物語』「花宴《はなのえん》」の巻はとくに優美なものである。ああ、『源氏物語』を読まない歌人は遺恨（遺憾・残念、もっと言えば駄目だくらいの意味）のことだ」と嘆くのである。

はじめてこれを読んだ人は、どうしてここで唐突に『源氏物語』が出てきたのか、不思議に思ったに違いない。種明かしをすれば、『源氏物語』「花宴」巻にこのような歌があるのだ。

女

（朧月夜）

うき身世にやがて消えなば尋ねても草の原をばとはじとや思ふ

この歌がでてくる直前には、光源氏が朧月夜内侍《おぼろづきよのないし》に「なほ名のりしたまへ。いかで聞こゆべき。かうてやみなむとは、さりとも思されじ」（新編全集。以下も同じ）（やはり名乗りなさい、お名乗りにならないなら、どうしてご様子を伺うことができますか。といっても、このまま終わってしまうとは、あなたもお考えではないでしょうが）と語りかける場面がある。簡単に言えば、源氏は朧月夜内侍を口説いているのである。それを受けての朧月夜内侍の歌であることをまずは押さえておきたい。

女は、源氏の誘惑に対して、このように、歌で応える。つらい身のままで世の中からふいと消えてしまったら、あなたは、私が名乗らなくても、私が葬られている草の原までお訪ねになることはないでしょうね、と。

この歌の直後、地の文では「と言ふさま、艶になまめきたり」（と言う様子が、優美でやさしい感じである）」とある。

女の歌は、恋のはじまりの段階によく出てくるタイプの歌である。男に対して、あなたって、あたしのことを本気で好きなわけではないでしょう、と相手の本心を捜る意図がこの歌にはあるからだ。それにしては、女の歌の内容は、死ぬなどと表現的にややオーバーなのだが、『源氏物語』の地の文では、「艶」であると讃められてもいる。当意即妙な受け答えがよしとされたのかもしれない。

ここで、俊成の判詞に戻ると、「花宴」巻には、たしかに「艶に」という言葉があった。俊成は、良経の歌を「艶」と讃め、『源氏物語』「花宴」は「殊に艶」であると言っている。それはこの場面を指すと見てよいだろう。つまり、俊成は、良経の歌から『源氏物語』「花宴」のこの箇所を思い起こして、おそらく良経も同様にこの場面から「見し秋を」歌を詠んだに違いない、と考えたのだ。それから一歩進んで、「『源氏物語』を読まない歌人は駄目だ」というように、基本的教養としての『源氏物語』を知らない歌人を批判する言葉が出てくるのである。

以来、俊成のこの言葉は一人歩きをして、歌人であるなら、『源氏物語』の素養が不可欠であると思われるに至っている。だが、歌を詠んだ当人である良経は、本当に『源氏物語』から「見し秋を」歌を詠んだのだろうか。まずは、この歌を解釈することから始めてみたい。

見し秋を何に残さん草の原ひとつに変る野辺のけしきに

歌の内容は、見た秋をいったい何に残したらよいのだろう。花が咲いていた草の原もまるっきり変わってしまった野辺の景色のなかで、というものだ。花が咲き誇っていた草の原も「枯野」の題通りに、今ではすっかり枯れ果てている。だから、かつて見た秋の美しい風景はどこにも残っていないと言うのである。

この歌と『源氏物語』「花宴」の「うき身世に」の歌とでは、「草の原」が共通するが、強いて言えば、「ひとつに変る」と「やがて消えなば」と意味的に近いことは言えるかもしれないが、和歌の達人である良経であっても、『源氏物語』の「うき身世に」歌から、「見し秋を」歌を思いつくことはかなり大変なことだろうし、仮にできたとしても、想像を絶する飛躍を要したことだと想像されよう。

とすれば、良経が何に拠《よ》ってこの歌を詠んだのだろうか。ちょっと困ってしまうが、『源氏物語』の影響下で生まれた『狭衣物語《さごろもものがたり》』巻二冒頭にある歌に目を向けると、別の視界が開けてくる。

尋ぬべき草の原さへ霜枯れて誰に問はまし道芝の露　（旧大系本）

「尋ぬべき」歌は「草の原」「問はまし」とあるから、『源氏物語』「うき身世に」歌から想起されて詠まれたものだろう。しかし、大きな違いもある。それは「霜枯れて」という言葉が『狭衣物語』の歌にはあることだ。そして、この「霜枯れて」が良経詠と深くつながっていくことに気づいただろうか。

私は、良経は、『源氏物語』よりも、『狭衣物語』の「尋ぬべき」歌を見て、「見し秋を」歌を詠んだと推測している。その理由は、やはり「霜枯れて」という言葉である。これが歌の題である「枯野」とそのままつながっていくからだ。

となると、俊成はどうして『源氏物語』をこの歌の本歌と言ったのか、という新たな問題が出てくることになる。俊成が『狭衣物語』の歌に気がつかなかったというのが一等わかりやすい答えだが、これではおもしろくない。「源氏見ざる歌詠みは遺恨の事也」と高らかに言い切っている俊成の態度から、私は俊成の別の狙いを考えてみたい。

2　俊成の明確な古典意識の理由

それは、『源氏物語』という古典を重視せよという俊成の強い主張である。『源氏物語』が古典、言い換えれば、皆が知っておかなくてはいけない権威のある書物となったのは、実はそう古いことではない。安元元年（一一七五）に三十八歳で亡くなった世尊寺伊行《せそんじこれゆき》が『源氏釈《げんじしゃく》』という注釈書を残しているが、これが『源氏物語』の最初の注釈書である。古典とは注釈のある本のことと、本書でも述べているが、『源氏物語』の成立がだいたい寛弘五年（一〇〇八）前後とされているから、最初の注釈が出るまで最低約一六〇年くらい経っている。つまり、その間は読まれることには読まれたが、注釈書が作られるほどは重視される本でも、権威のある本でもなかったということを示していると言ってよいだろう。

ましてや、『源氏物語』から七十年前後経ってから成立した『狭衣物語』となると、読み物としては、かなり読まれて（当時、読むことは書き換えを含むから、書き換えられて）しまい、定家の時代には、基準となるテクスト（証本・定本）が作ることができなくなったほどだったというが（後藤康文〈一九五八～〉『狭衣物語論考【本文・和歌・物語史】』、笠間書院参照）、『狭衣物語』も決して上記で言う古典ではなかったのだ。

だが、『源氏物語』の方は、俊成に至ると、彼は堂々と『源氏物語』を顕彰するようになる。つまり、「源氏見ざる歌よみ」云々の言葉は、言ってみれば、『源氏物語』古典化宣言ということになるだろう。

この頃、俊成は別のところで、こんなことも言っていた。著名な俊成の代表歌に

夕されば野べの秋風身にしみてうづらなくなりふか草の里 （古典ライブラリー『慈鎮和尚自歌合』）

という歌がある。この歌を俊成は、『慈鎮和尚自歌合《じちんかしょうじかあわせ》』の中で、『伊勢物語』一二三段に基づいて詠んだことを告白している。

それまで、古歌と言ったり、古物語などとぼやかして言うことはあったが、俊成になると、そうではなく、正しく『源氏物語』や『伊勢物語』と作品名を言うようになる。この違いは存外大きいのではないか。なぜなら、そこに、ぼんやりとした古典意識ではなく、はっきりとした明確な古典意識が窺《うかが》われるからに他ならない。俊成は、『伊勢物語』・『源氏物語』は古典であり、今後和歌を作る上で一等大事な源泉である、だから、皆も勉強して己の素養とせよと言っているのだ。

俊成の息子である定家は、『古今集』・『後撰集』・『拾遺集』という三代集のみならず、『伊勢物語』、『源氏物語』（青表紙本）の校訂本（定家本と言う）を作成した。他にも『更級日記』や三巻本『枕草子』の校訂本も作っているが（佐々木孝浩〈一九六二〜〉『日本古典書誌学論』、笠間書院参照）、そのなかで、『古今集』・『伊勢物語』・『源氏物語』の校訂本を作ったことは、父の意志を継いで、古典の核になる

書物を整備し、これこそが読むべき古典的書物なのだと決めようとしたことを如実に示していよう。以後、『古今集』・『伊勢物語』・『源氏物語』（加えて『和漢朗詠集』）が日本の代表的な古典となっていったのである。

してみると、古典というものは最初からあるわけではないのだ。俊成・定家のように権威のあるだれかが高らかに古典を重視せよ、これが古典だ、古典を知らないと駄目だと主張し、周囲の人がそれを受け入れることによって、古典が作られていくのである。俊成の行為は、その意味で画期的だった。日本において、古典と和歌によって、院・天皇の下に権力のある集団（公家・武家・寺家）が繋《つな》がれていく、即ち、古典的公共圏が生まれるのは、おそらく後嵯峨院《ごさがいん》の頃（一二五〇年前後）だと考えているが、その先駆けをしたのが、俊成であり、定家ということになるのである。

最後に、どうして俊成は『源氏物語』『伊勢物語』を古典として仰げ、と叫んだのだろうか。おそらく、ある起源的書物を持たない限り、我々は漂流したままになって根無し草になってしまうという危機意識がそこにあったのではないか。俊成の生きた時代は、長く平和だった時代が終わり、保元・平治そして治承・寿永の内乱が勃発するという戦乱の時代でもあった。そのような激動の時代に生きるには、明確な基準がいる。それが古典ということになる。古典さえあれば、我々は過去と今をつなぐことができる。つまり、アイデンティティーを確保することができるのだ、と俊成は考えていたのだろう。俊成にとって、古典とは、生き、活動する原点にあるものだったのだ。読者にはなにか基準や寄る辺はあるのか、時折、自問していただきたい。

Lesson.3

アヴァンギャルドと伝統——孤語「ゐごゐご」考

1　源頼政の昇進と和歌

鵺《ぬえ》退治（『平家物語』第四巻）で名を馳《は》せながら、以仁王《もちひとおう》（一一五一〜八〇）を昇《かつ》いで平家滅亡を図って挙兵するも破れ、最後は自害して果てた武者・源頼政《みなもとのよりまさ》（一一〇四〜八〇）は、他方、『頼政集』なる私家集をもつ著名な歌人であった。

『平家物語』では、怪物退治の前に、保元の乱・平治の乱で活躍しながらも、満足する恩賞に与らなかった頼政が

人知れず大内山のやまもりは木《こ》がくれてのみ月を見るかな　（新大系、以下も同じ）

という我身の不遇を嘆く歌（「述懐《しゅっかい》」と言う）を詠み、昇殿《しょうでん》を許されたものの（殿上人になること）、それに飽き足らず、その後、三位、即《すなわ》ち、公卿の位階を狙って、

　のぼるべきたよりなき身は木のもとにしゐをひろひて世をわたるかな

と再び述懐の歌を詠み、遂《つい》に従三位《じゅさんみ》に到達したことを伝える。以後、源三位《げんざんみ》と呼ばれるようになった。貴族社会に生きる者にとって、昇進こそ最も優先すべき人生目標であったが、その点、頼政は人並み以上の出世欲をもつ人物であったのだ。

　さて、「のぼるべき」の歌は、「しゐ」が当時彼の位であった「正四位下」の「四位《しゐ》」と木のもとに落ちた「椎《しひ》」の実が同音（shii）であり、それを掛詞《かけことば》としたことが味噌である。木に登れない我身は地に落ちた椎を拾って生活するのかという意味と四位のままこの身を終えるのかという意味が重なっているということだ。どちらも哀れさが漂っており、こんな私ですから、なんとか三位に上げてくださいという切なる願いを効果的に表現している。現代人の眼から見れば、ちょっとね、やりすぎでは、と言いたくもなる。

　とはいえ、さしてうまい歌だとも思われないけれども、不遇を嘆く歌によって昇進することもあったことをこの話は伝えてくれる。これが事実であった確証はないけれども、臣下の不遇感が和歌によって哀訴された場合、天皇・院（この場合は後白河院《ごしらかわいん》）はそれなりに対応するものとなって

いたようだ。こんな歌がそれこそ毎日のように送ってこられたら、たまったものではないが、それも天皇・院の言ってみれば、仁の現れであり、昇進という甘い果実をもたらしてくれるのが他ならぬ和歌だったこと（これを「歌徳」という）は和歌の力を知る上で知っておいてもよい。

2　頼政の父仲正とその和歌

頼政の父親は、源仲正《みなもとのなかまさ》（一〇六六頃〜一一四〇頃）といい、やはり歌人であった。経歴は、井上宗雄（一九二六〜二〇一二）『平安後期歌人伝の研究』（笠間書院）によれば、「下級官人―六位蔵人―受領―京官（それも閑職）」とあるように、従三位まで昇った息子と較べると不遇であった。武者でありながら中級官人生活をおくり、受領を経て、なんとか閑職の兵庫頭《ひょうごのかみ》従五位下《じゅごいげ》に至りついた人である。

だが、仲正が、四百首以上の和歌を残したばかりか、それまでに詠まれなかった特異にして突飛《とっぴ》な歌ことばを和歌に詠み込む、革新的な歌人であったことは、頼政以上に評価してよい。おそらく歌ことばの用い方では、出来のよしあしは置いておいて、空前絶後の歌人であったろう。そのうちの一首をあげてみよう。

水たまるたにのゐごゐごほりかへしわりなくうなふをだの苗代
（古典ライブラリー）

（水が溜まっている谷のえぐを掘り返し無理やりに耕したよ、小田の苗代は）

この歌は、仲正の晩年にある長承元年〜三年（一一三二〜四年）に催された『為忠家初度百首《ためただけしょどひゃくしゅ》』の「春」部に「山田苗代」という題で詠まれたものである（一〇二番歌）。「山田苗代」といった題（与えられた題に即して和歌を詠むことを題詠《だいえい》と言い、平安後期以降、一般化する）は、この「百首歌」（「春・夏・秋・冬・恋・雑」の六部・百題で各人百首詠む形態）ではじめて登場するが、百首歌の起源というべき『堀河百首《ほりかわひゃくしゅ》』（長治二年〜三年〈一一〇五〜六年〉）の「苗代」という題がある。そこには、源師頼《もろより》（一〇六八〜一一三九）の、

を山田のゑぐのわか菜を打返し苗代水を引きぞまかする

（古典ライブラリー）

という歌があり、「ゑぐ」（↓「ゑごゑご」）、「打返し」（↓「掘り返し」）とあるから、これが仲正歌にもっとも影響を与えた本歌的な役割を果たしていると思われるが、仲正は、谷間にある土地を苗代田にするには、ゑぐ（黒慈姑《くろぐわい》）を掘り返さねばならないと大胆に歌の中身を改めている。

もっとも、「ゑぐ」と「山田」の結びつきは、『後撰集』春・三七番・よみ人しらずの歌に

君がため山田の沢にゑぐ摘むと濡れにし袖は今もかわかず

（新大系）

とあり、「山田（の沢）」と「ゑぐ」の特定のイメージを喚起する結びつき（これを「観念連合」と言ってよい）は当時から知られていた。さらに遡《さかのぼ》ると、『万葉集』一八三九番に、

　君がため山田の沢にゑぐ摘むと雪消《ゆきげ》の水に裳《も》の裾《すそ》濡れぬ　（新大系）

という下句を異にする類型歌があるから（『古今六帖』一七二九番歌・「沢」でも、下句が「ぬれにし袖はほせどかわかず」〈古典ライブラリー〉となっている）、『後撰集』歌は、何種類ものヴァージョンをもつある種の伝承歌だったのだろう。

とはいえ、愛する人のために山田の沢のゑぐを摘むと、濡れた袖は今も乾かない（そこから涙を連想させ、なかなか逢えない心境を伝える）とする、春の部立ながら、恋のイメージが濃厚な歌が、『堀河百首』の為頼歌になると、春本来の姿に戻って、苗代を詠む農耕の歌に変貌していったのは面白い。和歌にはこのようなことがよくある。そして、師頼歌を想起した仲正は、今度は、水を引いて撒《ま》かせたとしないで、既に水が溜まっている谷間の土地として、そこに生えるゑぐを掘り返し、無理やりに苗代田を作った歌に変えてしまったのだ。こんな違いどうでもいいではないか、と思われる向きもあるかもしれないが、歌人とは、ちょっとした差異に己が詩人生命を賭ける存在なのである。

3　仲正歌の特異性と狙い

それでは、仲正歌は、どこか奇妙なのか。これはなんといっても「ゐごゐご」という独自の歌ことばにあるだろう。『為忠家初度百首』「山田早苗」で「ゐぐ」を詠んだものとしては、他には藤原忠成《ただなり》（生没年未詳、俊成の同母兄、父は権中納言藤原俊忠〈一〇九一～一一五八〉）の歌がある。

を山田のこひぢにたちてゐぐつむと苗代みづに袖ぬらしつる　（一〇〇番〈古典ライブラリー〉）

この歌は、『後撰集』恋・五六七・よみ人しらず「今ぞ知るあかぬ別《わかれ》の暁は君をこひぢに濡るゝ物とは」（新大系）などで常套的《じょうとう》に用いられ、多くは「濡れ」と結ばれる、「小泥」と「恋路」を掛ける「こひぢ」が「袖濡らしつる」となっているから、明確に『後撰集』「君がため」歌の世界を承けている。恋のイメージを密《ひそ》かに守りつつ、山田・ゐぐの観念連合を土台として題を詠んだものだろう。

これに対して、仲正は和歌で唯一の用例といえる「ゐごゐご」を用いた。「ゐご」は「ゐぐ」の転で、用例としては、前代の代表歌人源俊頼《みなもとのとしより》（一〇五五頃～一一二九か）に、

をかみ河むつきにはゆるゐごのうねをつみしなへてもそこのみためぞ

（『散木奇歌集』・春・二六〈古典ライブラリー〉）

という難解な歌があるだけである。俊頼は『万葉集』や方言から歌ことばを盛んに採っていった歌人だが、ここでは、『万葉集』巻一七・四〇二一番・大伴家持「雄神川紅にほふ娘女《をとめ》らし葦附《あしつき》取ると瀬に立たすらし」（新大系）の「雄神川」をとり、「葦附」（水松《みる》の一種）を「取る」を「ゐご」の「畝《うね》を摘《つ》み撓《しな》へ」と変換して、詞書《ことばがき》（和歌が詠まれる場を説明する文章）に「むつきの七日、中宮亮仲実がもとへ、ななくさのな、つかはすとてよめる」とあるように、七草をあなたのために送ったのだという気持ちを表しているのだろうか。但し、「ゐご」がこれしか用例がないということ、さらに、俊頼が「ゐぐ」ではなく「ゐご」としたことは、『万葉集』を引いていることとも関連するが、古いと彼には思われる方言（根拠はないが）に「ゐご」があり、それから取った可能性があるだろう。それが七草を送るという古風な振舞いに似合ったものと思われていたかどうかは分からないが、いかにも革新と伝統を調和させようとした俊頼らしい趣向を凝らし過ぎた贈答歌である。

その「ゐご」を仲正はなんと繰り返して、「ゐごゐごゐご」としたのである。思うに、「掘り返し」という反復を意味するイメージと、「ゐごゐご」という音の反復を重ね合わせてみたのではないか。さらに音のイメージで想像を広げれば、「こゐごゐ（声々）」という頻出する歌ことばを反転させた狙いがあったかもしれない。効果のほどはさておき、ある種の音楽性が生まれたことは間違いない。

また、「うなふ」というこれまたここにしかない歌ことばも登場する。室町期の『実隆公記《さねたかこうき》』長享二年（一四八八）三月二十八日に記者である三条西実隆《さんじょうにしさねたか》は、連歌師宗祇《そうぎ》にいろいろな疑問を質す。その一つが「夏そひくうなかみかたは」（巻一四・三三四八番「夏麻引《そび》く　海上潟《うなかたがた》の沖つ洲《す》に　船は留《とど》めむ　さ夜ふけにけり」か）という、『万葉集』の古注が不審とする語句であった。宗祇の答は、

夏そひく畝《うね》と続きたる事なるべし。田舎に田の畝を作る事をうなうと云《いふ》事あり。

（続群書類従完成会）

である。宗祇の解答は国語学的には「正しい」とは言えないだろうが、田舎で田の畝を作ることを「うなう」と呼んでいるという情報は貴重である。『岩波古語辞典』もこの用例から「うなふ」の意味を確定しているが、仲正と宗祇の間には三五〇年以上の開きがあるけれども、仲正歌の「うなふ」は、田を耕す意味としてしか解釈できないので、おそらく、仲正は方言を取ったに違いない。

そこから、仲正の狙いが見えてくる。「ゐごゐご」と方言の「うなふ」を大胆に用いることによって、仲正は、「山田苗代」を舞台通りの田舎風に詠もうとしたのではないか。この時期、後代の藤原定家が定めた歌ことばに関する厳格な制限はまだない。前述の源俊頼を見れば、それは諒

解されよう。むろん、こうした振舞いは、和歌の世界では例外であり、冒険、もっと言えば、異端の部類に入るだろうが、白河院が撰述させた、四番目の勅撰集《ちょくせんしゅう》『後拾遺集』（応徳三〈一〇八六〉年）の序文（藤原通俊執筆）が、

言《こと》を撰ぶ道、すべらぎのかしこきわざとてさらず、誉《ほま》れをとる時、山がつのいやしき言《こと》とても捨つることなし

（新大系）

と宣言するように、和歌とは天皇《すべらぎ》から山賤《やまがつ》（和歌を詠まない身分の低い人）まで詠むものだと観念されるようになってきたこともまた事実である。実際には、庶民が和歌を詠むようになるのは江戸時代くらいまで下がらないとないだろうが、それでも理念だけは日本人なら誰でも和歌を詠む（実際、木こりと山守が和歌を詠み合うといった説話も登場している。『古本説話集』・『宇治拾遺物語』所収）と観念されたからには、皆が雅《みやび》な和歌を詠むと捉える考えの他に、庶民には庶民なりの和歌があるはずだとする考えが現れても別段不思議ではない。

さしずめ仲正は、ややふざけてかつややまじめに後者の立場、即《すなわ》ち、山田を耕す谷間に住む農民の立場に立ってあの歌を詠んだのではないか。その志やよしと言うべきだろう。しかし、歌の出来となると、やや首をかしげざるをえない。「ゐごゐご」「うなふ」はこの歌以外見えないし、「掘り返し」も他に一例あるだけであることから分かるように、この歌が後代になんら影響を与えて

いないことから、高い評価を受けたとは考えられない。だが、それ以上に、歌そのものを見ても、農民の苦労はリアルに読み取ろうとすれば読み取れるものの、それ以上の何かがないのである。あまりに和歌的情緒からかけ離れてしまっているということだ。和歌とはどこかで現実を超越しなくてはいけないのである。歌ことばまで変換してある種の現実を映し出そうとした仲正の試みは壮大な失敗に終わったと言うべきだろう。

しかし、同じく方言を用いる歌人であっても、二度目の登場となるが、源俊頼の「ゑぐ」を詠んだ歌は前のと打って変わって秀歌である。

賤《しづ》の女《め》がゑぐつむ沢の薄《うす》ごほりいつまでふべきわが身なるらん　（『詞花集』雑・三四九〈新大系〉）

この歌は、庶民の女性たちが沢でえぐを摘んでいる、沢に張った薄氷はいつまでもつか、それと同じように、私の身もいつまで生き続けるのか、分からないよ、といった内容だが、「えぐ→沢」という観念連合から、一気に「薄氷」と繫《つな》げて、それから、歌の主題をわが身のはかなさを嘆くという述懐のかたちに転換させていくやり方はさすがである。早春の沢にはまだ薄氷が張っている。そこへ、女性たちが、若返りの意味をもつ若菜摘みにやってきた。この場合の若菜はえぐである。しかし、えぐを摘むためには薄氷は割られなければならない。俊頼のすごさは、えぐではなく、えぐが生える沢の張った薄氷に気づき、それを見出したことにあるだろう。となれば、薄氷を出すために、えぐ・沢があり、わが身のはかなさと対照するために「賤の女」がいることになる。皆がうきうきして若菜を摘んでいるのを見ながら、自分はいつまで生きるか分からないわが身を嘆くというアイロニカルな趣向である。老残《ろうざん》の身を薄氷に託して、しかも、それを割るのが若菜摘みの賤の女となると、なかなかもって不気味さまで湛《たた》えていようか。

この歌は、俊頼の私家集『散木奇歌集《さんぼくきかしゅう》』では、「無常の心を」という詞書が付いている。本来は無常観を詠んだ歌なのだ。しかし、どのように無常観を出すかで歌人の質が分かる。俊頼は春の華やいだ雰囲気から一気に自己の暗い状況に反転させて表現したのである。これはある種の名人芸と言ってもよいだろう。

和歌が中世以降、語彙《ごい》レベルにおいても、制限がうるさくなり、次第に月並み・凡庸になっていった（むろん、俊成・定家・西行・後鳥羽院・為兼・伏見院・頓阿といった大歌人は、制限された歌ことばをたくみに結び合わせて秀歌を詠むのだが）。そんななかで、仲正の時代は、まだ和歌の無限の可能性が信じられていたのかもしれない。また、この百首には若き俊成が参加している。俊成はアヴァンギャルドともいうべき仲正の和歌を身近に見ながら、そこに反面教師を読み取り、伝統重視の立場を打ち立てたのもしれない（そうではなく、単に無視した可能性も高いが）。

そうした意味で、和歌の伝統なるものを考える上でも、和歌世界の孤語ともいうべき「ゐごゐご」が投げかけるものは決して小さくない。

Lesson.4

文化の厚みを知る方法——明星本『正広自歌合』をめぐって

1　正広という歌人

正広《しょうこう》（日比《ひびの》正広とも）という歌人はご存じだろうか？おそらくほとんどの人は知らないと思われる。日本中で正広を知っている人は、大学院生以上の和歌文学研究者、あるいは中世文学研究者に限定されるだろう。簡単に言えば、室町期のマイナーポエットである。しかし、ここでは、この歌人を取り上げたい。というのも、正広の歌集が私の勤務先と深い関係を持っているからである。

最初に正広の生没年を押さえておく。応永十九（一四一二）年に生まれ、明応二（一四九三）年に亡くなっている。八十二歳である。当時においてはかなりの長寿の人だと言ってよい（昔の人にも長寿の人はままいた）。にも関わらず、家柄や家系は不明の人物でもある。家柄・身分を尊ぶ時代のこと（これをそれほど尊ばなくなったのが、くり返すが近代という時代である）、正広は当時にあってはやや基準から外れた人物ということができよう。正広の伝記については、稲田利徳氏（一九四〇〜）の研究（一三〇〇頁を優に超える大著『正徹の研究 中世歌人研究』、笠間書院、他には氏が執筆した『和歌大辞典』の「正広」など）が何よりも一等詳しいので、これから述べる正広・正徹《しょうてつ》に関する記述はほとんど氏の研究に拠《よ》っている。我々が研究できるのは、このような偉大な先達がいるからである。だから先達を尊ばなくてはいけないのだ。

この時期、やはり家柄・家系が不明な著名人に宗祇《そうぎ》がいる。宗祇は連歌師として活躍したばかりか、当時における文化人の代表とも言える三条西実隆《さんじょうにしさねたか》に近づき、地方の守護・武将などと実隆の連絡役もやっていた。具体的には、地方の守護・武将から古典籍（『古今集』・『伊勢物語』・『源氏物語』など）の書写依頼を宗祇が受けて、実隆に伝え、今度は実隆が書写して宗祇に渡し、宗祇の手を経て地方の守護・武将に渡るというシステムを宗祇が完成したのだ。このシステムは、宗祇没後も、宗祇の弟子である肖柏《しょうはく》・宗長《そうちょう》らに受け継がれていった。

こうした書物の書写依頼→書写→書物の到来という一連の過程において、お代というかお金が動いたはずであるし、それによって実隆の家計は大いに助かったものと思われるが、実隆がどのくらいのお代で書写したのか、また、仲介に入った宗祇にはどれだけの取り分があったのかは、残念ながら分かっていない。実隆の日記である『実隆公記《さねたかこうき》』には、もっていた『源氏物語』を売り払ったときの値段は出ているが、この手のお代に関する数字は一切記されていない。書く必要を認めなかったということだろう。

やや横道に逸れたが、ここで押さえておきたいのは、室町期、とりわけ、応仁の乱（応仁元〈一四六七〉年〜文明九〈一四七七〉年）勃発以降、京都の古典文化は宗祇といった連歌師らを通じて地方に伝播していったということである。そして、連歌師宗祇の役割を歌人正広も果たしていたと言えるのだ。正広は地方の守護大名などを巡っていたからである。正広は師である正徹の教えを守って連歌は詠まない（他方、宗祇は和歌も詠む）。宗祇と正広、連歌と和歌の違いがありながら、共に家柄・家系がよくわからない、言ってみれば、正体不明の人間が活躍し、彼らが古典文化・和歌を地方に伝えていく、そういう時代が応仁の乱以降の日本にやってきた、これはこれまでになかった新しい文化情況であると言ってよいだろう。

さて、正広は十三歳の時に、室町期の代表的歌人である正徹（一三八一〜一四五九）の弟子になった。正徹自身も備中国小田氏出身とされるが、家柄や家系ははっきりしない人である。だが、十四・五歳の時は、京都の冷泉派の月次会《つきなみかい》に出入りし、その当時歌人としては高く評価されていた今川了俊《りょうしゅん》（一三二六〜？）の弟子となってみっちり修行を積み、その後、了俊没後、出家を遂げ、正徹となって、将軍のみならず、細川・山名・畠山・斯波といった守護大名、連歌師（心敬・智蘊ら）、冷泉・飛鳥井などの公家歌人たちも交流していた。つまり、正広の幅広い行動の先駆けには師である正徹がいたということである。

正広は、正徹が亡くなる長禄三（一四五九）年まで三十五年間あまり、正徹に仕えた。その後、正徹が開いた招月庵を継いだ。つまり、和歌における正徹派を継承したということだ。日本の学問・

芸道（芸能）は、原則的に師資相承《ししそうじょう》で伝わる。先生（師）が弟子に伝え、弟子が次は先生（師）となって新たな弟子に伝える。これを師資相承と言う。今のように学校が整備されていないから、このような師弟関係がなければ、学問・芸道（芸能）は伝わらないのである。そして、師の学問・芸道（芸能）が一派を立てると、今で言う「学派」が形成されるのである。

和歌で言えば、二条家に淵源《えんげん》を持つ二条派がその代表であるが、当時、二条家は滅んでおり、東常縁《とうつねより》から古今伝授を受けた宗祇が三条西実隆および肖柏に古今伝授をして、二条派正統（ということ）になっていた（その後、古今伝授は三条西実隆→公条《きんえだ》→実枝《さねき》→細川幽斎《ほそかわゆうさい》→智仁《さとひと》親王→後水尾院《ごみずのおいん》と伝授されていく）。

他方、正徹は今川了俊《いまがわりょうしゅん》の弟子であるから、学派としては、元々冷泉派である。冷泉家は今日も続く唯一の藤原俊成→定家に源を持つ歌の家の一つだが（家の祖は冷泉為相《れいぜいためすけ》〈一二六三～一三二八〉、その後、為秀《ためひで》〈?～一三七二〉が継ぎ、正広の時代に上冷泉家・下冷泉家に分裂する）、了俊は足利家の血を引く、南北朝を代表する武将（後代の今川義元〈一五一九～六〇〉とは同族ながら、了俊は分家筋）ながら、歌人としても著名であった。つまり、文武両道の人だったということである。正徹は了俊の弟子となり、その弟子が正広ということになる。ということは、正広は了俊の孫弟子ということになるが、歌の面から見ると、圧倒的に正徹の影響を受けていると見てよいかと思われる。

正広の師に対する敬愛の念はとてつもなく深く、師が没してから十四年経過した文明五（一四七三）年、師の家集『草根集《そうこんしゅう》』を編集した。その後も書写・抄出されていったようだが、『私家集大成』に収められている書陵部本では、全十五巻、総歌数一一、一三七首という、個人家集としては最大級の規模となっている。正広の名は、本人の和歌でというよりも、『草根集』編纂《へんさん》によって今日知られているといって過言ではない。しかし、彼の和歌もなかなかの質と量を備えている。そこで、明星大学と関係する正広の歌集に話題を転じたい。

2　明星大学本『自歌合』

正広は、師である正徹の招月庵＝松月庵を受け継ぐが、正徹には及ばないという意味合いで『松下集』という家集を残している。完本は国会図書館所蔵全六巻（写本）のみである。この本は透写本といって、親本の上に薄様《うすよう》（薄い楮紙《こうぞがみ》）を置き、上から直接に透かし写した本である。極めて忠実に書写されている。字形から判断すると親本は正広自筆か、それに近い筆かと推定される。全三二四四首もある。この六冊目に『松下集　二』と題簽《だいせん》があり、「自謌合　三百六十番　次第不同」という内題をもつ自歌合が収められている。これがここで問題にする歌集である。

まず、「自歌合《じかあわせ》」なる一風変わった歌合から説明しておきたい。「歌合」とは、歌人が左右に別れて歌を競い合うゲームである。ところが、「自歌合」とは自分の歌を左右に別けて戦わせるというものだ。やや自閉的な趣向がないわけではないが、西行『御裳濯河歌合《みもすそがわうたあわせ》』（判者、藤原俊成）、同『宮河歌合《みやがわ》』（判者、藤原定家）が「自歌合」の始まりであり、新古今時代に

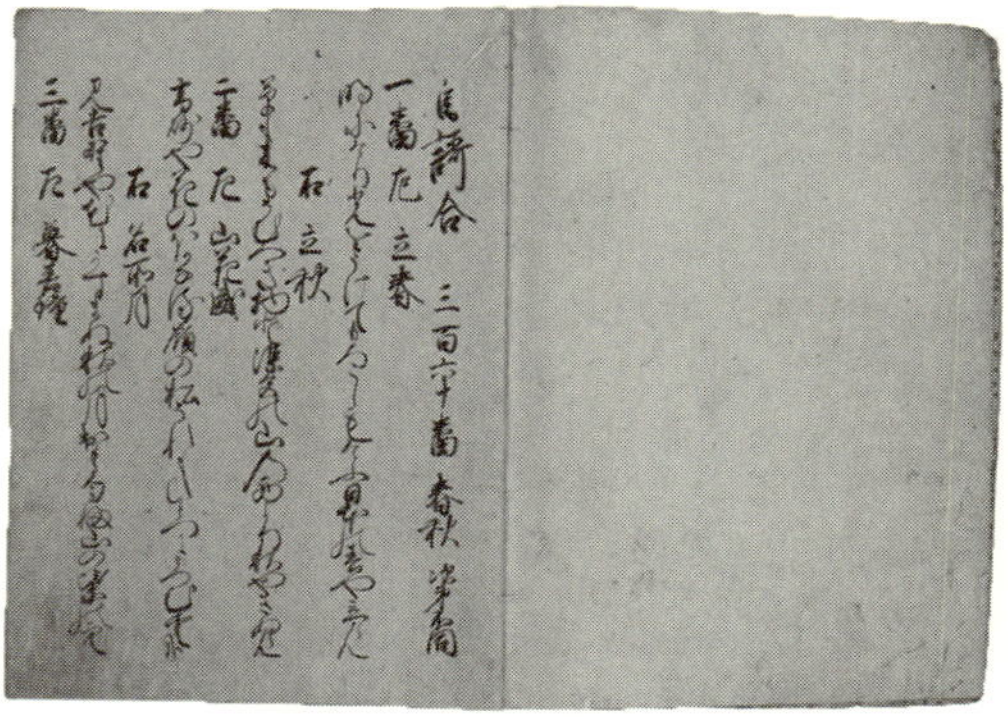

は、『慈鎮和尚自歌合《じちんおしょうじかあわせ》』（判者、藤原俊成）、『後京極殿《ごきょうごくどの》（藤原良経）御自歌合《おんじかあわせ》』（判者、藤原俊成）、『定家卿百番自歌合《ていかきょうひゃくばんじかあわせ》』（判者なし）、『家《いえ》隆《たか》卿百番自歌合』（判者なし）、『後鳥羽院自歌合』（判詞　藤原家隆〈一一五八～一二三七〉）とそれなりに盛んになった。当時を代表する歌人である西行・慈円《じえん》（慈鎮）・良経・定家・家隆・後鳥羽院（一一八〇～一二三九）が自歌合をしているということは、これがある種の正統的行為になったことを思わせる。そして、当時の歌壇の大立《おおだ》て者《もの》である俊成が多く判者を務めていることも自歌合の立ち位置を示していよう。なかでも、『後鳥羽院自歌合』は、後鳥羽院が隠岐《おき》配流後に、自歌を二十番に番《つが》いして、家隆に判詞を乞うたものである。後鳥羽院は、隠岐にいても、『新古今集』の再編（隠岐本）を行うなど最後まで和歌への志はなくならなかった。後鳥羽院は自分だけが自歌合をもっていないことがずっと気になっていたのではないだろうか。

　その後、自歌合は、鎌倉後期、伏見院の中宮であり、院同様に京極派の重鎮であった永福門院（一二七一～一三四二）の『永福門院百番自歌合』がある外は、行われなくなった。ところが、応仁の乱以降、突如、自歌合が盛んになってきたのである。おそらく原因は、後土御門《ごつちみかど》天皇主唱による大規模な古典籍書写、宗祇の古今伝授、実隆の旺盛な書写活動と連動したものだろう。つまり、古典復興の一環だということだ。理想的な時代としての定家の時代を後代の人間が真似をすることによって再現しようとしたのではなかったか。

主な「自歌合」をあげておくと、『慈照院殿（義政）御自歌合』、『豊原統秋自歌合』、正広の後では、『十市遠忠自歌合』、『細川左京大夫（高国）自歌合』、『道堅自歌合』、『素純自歌合』などがあり、江戸初期の『貞徳自歌合』まで続いていく。そうしたなかでも正広の『自歌合』は、「春秋」・「夏冬」・「恋雑」の六部立、それぞれ一二〇番であるから、全部で七二〇首の大規模なものであった。おそらく自歌合では最大級のものではないだろうか。

勤務先である明星大学人文学部日本文化学科（当時は日本文化学部言語文化学科）が正広『自歌合』（以下「明星本」という）を神田の著名な古書店から購入したのは二〇〇〇年とのことである。学芸員養成課程において、本物の資料を材料として使わせるという意図に基づくものであり、それ自体極めて立派な行為であるが、それはともかく、この本のすばらしさは正広の自筆本だということだ。室町期の自筆本はそれだけでも決定的に貴重である。自筆である証拠は、他に残る正広の字から確認できる。明星本には奥書があり、ここにはこうある。

あふげども清き巌の松が本
はかなやつゐにふる葉をぞかく

文明八年七月日　　　　正広（花押）

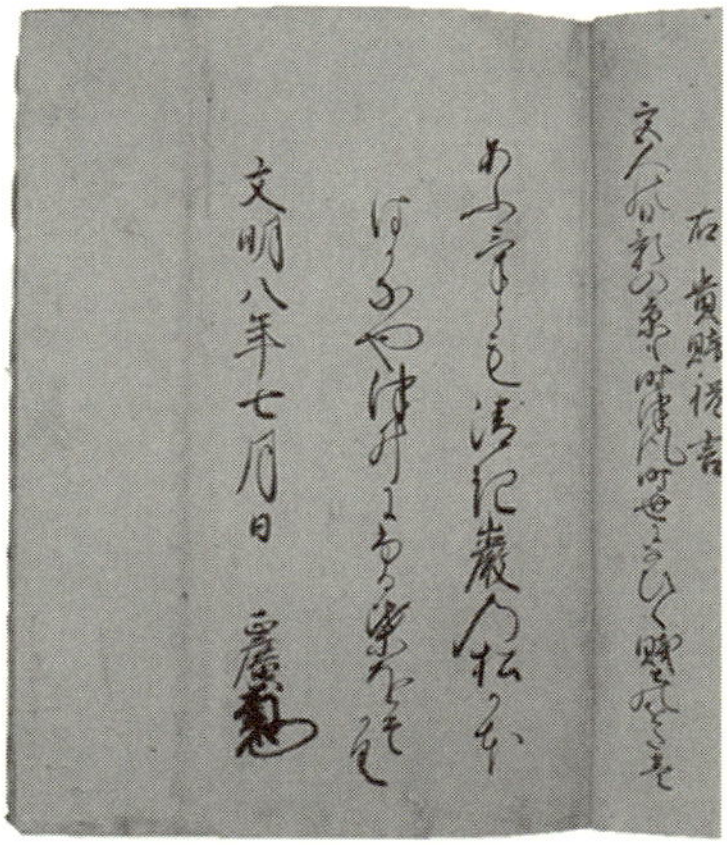

この歌にある「清き巌」とは、正徹の字《あざな》である「清巌」のことだから、正徹その人を意味する。そして、「松が本」が『松下集』同様に、正広自身のことを指しているだろうから、この歌の意味は、仰ぐけれども、正徹先生の松の根元に過ぎない私としては、情けないことに、とうとう「ふる葉」（旧歌）を集める（歌の「かく」は西行の「諸共に散る言の葉をかくほどに」『山家集』九二九番歌と同じく、かき集めるという意味）ことになってしまった、というものだろう。かなり遠慮がちながら、偉大な師である亡き正徹に捧《ささ》げたのがこの「自歌合」ということになるだろう。

だが、正広は決して自分の「ふる葉」を集めるだけでは満足できなかった人のようである。正広『自歌合』の最も古い写本は、文明五（一四七三）年の奥書日付をもつ、大谷大学図書館本（大谷本）である。これは、どういうわけか、正広の花押《かおう》が削り取られていたりして、なかなかもって因縁めいた本なのだが、字は明星本に似ている。つまり、正広自筆の可能性があるということだ。両者を比較してみると、面白いことが分かる。大谷本の表記を明星本で改めている箇所がままあるのである。つまり、正広は、大谷本から明星本を写す際に、推敲《すいこう》して字句を改めているということだ。具体的な指摘は差し控えるが、正広は、自分の自歌合をよりよいものにするために、本文をいじくっているのである。

そして、これが国会図書館本『松下集』「自謌合」となると、また、字句がいじくられている。こちらは奥書がないから、親本がいつ書かれたかは分からない。『松下集』所収の一等新しい歌が明応二（一四九三）年という正広没年なので、それまでに書かれたことは間違いないだろう。推測ながら、『松下集』という自分の生涯の詠作を集めた家集を編纂する過程で再び手を入れたのではないかと思われる。

この過程にも今の『松下集』の前の段階、そして、後の段階などさまざまな字句の変化が見られる。すべてが正広の手になるとは思えないけれども、正広という人は、自分の歌でさえも、常に推敲し、字句を改め続ける歌人だったということは言えるのではないか。クラシック作曲家のブルックナーに似ていると言えば、言い過ぎになろうか。

3　明星本『自歌合』の広がり

明星本には同じ本文をもつ本が三種類ある。その一つが仙台の伊達文庫本である。藩主伊達吉村が記した奥書によれば、この本はもともと稲葉侍従正通（正征とも。一六八〇～一七五二）の所蔵本だったが、借り受けて写したとある（日付は元禄十一〈一六九八〉年七月十七日）。それでは、どうして吉村は正通に『自歌合』を借りることができたのだろうか。これには実に簡単な答えがある。それは吉村の叔父が正通だったという事実である。吉村の母が正通の姉という関係だ。吉村は、叔父からかの本の話を聞きつけて、貸してくれと頼んだのだろう。吉村は、伊達文庫の中核を構築した文人大名であった。

また、島原の松平文庫と祐徳稲荷文庫にも同じ本がある（厳密に言えば、祐徳稲荷本は松平文庫本の写しだが）。松平文庫を構築したのは松平忠房《まつだいらただふさ》であり、島原の乱の後しばらくして、福知山から移ってきた。忠房も吉村に負けない文人大名だが、江戸にいるときは、儒者である林鵞峰《はやしがほう》（羅山の息。一六一八〜八〇）のサロンに出入りしていた。そこの常連が稲葉正通《いなばまさみち》ないしは父正則（一六二三〜九六）だったのだ。正通はその後老中になった幕府の重臣であるが、おそらく好学仲間として正通と忠房は親しくなったのだろう。二人の名前は、鵞峰の『国史館日録』に出てくる（但し、二人が会ったという記事はない）。

それならば、祐徳稲荷本はどうなのか。これは祐徳稲荷がある鹿島鍋島藩の鍋島直条《なべしまなおえだ》（一六五五〜一七〇五）と忠房の関係を見れば、容易に答えが出てくる。忠房の甥が直条であるという事実だけ言っておけばよいだろう。正通・吉村と同じ関係である。祐徳稲荷文庫については何でもご存じの井上敏幸氏（一九四二〜）によれば、二人で本の見せ合い、貸し合いをしていたようだ。いい時代だったのだ。

以上、明星本を見るだけでも、江戸初期の大名間における書物の移動の様相が諒解されただろう。書物とは読むだけのものではない、それを持ち、共有することで人間同士の交流の証であり、もっていることだけでその人間のグレイドを上げることができる魔法の小箱のようなものなのであった。

ここでは、明星本の中身に一切入ることができなかったし、他の本についても言及できていないが、この本を探るだけでも、中世から近世にかけての文化のありようが分かってこないか。こうした重層的な文化の伝授・享受・伝播《でんぱ》、これが日本文化の厚みでもあるのだ。

Part.4

古典で今を読み解く

その2…戦乱・和歌・古典

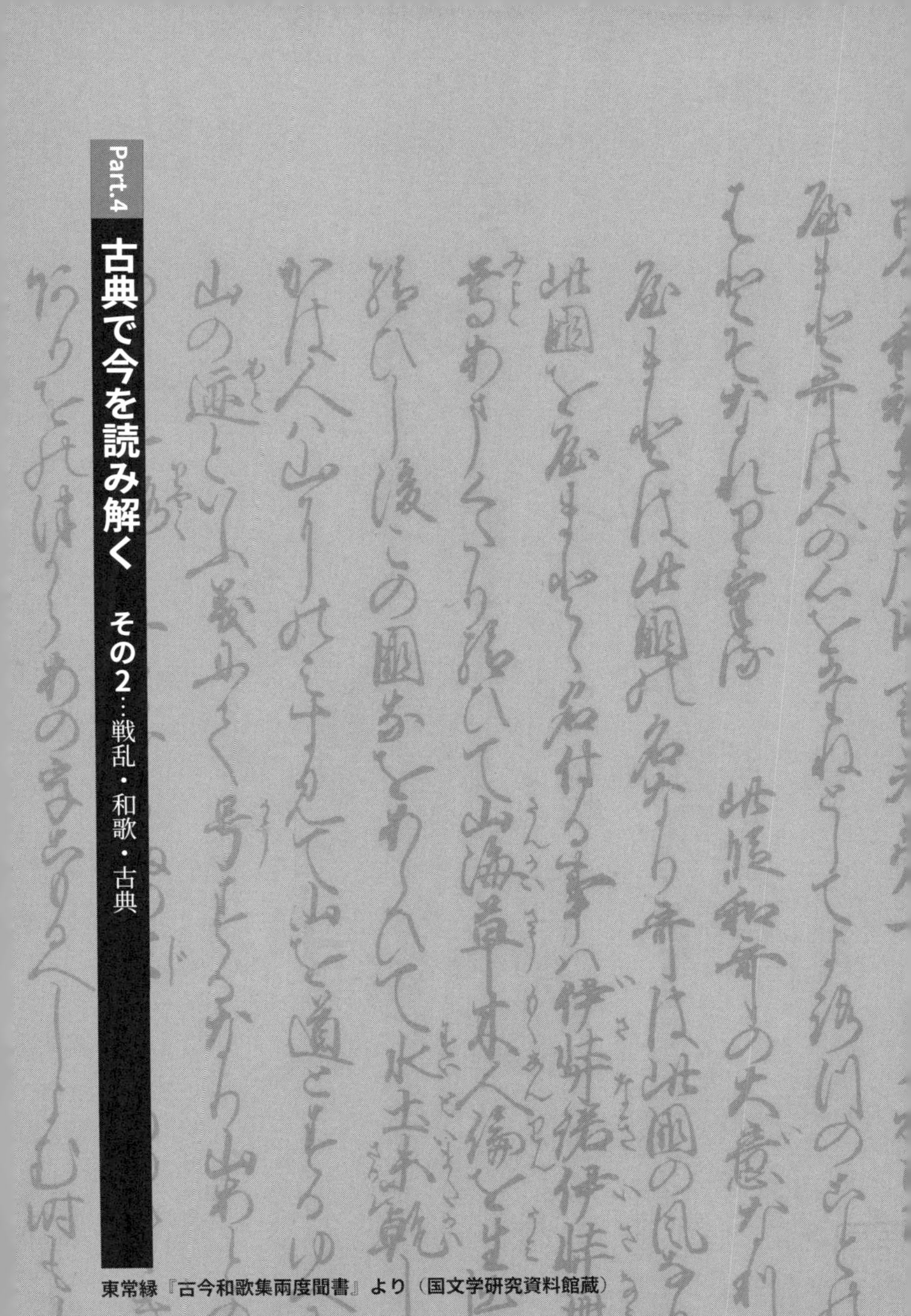

東常縁『古今和歌集両度聞書』より（国文学研究資料館蔵）

Lesson.1

古典・和歌は平和の産物ではない

1 戦争の起こり方

ここ最近、戦争に関する極めつきの良書二冊が相次いで出た。既にベストセラーとなって様々な媒体で話題となっている呉座勇一氏（一九八〇〜）の『応仁の乱』（中公新書）と、時代は大きく下り先の大戦の開戦過程を論ずる森山優氏の『日米開戦と情報戦』（講談社現代新書）である。

両書に共通している知的構えは、今なお日本史学に残存しているマルクス主義的イデオロギーやそれに付随した善悪論、さらに上から目線の正義論といった諸々の観念あるいは意識過剰の思い込みから完全に解放されていることであろう。論述に当たって両氏が何よりも重視するのは、さまざまな情報を記している当時の第一次資料であり、前もって呈示《ていじ》される執筆者の構図や枠組ではない。

だが、両氏がそれらの集積された情報群を丁寧に腑分《ふわ》けしながら解き明かしていく過程を読み進めていくと、これは戦争に突き進むしかないと読者は自ずと思うに至っているのである。対立あるいは連携する（これらは時に反転する）複数の集団や国家に付帯していた情報群や種々の政治的思惑が相互にねじれを起こしながら、かつまた、相互に曲解・誤解を経て受け取られていく過程を重ねていくと、複数の集団・国家の中枢が当初発想することもしなかった事態が重層的な因果関係を経て眼前に迫ってくるのだ。

そうした事態群が何度も何重にも輻輳《ふくそう》かつ紛糾あるいは更新ないしは変形しながら、戦争という破局の物語が必然化されるというわけである。むろん、こうした複雑な事態をわかりやすく紡いで我々を正しく絶望させてくれるのは両氏の類ない筆力であるけれども、はっきりしていることは、この手のまともな歴史書を読むと、最初から一定の方向付けがつけられている大手メディアのニュース解説にある浅薄《せんぱく》さが耐えられなくなってくるということだ。歴史の展開とはいつの時代もそんなに単純ではない。そこでもう少し具体的に両書を見ておきたい。

まずは呉座氏が描くところの応仁の乱である。氏によれば、この大乱の背景には、大和国を支配する興福寺の二大門跡の一つである大乗院門跡《だいじょういんもんぜき》をめぐる経覚《きょうがく》（一三九五～一四七三）と尋尊《じんそん》（一四三〇～一五〇八）の対立、経覚と興福寺配下にある武士団（「衆徒」・「国民」）との対立、また、門跡を巻き込んでの武士団同士（筒井対反筒井）の内紛といった簡単に収拾できない複雑な対立構図があった。また、局外者である幕府もいろいろなレベル（調停・討伐・赦免など）での介入を余儀なくされていた。

そこに管領家である畠山家の跡目争いが新たに絡んでくる。一旦、政長（一四四二〜九三）に敗れた畠山義就《はたけやまよしなり》（?〜一四九〇）は京都から追放され、本拠地河内にあって、絶えず大和を窺《うかが》っていた。大和は興福寺の権力が弱まると、すぐさま配下の武士団は自立し、周辺の守護と連携あるは対立する。ほとんど第一次大戦前のバルカン半島状態であった。

そのような時、京の幕府も内部はばらばらであった。将軍義政《よしまさ》（一四三六〜九〇）の後継者をめぐって、義政息の義尚《よしひさ》（一四六五〜八九）をよしとする伊勢貞親《いせさだちか》（一四一七〜七三）ら義政側近集団、義政弟の義視《よしみ》（一四三九〜九一）をよしとする山名宗全《やまなそうぜん》（一四〇四〜七三）派、一旦《いったん》義視に譲り、その後義尚と継ぐことをよしとする細川勝元《ほそかわかつもと》（一四三〇〜七三）派（管領は畠山政長《はたけやままさなが》だが、政長は勝元の影響下にあった）に分裂していた。

こうした中で、宗全は政権の完全把握をめざし、河内でくすぶっていた義就《よしなり》を京都に呼び寄せたのである。呉座氏が記しているように「応仁の乱は目前に迫っていたが、その事を知る者は誰もいなかった」のだ。その後、京都を焼き尽くし、全国的規模に戦場が拡大する十一年に及んだ大乱と発展していくのである。

その間、義政は朝令暮改《ちょうれいぼかい》をくり返していたが、幕府を支える三管領（斯波・細川・畠山）、四職（赤松・一色・京極・山名）が相互に対立あるいは連携し、場合によっては、家督をめぐって一族が分裂対立している状況の中で、たいした政治力も権力ももっていない将軍義政にしてみれば無責任な振舞いしかとれなかったのではあるまいか。そこが強烈なカリスマ性を有していた祖父義満《よしみつ》

（一三五八〜一四〇八）との違いである。

次に、一九四一年十二月の日米開戦に至る過程はどうであったか。全体的には、国内における複数間の対立（陸軍〈陸軍省対参謀本部〉対海軍〈海軍省対軍令部〉対外務省対近衛首相など）のみならず、それぞれ国益と方針を異にする日米英間の対立・強調・思惑なども加わって、三つ巴《どもえ》四つ巴以上の複雑な対立構造の様相を呈し、どの局面も相互に絡み合って容易にほどけない紐のような状態になっていた。

第一に、日本の体たらくである。陸軍（省部間の対立も激しい）と海軍はほぼ常に対立して政府を巻き込みながら蜿蜿《えんえん》と会議をくり返してばかりした。そこに松岡洋右《まつおかようすけ》（一八八〇〜一九四六）外務大臣が介入してきて、シベリアを攻めろと言った次の日にはシンガポールだというように日々猫の目のように変わる暴論を吐きつつ、松岡よりは生まじめな陸海軍人たちを翻弄《ほんろう》させて外交政策の主導権を握ろうと動いていた。内閣総辞職による松岡罷免（一九四一年七月）は遅すぎたと言うべきだろう。だから、いつまで経っても国策が何も決定できない。ずるずると長引いて、挙げ句の果てに、南部仏印進駐という行為に安易に踏み出してしまい、図らずもアメリカとの深刻な対立に陥ってしまったのだ。

第二に、アメリカも褒められたものではなかった。日本の暗号を解読したとしながらも実態は誤訳まみれであり、それを生情報として知らされる陸軍長官スチムソン（一八六七〜一九五〇）などは誤解に基づく日本への敵意をいたずらに増長させていく。その一方で、理性的な政治家・軍人がルーズベルト大統領（一八八二～一九四五）に戦争に至らないように説得するも当の大統領はかたくなに日本を敵視し一切耳を貸さない。よって、アメリカもこのまま進めば、戦争しか選択肢がないような状況になっていた。日本に最後通牒であると確信させたハルノートだけではなかったのである。

第三に、イギリスはそのインテリジェンス能力を隠蔽《いんぺい》して、戦争を推進する側だった。アメリカと異なり、日本の暗号を極めて正確に解読していながら、それをアメリカに伝えることはしていない。理由は、ドイツとの戦争にアメリカを巻き込みたいからである。日本と開戦すれば、自動的にドイツとも戦争になる。チャーチル（一八七四～一九六五）が望んでいたのはこの事態である。だから、正確な翻訳が伝わることによって、日本に対するアメリカの誤解が幾分でもとけることを恐れたのだ。また、外務大臣が日本に対して警告を出すように、チャーチル首相に進言しても、ルーズベルト同様にチャーチルは部下の言うことを聞かなかった。この時、警告が出されていたら、日本のその後の方針や行動も変わっていた可能性は十分にある。

以上、これだけ国内外間で、誤解・誤訳に満ちた生情報・かき回す政治家たちの思惑的行動・国内機関内の勢力争い・トップの独断などがばらばらに揃ってしまうと、応仁の乱同様に戦争になるのではないか。その中でも、日本の政府（首相・外務省）・陸軍・海軍の迷走ぶりは目に余り、ハルノートの到来によってしなくてもよいアメリカとの戦争を決意してしまったのである。

とはいえ、内乱・戦争とは、単なる二つの国家間対立や国内の二つの勢力間対立という分かりやすい構図で起こるものではなく、国家内・勢力内の対立や分裂といった意志不統一状態に加えて、対外関係の緊張が複雑に連動して収拾不能に陥った時、起こるべくして起こるということはおそらく間違いないだろう。よって、今後もあらゆる国家・地域で起こりうるのである。

2　内乱・戦争・権力闘争と古典・和歌の親和性

以前論じたように（「国文学」の明治二十三年―国学・国文学・井上毅」、前田他編『幕末明治　移行期の思想と文化』、本書Part5に改題して再収）、国文学なる学問は、教育勅語発布と同じ明治二十三（一八九〇）年に始まった。その前年は帝国憲法公布であり、明治国家の整備・確立と国文学の歩みはパラレルであったのだ。だが、当時、近世国学の系譜を引く近代国学も勃興期にあり、明治国家の枠組を拵《こしら》えた井上毅は国学との交流が深かった。むろん、制度史（＝法制史）と古典を同時に研究する国学の方が、前近代日本と近代日本を法的にうまく接続させること、即ち、歴史的正統性を有する帝国憲法を制定するためには、都合がよかったからである。

国学とは、近世中期以降に発展した国文学・国語学・歴史学・文献学・有識学といった日本に関するあらゆる知を学ぶ学問であり、本居宣長の「漢意《からごころ》」「仏教」排除の姿勢に典型的なように、生まれた当初から当時の正統派である儒学・漢学、また、生活習慣の細かいところまで滲透《しんとう》していた仏教を敵視していた。外来思想故である。だから、言ってしまえば、イデオロギー性が強い学問あるいは運動であった。明治初期における平田派国学と廃仏毀釈の密接な関係はそれを如実に物語っている。

それに対して、国文学は、国学に「文」が加わっただけであるのに、イデオロギー性は皆無であり、その方法は、文献学と作品鑑賞という人畜無害そのものの学問であった。しかし、イデオロギー性がないことが却って、奇妙な観念を惹起《じゃっき》してしまったのだ。文学は平和の産物だという観念もその一つである。

たとえば、『平家物語』に描かれる戦争も戦争讃美ではけっしてなく、無常観を通して、そこには平和への祈りがあると解釈するなどである。戦前、大いにもてはやされた『太平記』は、戦後、民主化教育のおかげで、すっかり排除されてしまった。だから、教科書にも入っていない。その理由としては、戦前に対する反省以上に、戦争に対して否定的ではないからだろう。否定的どころか、大虐殺と言える場面まであるし、もっと言えば、『平家物語』の宇治川の戦陣争いを踏まえながら、二人とも溺れてしまうというパロディー仕立てにしてしまうのも『太平記』であった（兵藤裕己『王権と物語』、岩波現代文庫）。

そして、和歌や『古今集』・『伊勢物語』・『源氏物語』に代表される古典は、上記の軍記物と異なり、まさしく平和の産物であると見なされていた。たしかに、『源氏物語』には、光源氏の須磨謫居《たっきょ》なる事態まで描出するが、戦争・内乱は存在しない。政治的思惑は交錯し時に衝突するものの、一見平和な風景が描かれている。和歌も同様である。『古今集』以降、勅撰集《ちょくせんしゅう》は室町中期まで計二十一代を数えるが、いずれも平和な世界が横溢《おういつ》している。

たとえば、文永の役（一二七四年）から四年後に成立した『続拾遺集』にはモンゴル襲来の影など一切窺《うかが》えない。いつも通りの優雅な王朝絵巻である。それは、南北朝の動乱を経て、足利尊《たか》氏《うじ》・直義《ただよし》兄弟が敵対した観応の擾乱《じょうらん》（一三五〇年）が勃発し、直義の没後に成立した『新千載集』とて同じである。武家執奏《しっそう》（事実上の撰集主体）たる尊氏と敵対した直義、滅ぼした北条得宗《とくそう》家、さらには吉野で無念の死をとげた後醍醐天皇（一二八八～一三三九）の歌までしっかり入集している。その中には、息義詮《よしあきら》（一三三〇～六七）・尊氏・後醍醐天皇と排列されている箇所もある（春上、八九～九一番）。これだけ見ていると、戦乱どころか桜の和歌を和やかに詠み合う君臣和楽の世界まで幻視しそうである。

それでは、色恋の世界を原則として描く物語はともかく、和歌や勅撰集はどうして平和な世界を描き続けるのか。それは端的に言えば、現実が平和ではないからだろう。部分的な内乱はあったとはいえ、実際に平和だった平安時代において、『古今集』『後撰集《ごせんしゅう》』『拾遺集《しゅういしゅう》』という三代集の後、『後拾遺集』が撰述されたのは、『拾遺集』から約八十年も経った白河院の時代であった。摂関政治全盛期には撰述されていないのだ。周知のように、白河院は院政を制度化し、そこに院として君臨するという中世王権の最高権力者である。とすれば、自己の権力の正統性を勅撰集に見出したと見て、ほぼ間違いはないだろう。新時代の新しい正統権力と勅撰集の関係がこうしてできあがったのである。

その後、白河院は自身二度目の勅撰集である『金葉集《きんようしゅう》』を作らせ、権力の傍流にあった曾孫の崇徳院（一一一九～六四）は『詞花集《しかしゅう》』を作らせるが、共に十巻という通常の半分の大きさであった。本来の勅撰集に戻ったのは後白河院（一一二七～九二）の『千載集《せんざいしゅう》』である。源平争乱下の一一八三年に下命されながら、平家が滅んだ後の一一八七年に成立した。なんとも凄まじい時代の変遷を撰者藤原俊成《しゅんぜい》は見てきただろうが、後白河院にしてみれば、古い武家集団の崩壊と鎌倉幕府という新しい武家権力の誕生を睨《にら》みつつ、己が白河院同様の正統的権力であることをこの勅撰集で宣言したのだろう。

これに次ぐ後鳥羽院の『新古今集』はさらに『古今集』を集名に取り込み、兵藤前掲書が指摘するように、日本の王は他ならぬこの私だと再度優雅に獅子吼《ししく》したのだと思われる。勅撰集撰集の裏には、王権の正統性担保の闘争があったということである。

しかも、後鳥羽院が承久の乱（一二二一年）の結果隠岐《おき》に配流された後、皇統を異にする後堀河《ごほりかわ》院《いん》（一二一二～三四）は定家に命じて『新勅撰集』を編ませている。これも後堀河院の正統性を主張するものに他ならない。その後、後鳥羽院皇統が復活した後嵯峨院《ごさがいん》による二度の勅撰集を経て、いわゆる大覚寺統と持明院統に皇統は分裂し、相互に激しく対立したが、政権（＝本院）を握っている方が勅撰集を編んでいったのである。

上記の『新千載集』の一つ前に、持明院統の光厳天皇が直義の協力を得て編んだ京極派の『風雅集』がある。これは、実質的に幕府を動かしている直義と光厳天皇の共同作業であった。それを承けて尊氏は、武家執奏という形態で光厳息の後光厳天皇になんと二条派の『新千載集』を編ませたのである。ここでは両皇統に配慮している尊氏権力の正統性が主張されていると見てよい。

こうしてみると、勅撰集なるものは権力の正統性を証す装置だということになるが、それだけではあるまい。国内の様々な対立（大覚寺統・二条派対持明院統・京極派）、あるいは戦乱（源平争乱、承久の乱、南北朝動乱など）が出来《しゅったい》することによって、逆に新たな勅撰集が召喚《しょうかん》されていくのである。だから、こう断言しておこう。平和ではなく、闘争・戦乱のエネルギーが勅撰集を生み出すのである、と。

してみると、中世の日本は、権力闘争や戦乱自体が和歌や和歌と連動する古典を逆に活性化していったと読めないであろうか。応仁の乱のごとき複雑きわまりない対立関係を和ませるのも和歌・古典や連歌であった。

近代はこうした「偽りの平和」もなくなった。ために、平和を追求して凄惨《せいさん》極まる闘争の世界がまま現出するのではあるまいか。

（文脈上、次項の「乱世到来、いよいよルネサンスだ」と内容的に一部重複する、ご寛恕を乞う）

Lesson.2

乱世到来、いよいよルネサンスだ

1

戦争のもたらした恐怖の共有

戦争とは、攻撃された側の国だけではなく、攻撃した側の国も含めて国民の生命や財産を悉《ことごと》く破壊し、加えて、文化・伝統をも絶滅に追いやってしまうものだ。廃墟《はいきょ》となったシリア・アレッポの映像などの説得材料も手伝ってか、今日でも、そのように考えている向きが圧倒的に多数派である。

実際に、「大東亜戦争」末期、米軍に完膚《かんぷ》なきまでに空襲されて（明確な大量殺人である）、国土が焼け野原になった敗戦日本の惨状およびその映像（二〇一七年に起こったアメリカ・カルフォルニア州の山火事で焼失した住宅街はほとんど大空襲後の東京のようだった）は、その後も長く報道され、あるいは、頻繁に語り継がれ、上記の認識の正当性を十分な説得力をもって証明しているようだ。戦後日本の非自立性、私の好きな言葉をくり返せば、旦那（アメリカ）に頼り切った二号さん的ふるまいも、経済成長重視軽武装路線などと美化されるものの、この徹底的破壊行為＝全面的敗北の再現に対する恐怖感の現れと言えなくもない。

だが、実際のところは、アメリカが、現在国政をめぐる最大の争点となっている憲法九条を作らせ押し付けたばかりか、航空機開発製作を停止させ（もしこの措置がなかったら、戦後日本は、自動車と並んでアメリカ・EUと並ぶ航空機の主要生産国となっていただろう）、少なくとも朝鮮戦争勃発までは徹底した非軍事化を強いたのは、むろん、敵であった日本軍・日本国民が強くへこたれなかったからに他ならない。日本軍の戦死者は一九四四（昭和十九）年以降、とりわけ四五年に集中しているが（周知のように、大半が飢えと病気によるものだ）、それでも、硫黄島・沖縄戦では、米軍はかなり苦戦したし、特攻機の自爆攻撃によって、無傷だった空母（正規・護衛・軽を入れて、沈没を含めなんらかの損傷を受けた空母は三十三隻に及ぶ）もそれほどなく、日本の主要都市を焼尽化したB29であっても約五百機が失われているのである。考えてみれば、あんな小さな国が戦争末期に至るまで機動部隊をもって、太平洋を舞台にして米軍と対等に戦っていたのだ。他方、国民とて、あれだけの空襲を受け、多大な人的被害と財産喪失を蒙《こうむ》りながら、一応「撃ちしやまん」と気分だけはくじけていなかった。その証拠に暴動も革命騒ぎも起きていないのである。

言ってみれば、勝ったアメリカとて二度と戦争をしたくない相手が日本だったということだ。だから、現憲法前文にある、時に脳天気の典型と見なされる「平和を愛する諸国民の公正と信義に信頼して」なる文言も、ややエキセントリックではあった異能の学者小室直樹（一九三二〜二〇一〇）がどこかで書いていたように、「諸国民」の代表はアメリカであり、第九条の戦争放棄の対象もアメリカであるという解釈はまんざら外れてもいないだろう。

アメリカに対する恐怖が、憲法九条を唱えていたら戦争が起きないとする精神主義（「鬼畜米英」のスローガンとさして変わらない、共に中身がないからである）と凝固してしまった日本、対して、日本に対する恐怖が憲法を含めた徹底的な非軍事化そしてその後は自己の従属体制（二号さん化）としてきたアメリカ、戦後の両国に共有されていたのはかかる恐怖観念である。現在、力強い「同盟」関係と言われているけれども、日本はアメリカの意図を常に探ろうとしており（トランプ大統領誕生の後、早速訪問したのは安倍首相〈一九五四〜〉である。別段非難はしないが、対米関係なるものが如実に表れた瞬間であった）、アメリカも数年前のトヨタ叩《たた》き（いじめの方が正しいか）や「慰安婦」問題をめぐって第一次安倍政権に起こったアメリカ下院の対日謝罪要求決議採択など、なにかことあるごとに日本があまりに強くならないように警戒を怠らないし、場合によっては構造改革などで執拗《しつよう》に叩いてくる。それでも最も信頼関係がある日米両国というのだから、同盟関係などたかが知れたものなのだが、外交関係における信頼などせいぜいその程度なのであろう。とはいえ、日米両国には米朝のような恐怖均衡はないけれども、互いに恐怖の記憶はあり、それはまま想起され再発することだけを確認しておきたい。

2　戦争と文化創造

だが、別段、古代ギリシャのヘラクレイトス（紀元前五四〇頃～四八〇頃）のことばといわれる「戦争は万物の生みの親であり、万物の主である」におそらく淵源《えんげん》を持つ、一九三四（昭和九）年の陸軍パンフレット（正式名称「国防の本義と其強化の提唱」、池田純久少佐〈当時、一八九四～一九六六〉他数名の作）の冒頭にある、

たたかひは創造の父、文化の母である。試煉の個人に於ける、競争の国家に於ける、斉しく夫々の生命発展、文化創造の動機であり刺戟である。

といった、帝国陸軍健軍以来はじめて生まれた、一見まともかとも思える思想的言説を引かなくてもよいが、なにも陸軍に言われなくても、戦争は破壊や恐怖ばかりを一方的に産み出してきたのではない。それは歴史を少しでも紐解《ひもと》けば誰にでも分かることである。

一例として、日本中世の歴史展開と文化創造の関係をざっと見ておこう。保元の乱（一一五六年）・平治の乱（一一五九年）という平和だった平安時代の京都を根柢から揺るがした内乱の結果、平家政権（近年「六波羅《ろくはら》幕府」という提唱もある。髙橋昌明〈一九四五～〉『平家と六波羅幕府』東京大学出版会）＝後白《ごしら》河《かわ》院政が誕生する（慈円《じえん》『愚管抄《ぐかんしょう》』は保元の乱以降「ムサ（武者）ノ世」が到来したとした）。

さて、武家政権とはほとんど関係がないように見える『源氏物語』・『古今集』・『和漢朗詠集』の注釈＝学問が本格化するのは、実はこの平家政権の時からなのである（Part.3,3も参照）。平家政権の百年以上前、五十年の長きに及んだ藤原頼通《ふじわらのよりみち》（九九二～一〇七四）摂関期（一〇一七～一〇六七年）においては、十巻本『類聚歌合《るいじゅううたあわせ》』は編纂《へんさん》されたものの、勅撰集《ちょくせんしゅう》すら撰集されなかったし、摂関時代には『古今集』・『源氏物語』も「古典」とは見なされていなかった。ちなみに「古典」という概念が誕生したのも平家政権以降である。その後、平家滅亡に至る治承・寿永の内乱（一一八〇～八五年）があり、鎌倉幕府開府となっていくが、内乱のさなかである寿永二（一一八三）年二月に後白河院の院宣によって勅撰集撰進が決定し、内乱後の文治四（一一八八）年七・八月に奏覧《そうらん》（＝完成）したのが七番目の勅撰集『千載集』（撰者、藤原俊成《ふじわらのしゅんぜい》）である。

それでは、何故に戦乱下に勅撰集撰進の院宣《いんぜん》が下ったのであろうか。文化＝平和の産物という認識に縛られている現代人には最大の疑問である。これについて、これまでも院と俊成の出会いなど、二・三の観点から議論されているが、はっきりしたことは分かっていない。

ちなみに、寿永二年二月前後のことを記してみると、前年二月、平教盛《たいらののりもり》（一一二八～八五）が義《よし》仲《なか》（一一五四～八四）追討のために北陸道に向かい、同年四月には同じ目的のために平維盛《これもり》（一一五八～八四頃）がやはり北陸道に向かっている。そして、同年七月平家軍を破った義仲軍が入京し、平家は都落ちとなる。二月の院宣とは本のつかの間の平和時の出来事とも言ってよいが、どうしてわざわざこんな非常時に撰集などという意見もあろうが、私は、かかる危機的事態に対して、本当の帝王は誰であるかを後白河院は勅撰集の形で示したかったのではないかと考えている。

もっとも撰集の過程に平家の滅亡などがあり、これまでも言われたように（谷山茂〈一九一〇～九四〉『千載集とその周辺』、角川書店、松野陽一〈一九三五～〉『千載集』、平凡社など）、平家追悼・鎮魂の祈りも付け加えられたとは思われるが、仮にそれを認めたところで、平家滅亡＝鎌倉幕府誕生という激動期において、後白河院政は仮名序において「かれこれおしあはせて三十あまり三かへりの春秋になむなりにける」（即位から三十三年になったということ〈新大系〉）と置かれた後、「あまねき御うつくしみ秋津島のほかまでおよび、広き御恵み春の花よりもかうばし」と『古今集』仮名序を踏まえて後白河院の徳政が称《たた》えられ、「かの後拾遺集に撰びのこされたる歌、かみ正暦（九九〇～九九四年）のころほひよりしも文治の今にいたるまでの大和歌を撰びたてまつるべき仰せ言なむありける」と撰集の下命と和歌の範囲が記される。ほぼ一条《いちじょう》天皇（九八〇～一〇一一）から当代までということだろう。むろん、ここには、勅撰集のお約束でもあるが、世上の混乱など記されていない。後白河院の「御うつくしみ」と「御恵み」によって、明確な虚偽ではあるけれども、観念的には国内の平和は一貫として実現されているのである。

しかし、院として四十三年間君臨し、『拾遺集《しゅういしゅう》』から約八十年の年月を経て、後代の規範となる『後拾遺集』を院政一年目の応徳三（一〇八六）年に完成した白河院の遺志を継ぐ構えを示した後白河院の覚悟は、やはり帝王＝治者の自覚だったのではあるまいか。逆に言えば、治承寿永の乱がなければ、もともと和歌にはさして興味のなかった後白河院が勅撰集を撰集しようなどとは思いもしなかったということである。勅撰集撰集という巨大な文化事業は帝王しかできず、帝王の正統性の証でもあったのだ。

次で、承久の乱（一二二一年）の結果、隠岐《おき》に流罪となった、後白河院の皇孫である後鳥羽院《ごとばいん》が元久二（一二〇五年撰進、但《ただ》し、その後切り接ぎが頻繁に行われ、最終的完成は、承元三～四〈一二〇九～一〇〉年ごろ。但し、嘉禎元〈一二三五〉年に後鳥羽院が自撰した隠岐本があるので、何を以て成立というかは実に難しい）年に『新古今集』を編ませた理由の中に、前述した兵藤裕己氏「和歌と天皇」（前掲『王権と物語』）が指摘するように、鎌倉幕府に対する王権の正統性の主張があったことも疑いを入れないだろう。

これとて、新興武家権力である幕府に対して負け犬の遠吠《とおぼ》えのように聞えるかもしれないが、その後、後嵯峨院《ごさがいん》皇子であった宗尊《むねたか》（一二四二～七四る鎌倉歌壇中興の祖である。祖はむろん実朝となる）が将軍になったり、北条氏他関東武士から歌人が輩出したりして、彼らの詠んだ和歌が勅撰集に多数入集されていく状況を考えると、和歌や勅撰集が持つ政治力はあながちに無視できないものがあったのだ。ともかく、中世美学の極みとも賞される『新古今集』と言っても、戦乱の結果武家政権が生まれなければ、果たして生まれていたかは甚だ微妙なのである。

以上から、何が言えるだろうか。戦争・戦乱は、直接には文化を創造しないけれども、文化創造の原因は作り出す、あるいは、源となるという不都合な真実である。しかも、『千載集』から『新古今集』まで二十年も経過していないことから分かるように、がむしゃらに文化創造に駆り立てる力が戦争・戦乱にはある、と断言してもまず間違いないだろう。そうでなければ、ヘラクレイトスのことばも生まれるはずもない。言うまでもなく、戦後日本の急速な復興と新たな文化創造も無謀な戦争と悲惨な敗北の結果であった。その後の日本は繁栄を経て、現在、衰亡に向かっているると言われている。その原因は、アメリカの庇護《ひご》下で平和が続いたからだと言えば、非難囂々《ごうごう》の嵐となるだろうが、戦争と平和そして文化創造の関係を改めて考えてもよいのではなかろうか。

3　とはいえ、平和は続かない

二〇一七年は敗戦から七十二年目である。敗戦まで存在した大日本帝国は、一八六八年の明治維新から七十七年で終わった。他方、ソビエト連邦は、一九一七年から一九九一年までの七十四年間続いた国家であった。岸田秀氏（一九三三〜）は、往年、無理な体制は七十年しか持たないと喝破したものである。ソビエトは無理な体制かもしれないが、大日本帝国は分権的に過ぎる体制ではあったものの、決して無理なそれではなかったけれども。

現在の無理な体制の代表である（むろん、政治システムとして、経済はそうでもない）中国は、一九四九年に建国されたので、二〇一九年で七十周年を迎える。中国がポスト七十周年も、今の体制を維持し、順調に成長を続けるかは分からないが、あの国の伝統は、殷以来統一と分裂のエネルギーが等しい、即《すなわ》ち、統一と分裂を繰り返すことにある。いずれまた、分裂時代がやってくるに違いない。こうした中で、超大国アメリカは例外的に政体が変わらない国である。分裂しかかったのは十九世紀半ば過ぎの南北戦争以外にはない。おそらくその理由の大半は、強制的に作り上げ維持し変更を許さない二大政党制がほぼ八年おきの柔らかい変革をするサイクルを作っているからだろう。明確な左派サンダースが民主党、思想、それって何のトランプが共和党である。日本では考えにくい所属政党だが、アメリカではこうした政界の二項対立がかろうじて国家の分裂を防いでいるのでないか。

私は、無理であろうがなかろうが、七十年～八十年というのが国家の体制などといった巨大なシステムの寿命だと考えている。それを過ぎれば、改革し、更新しないと、伝統中国のような王朝交替となってしまう。戦後七十二年を経て、憲法論議が本格化しつつある今の日本の動きはその意味で実に自然である。

さらに、最近誕生した立憲民主党や断固名称を変えない共産党の主たる支持者は、戦後民主主義を素直に受け取って大人になった団塊の世代である。彼らが元気でいられるのはせいぜい今後十年であろう。現在、国会における両者（有名無実の社民党を加えても）の議席数は全体の十五％程度しかない。簡単に言えば、何にもできない抵抗勢力でしかない。挙げ句に十年後以降という未来の展望もまったくと言ってよいほどないのだ。

こうしてみると、今はまさしく「戦後」の終焉《しゅうえん》期である。日本自体は脳天気な平和をむさぼってきたが、それでも、システム転換は起こるのである。この転換を加速しているのが、言うまでもなく、北朝鮮をはじめとする東アジアの緊張関係である。今後どうなるにせよ、朝鮮半島が日本の同盟国になることはない、最悪、二つの反日国家ができると決めてかかるほかはないのである。

しかし、こうした戦争を伴う周辺諸国の大変貌によって、リアルな政治認識を得て、それに対応するシステムが構築できてくるとすれば、これは僥倖《ぎょうこう》と言うべき事態ではないか。平和は続かない（むろん、戦争も）、だが、続かないことによって、文化同様、国家はシステムチェンジと新たな創造が可能となるのである。世界が大分裂したら、それに適切に対応するまでのことである。

Lesson.3

破局・古典・復興——精神の危機を乗り超えるために

1 古典と戦乱の親和性

文明三（一四七一）年一月廿八日から四月八日、六月十二日から七月廿五日の二度に亘《わた》って、伊豆三島の地で、東常縁《とうつねより》は宗祇《そうぎ》（但し、二度目は大坪基清〈生没年未詳〉の懇望《こんもう》によった。宗祇は傍聴したに留まる。また、二度目の場所は常縁の居城がある郡上八幡で行われたとする有力な説がある）に『古今集』を講義した。これが古今伝授のはじまりである。講義の内容は宗祇によってまとめられ『両度聞書《りょうどききがき》』として今に伝わる。書名の「両度」とは上記の「二度」の講釈を指す。二条家自体は足利義満によって断絶させられたが、この書物によって、二条派は復活したと言ってよいだろう。以後、常縁・宗祇と本書は権威に昇華していく。

当時、東常縁は、奉公衆として幕命（将軍義政）により堀越公方《ほりこしくぼう》、足利政知《あしかがまさとも》（一四三五〜九一）方につき、古河公方《こがくぼう》、足利成氏《あしかがしげうじ》（一四三四〜九七）と三島を戦場として戦っていた。常縁は、当初正徹《しょうてつ》、その後、堯孝《ぎょうこう》（一三九一〜一四五五）について和歌の修行をするなど、歌人・文人としての面が強調されがちだが、なによりも千葉氏の血を引く武将である。常縁にしてみれば、戦うことは、言ってみれば、第一の仕事であり、今回も当然のごとく出かけたはずである。

他方、宗祇は、旅の人生を送った連歌師である。文亀二（一五〇二）年、最期を迎えたのも箱根であった（八二歳）。古今伝授の際も、わざわざ三島にやってきて、講釈の合間の三月二一〜二七日に、「なべて世の風をおさめよ神の春」ではじまる『三島千句』を独吟している。五十一歳の時であったが、宗祇は、目的のためには、戦地であろうが、どこであろうが、一切気にかけないし、また、現地でちゃっかり独吟千句を張行《ちょうぎょう》するなど、転んでもただでは起きない、凄まじい行動力をもった人間であった。亡くなる前日にも常縁息の素純《そじゅん》（？〜一五三〇）に古今伝授を行っている。

その前年には、当代第一の古典学者三条西実隆《さんじょうにしさねたか》に最後の古今伝授を行った。実隆と宗祇の関係は、文明六年（一四七四）五月、『古今集』を実隆に講釈した時に始まると思われるから、既に二十七年に及んだが、その間、宗祇は在京時には必ずと言ってよい程、実隆邸を訪れ、『古今集』・『伊勢物語』・『源氏物語』の講釈を行う傍らで、全国の守護・武将等から寄せられた実隆への書写依頼の仲介も行っていた。宗祇がいなかったら、実隆筆の『古今集』も今ほど残っていないだろうし、それどころか、古今伝授をはじめとして古典学そのものが継承されたかどうか分からない。宗祇―実隆の関係が古今伝授の権威にどれほど寄与したことか。

その後、宗祇説を踏まえた実隆の『古今』・『伊勢』・『源氏』の注釈が完成し、それらは近世初期の細川幽斎《ほそかわゆうさい》に至り、幽斎の弟子松永貞徳《まつながていとく》を経て、民間に伝わっていくのである。と同時に、幽斎は智仁親王《としひとしんのう》に古今伝授を行い、それが後水尾院《ごみずのおいん》に伝授され、以後、古今伝授は宮中のものとなる。

こうした古典の伝授・継受は宗祇の三島訪問に始まるのである。これも既に指摘されているが（井上宗雄『中世歌壇史研究 室町前期［改訂新版］』風間書房）、常縁は宗祇によって権威化され、ある意味でキリスト的役割をさせられたと言ってよいだろう。とすれば、宗祇はさしずめ、キリスト教を事実上立ち上げたパウロ（？～六五？）の役割を果たしたということになろうか。

とはいえ、応仁の乱が勃発して、四年後に古今伝授が始まるという端的な事実は改めて考えてみる必要がありそうだ。最初に、古典学・和歌・連歌といった「学問・芸術」は平和の賜物《たまもの》である、とする近代的概念はあっさり捨て去るべきだろう。なぜなら、古典と戦乱は極めて親和性が高いからである。以下、中世から近世にかけて、古典学が栄えた五回を挙げてみたい。

1、源平合戦から承久の乱にかけて、古今・源氏物語の注釈・本文校訂が盛んになる。とりわけ、『源氏物語』の青表紙系本文を確定した藤原定家の古典学が本格化するのは、承久の乱以降である。

2、モンゴル襲来以降、密教的な超越的注釈が、神道のみならず、古典注釈にも現れ、南北朝期まで続いた（特に、古今注と伊勢注）。

3、南北朝が終焉《しゅうえん》に向かう頃に二代将軍足利義詮《あしかがよしあきら》の命を承けて『源氏物語』注釈の集大成である四辻善成《よつつじよしなり》（一三二六～一四〇二）の『河海抄《かかいしょう》』が完成した。他方、南朝の源氏学は、元南朝の内大臣であった耕雲《こううん》（?～一四二九。花山院親長《かざんいんながちか》）を通して四代将軍足利義持《よしもち》（一三八六～一四二八）に伝えられた。こうして源氏学は将軍家を支えるべく蓄積されていった。

4、古典伝授とともに、応仁の乱で焼失してしまった禁裏本を復活させるために後土御門《ごつちみかど》天皇は書写活動を提唱した。これによって、多くの古典籍が新たに書写された。

5、信長・秀吉の統一戦争から関ヶ原の戦いにかけて、幽斎《ゆうさい》を中心として古典学が大いに隆盛した。この時期、幽斎、幽斎と行動を共にした中院通勝《なかのいんみちかつ》（一五五六～一六一〇）、そして、紹巴《じょうは》（一五二五～一六〇二）（いずれも貞徳の師であるが）が書写した膨大な古典籍は、中世最後の花といってもよいものであったろうか。

ここから、戦乱を挟んだ時期や戦乱の直後には古典学が平和時以上に盛んになることは諒解《りょうかい》されたであろうか。古典は、江戸期を見れば分かるように、平和の時代でも栄えるけれども（江戸の元禄期までに、版本化された古典籍の量はかなりのものである）、戦乱の時代では危機意識や権威を支えるものとして一層輝くのである。それは、戦乱で秩序が　今にも崩壊しかける時、もしくは、応仁の乱で京都の御所・寺社がほぼ焼尽してしまうといった現実的に崩壊してしまった時には、あるべき秩序、自己および日本を根源的に保証してくれるものを模索すれば、古典しかないと認識されたからだろう。

むろん、全国規模でいわば「営業」していた宗祇などは、これを機会に一気に社会的栄達および連歌界のトップに立つことを狙っていたとは推測される。だが、かかる欲望だけでわざわざ戦地である三島まで出かけたりはしないだろう。宗祇は宗祇なりに真剣かつ誠実に危機に対応していたはずである。

さらに、戦乱と古典の親和関係は近代以降も継承されたことを述べておきたい。戦前では、日中戦争前後に創刊された、保田與重郎《やすだよじゅうろう》を核とする「日本浪曼派」（一九三五〈昭和一〇〉年）、蓮田善《はすだぜん》明《めい》（一九〇四〜四五）が中心に位していた「文藝文化」（一九三八〈昭和一三〉年）（なお、小林秀雄が「無常といふ事」などの古典評論を開始するのは、一九四二〈昭和一七〉年以降である。これも同様の動きだろう）、戦後では、髙橋昌明氏がいう「「革新」ナショナリズム」（「石母田正の一九五〇年代」）の現れであった、石母田《いしもだ》正《しょう》（一九一二〜八六）の「国民歴史学運動」、および、その流れにあった「国民文学論」「歴史社会学派」を挙げることができよう。戦争なる例外状態と古典とは、近代においても、存外、親和性が高かったのである。

しかし、半国家ながら経済的繁栄を開始した、六十年代の高度成長以降、古典は学者の専有物か、時折、舞台にかかる宝塚的消費対象《エンタメ》となってしまった。一人気を吐いていた三島由紀夫が自決したのが七十年である。以後、古典は終わったのである。あれから四十一年（二〇一一年時点）の春秋を閲している。

今回の千年に一度といわれる地震・津波による大惨禍はとにもかくにも逸早《いちはや》い復興が望まれるが、それにもまして、問題なのは、津波によって惹起《じゃっき》され、事故を廻る情報ですらも政府内で混乱しているといった状況の中で、今なお安定していない福島第一原発事故である。この事故が他の被災地の復興をも妨げているのではないかと思うのは私だけでないだろう。どうやら長期戦になりそうである（前田注、二〇一八年二月現在は安定しているが、「トリチウム水」が貯まる一方である。無害だが、地元の要請で流せない状態が続いている）。

とはいえ、自然災害と人災が複合化しているけれども、地震・津波・原発事故は、戦後なる欺《ぎ》瞞《まん》に満ちた微温的な時代を強制的に終わらせたという意味では、戦乱同様の例外状況である。ならば、ここで古典が長い眠りから覚めて立ち上がるか。私はそうあって欲しいが、その可能性は限りなくゼロに近いだろう。理由は簡単明瞭である。古典を求めている空気が皆無だからだ。

だが、社会の危機以上に精神の危機を乗り超えるために、なんらかの規範や基軸となるものが、古典でなくても、必要であることには異存はないだろう。それは、言うまでもなく、「がんばろう日本」といった、どちらかと言えば、無責任に聞こえもするスローガンでない。欧米・イスラーム・インドあたりであれば、宗教およびそれと結びついた共同体的な価値が呼び戻されるだろう。古典も宗教もないと言ってよい現代日本ではそれは一体何なのだろうか。何であれ、日本の長い歴史伝統の中から被災者のみならず国民全体で共有できる規範・基軸・価値を見いだすしかあるまい。いつまでも、天皇・皇后の無私な振舞いに心慰められる、言い換えれば、彼らにこれ以上依存するわけにはいかないだろう。

2 経済縮小と国民意識の転換

今回の事故に絡んで、原因や対策についての議論はこの際、一切無視して、以下の事実だけをまずは確認しておきたい。

第一に、原発は必要悪に近いものとして、または、普段は意識しないものとして、これまで存在していたと思われる。今回の事故を承けて、今後、日本中の原発を一切停止して、その代わりに火力発電を強化することになると、地球温暖化（これとて、どこまで本当かの議論はあるが）の問題以上に、大概の人は、早晩、電気代の値上げに不満を抱くことになるだろう。原油のコモディティー市場は、今回の事故をチャンス到来と見ていることは間違いなかろう。その動向にさらに乗ることになることだけは、反原発であろうが、原発忌避であろうが、覚悟しておく必要がある。原発に今日以上依存していた震災前であっても、東電は、原油価格のムーディな変動に対抗すべく、日々原油の先物・現物取引を行いながら、電気代を安定するべく努力してきたのである（むろん、今も行っているだろう）。

第二に、現在、節電一色となっているが、まだそれほど暑くもなく、震災自粛気分のままなんとか凌《しの》いでいるが、実際に夏になると、節電一色を守ることが可能なのだろうか。人は暑さも寒さも過ぎればきれいに忘れる。スーパー・クールビズといっても、現代の都市生活では限界もあるだろう。なにしろ、最初からエアコン使用が前提とされているビル等が多いからに他ならない。

おそらく国民の不満はかなりのレベルに達し、原発がきちんと動いていた時代への郷愁まで起こるかもしれない。利便性と快適性が戦後の、否、現代日本の最大の価値である。その両方が失われた時、電気のない生活っていいなと思うのはごく一部の恵まれた人たちに限られるだろう。

第三に、電力不足は日々の生活を苦しいするだけではない。日本経済を支えていた工場その他の生産を縮小していく。企業の倒産、規模縮小、社員のリストラ、解雇、採用減少、工場の海外移転などが頻発し、簡単に言えば、底なしの不景気になりかねないのだ。これをどれだけ国民は自覚しているのだろうか。江戸時代の三千万人ならともかく、国民は高齢化し、九二〇兆円を超える莫大な借金が国にはあるとはいえ、一億二千万人がそれなりの生活ができ、社会保険や福祉といったセーフティーネットが機能しているのも、一四〇〇兆円に及ぶ国民の預貯金が如実に物語るように、社会全体が豊かだからである。だが、今後、経済発展は見込めなくなる可能性が出てきたのだ。

震災以前から、佐伯啓思氏（一九四九〜）や中野剛志氏（一九七一〜）らは、脱成長社会、成長なき「国家」像といった、先見性に満ちた有益な提言を繰り返し主張してきた（中野編『成長なき時代の「国家」を構想する』ナカニシヤ出版、最近では、佐伯『経済成長主義への訣別』新潮選書）。しかし、多くの人々にとって、脱成長社会への覚悟は震災後の現在もないと言った方がよいのではないか。

個人の利便的・快適的欲望を順次叶えていくのが、戦後の歴史であった。経済縮小、脱成長の社会はこうした流れを転換せざるをえない。しかも、社会の構造転換の際、いつも割を食う弱い立場の人たちの被害を最小限にして転換していこうとなると、国民の価値意識の革命的転換が必要となる。その時、前述した拠るべき規範・基軸と共に、未来に向かってそれなりの明るい期待がもてるようにしなければ、沈滞の度合いがさらにひどくなるだけとなろう。

3 近代の宿痾《しゅくあ》としての原発

技術《テクノロジー》に対しては技術《テクノロジー》しか対処できない、と言ったのは、たしか吉本隆明（一九二四〜二〇一二）であった。けだし至言である。原発を安定させるのに、いくら祈っても無駄であり、技術《テクノロジー》で沈着かつ迅速に進めるしかない。これが近代社会の実相であり、現代日本人は「カイゼン」と称して、それを尊び、美徳の一つとしてもしてきたのだ。

近代の行き着く先は戦争である。だから、近代全体を拒絶するしかない、いいとこ取りは駄目だ、として、戦後の四年間、農業に勤しんだのは保田與重郎である（『絶対平和論』保田與重郎文庫）。だが、これを国民レベルで実行するのは、西洋人に支配される前のニューギニアならともかく、現代の日本では不可能である。保田自身も四年で農業をやめ、その後、京都に移っているから、近代生活を放棄などしていない。

とすれば、なおのこと、原発は、人をも殺す自動車と同様、近代生活を保障しつつも、癒しがたい宿痾であると見なすしかないだろう。やはり、いいとこ取りは許されないのである。そうした中で、国民経済の縮小・脱成長に向かいつつ、しかも、それなりに明るく過ごせるには、脱成長でもやっていける経済規模の確保と共に、なおのこと、国民意識の再覚醒と束ねがどうしても必要となるだろう。なぜなら、ただ縮小していくのを新たなしかも深い納得のいく現象として捉え直していく思想が必要だからである。古典に代わる規範・基軸となる国民的価値をとにかく見出すこと、そうでなければ、精神の危機、そして復興も成し遂げられないのではなかろうか。

Part.5

古典と近代の歴史を知る

井上毅『梧陰存稿　巻1』より（国立国会図書館蔵）

Lesson.1

国文学始動元年、明治二十三年の夢と幻滅――国学・国文学・井上毅

1　問題の所在

　明治期の文学史をはじめて体系的に記したということでそれなりながらも名前が知られている岩城準太郎《いわきじゅんたろう》（一八七八〜一九五七）の『明治文学史』（初版、一九〇六〈明治三十九〉年、増補版、一九〇九年、育英舎）には、古典文学出版に関して注目すべき叙述がある（第二期　第三章　新文学思想　第一節　固有思想の反動）。▼注[1]

　この時に方《あた》り、是等の運動に就《つ》き、常に其《その》主動となりし落合・小中村の二人、古文学の翻刻出版を成して古書欠乏の困難を救はんと企《くわだ》て、『日本文学全書』を編纂して二十三年第一編を刊行せり。遠くは竹取、伊勢の古物語より、近くは太平記、増鏡に至るまで、古文学の重

なる者を網羅し、解題頭註を加へて逐次刊行する事二十四編に及べり。此《この》挙や実に天下の渇《かつ》望《ぼう》に応じたる者にして、従来刊本甚《はなは》だ稀少、坊間《ぼうかん》求めて得る事能《あた》はざりし貴重なる古文学が、今や至廉《しれん》の小冊子となりて炮豆《いりまめ》の寒生《かんせい》（前田注、貧しい学生）にも容易に得らるゝに至りしかば、既に和歌和文の趣味を解し初めたる青年輩争うて是《これ》に就き、古文復興の風潮は全国に行き亘りぬ。『文学全書』の成功は更に古歌集の出版を促し、少壮歌人佐々木信綱『日本歌学全書』を編し、万葉集、八代集及中古の歌集を纂《あつ》め、総て分本十二冊として二十三年末より刊行し始むるを見るに至れり。是《ここ》に於てか和歌和文の二全書完成し、相俟《あいま》つて国文学隆盛に至大の功績をなせり。

（国会図書館デジタルライブラリーより。漢字は新字に改めた）

ここで頗《すこぶ》る持ち上げられている『日本文学全書』（発行元　博文館）は、落合直文《おちあいなおぶみ》（一八六一～一九〇三）・小中村（池辺）義象《よしかた》（一八六一～一九二三）だけではなく、萩野《はぎの》由之《よしゆき》（一八六〇～一九二四）を加えた、いずれも東京大学文学部附属古典講習科の同窓生であった三人の編集になるが▼注[2]、二十四編のうち、第一期の十二編は、明治二十三年五月から毎月一編ずつ刊行され、明治二十四年三月に終え、四月から第二期の続編十二編が刊行された▼注[3]。とにかく、活版印刷で近代最初に刊行された古典文学全集であったことはなんと言っても注目しなければならないだろう。同時期、上記あるように、『日本歌学全書』も佐々木弘綱《ひろつな》（一八二八～九一）・信綱《のぶつな》（一八七二～一九六三）父子の標注で、同じ博文

館から同年十月から刊行されている。▼注[4]

まず、『日本文学全書』の特徴（『日本歌学全書』も同様なのだが）と言ってもよいだろうが、編者の意気込みを伝えると共に本全書の権威づけを狙ったものとして、題辞に当時の顕官《けんかん》と呼ばれる人が選ばれていることを上げておきたい（序文は当時の国学者総揃《そうぞろ》いといったところだろう）。以下、正編一編～一二編まで列挙する。

一編　竹取物語　伊勢物語　紫式部日記　住吉物語　徒然草　　題辞　三条実美《さんじょうさねとみ》　序文　小中村清矩《こなかむらきよのり》

二編　土佐日記　枕草紙　更級日記　方丈記　　題辞　佐々木高行《ささきたかゆき》　序文　本居豊穎《もとおりとよかい》／落合直文書

三編　十六夜日記　落窪物語　弁内侍日記　　題辞　吉井友実《よしいともざね》　序文　久米幹文《くめもとふみ》

四編　とりかへはや物語　堤中納言物語　四季物語　　題辞　井上《いのうえ》　毅《こわし》　序文　黒川真頼《くろかわまより》／荻野由之書

五編　中務内侍日記　讃岐典侍日記　和泉式部日記　蜻蛉日記　　題辞　伊達宗城《だてむねなり》　序文　丸山正彦《まるやままさひこ》

六編　浜松中納言物語　大和物語　唐物語　　題辞　九条道孝《くじょうみちたか》　序文　木村正辞《きむらまさこと》

七編　宇治拾遺物語　多武峰少将物語　　題辞　千家尊福《せんげたかとみ》　序文　落合直澄《おちあいなおずみ》

八編～十二編　源氏物語　　題辞　元田永孚《もとだながざね》　序文　なし▼注[5]

その中で、小中村義象ならびに一時期養父となった小中村清矩《こなかむらきよのり》（一八二一～一八九五）と特段に親しかったのは、四編の題辞を寄せた井上毅《いのうえこわし》であった。▼注[6] 井上については、後段でも議論していくが、ここでの井上の題辞（四篇）は、「世の中に文てふもの、なかりせば長きなかにをいかにおくらむ毅」という和歌である。「文」はこの場合、文字で書かれた書記言語《エクリチュール》による言説のことだろうが、歌の内容は、「長きなかにを」がやや読み取りにくいものの、長い仲であっても文がないと恋心の伝達も不可能だということであろうか。「文」の重要さを時間・空間を越えた言語情報の伝達性に井上は求めたようである。ここにも近代的思考をする井上の姿が揺曳《ようえい》しているのではないか。

だが、井上の題辞はこれで終わらなかった。同年四ヶ月後の九月に刊行された萩野由之・小中村義象《よしかた》共著の『日本制度通』（全三巻、整版本、発行者吉川半七＝吉川弘文館創業者）の題辞も井上（序文はこれまた小中村清矩、清矩にしてみれば、『日本文学全書』よりもこちらの方が彼の本来の専門に近いか）▼注[7]であり、またしても和歌なのである。おそらく『日本文学全書』同様に義象の依頼によるものだろう。ここでは、「外つ国《と》の千く《ち》さの糸をかせぎあげて大和にしきにおりなさましを　毅」とある。こちらの歌は、『井上毅伝』六巻「六　折にふれて」に「述懐」として「外つ国の千くさの糸をかせぎあげて日本錦《やまと》におらましものを」というヴァージョンもあり、後者の方が著名である。さらに言えば、前者に比べて自然な語調であり、「織りたいのに」というところに軽い無念の情を含意する「述懐」題の心がしっかりと表出されてある。

井上毅は、一八八六（明治十九）年、自身が宮内省図書寮頭であった時、属官たる義象に「任用したまふ人おほき中にもおのれには我国の典拠を悉く取調べさせたまへり」と「我国の典拠」研究を命じていた。▼注[8]その具体的成果が『日本制度通』となるのだろうが、井上の狙いは、言うまでもなく、義象も記すように「かの帝国憲法皇室典範の制定」がらみだったに違いない。近代憲法・近代皇室典範を起草するためには、日本の古代の法典・制度を研究しなければならない、それをしなければ、憲法・皇室典範と日本の古きよき伝統との接合＝「かせぎあげ」＝一体化が不可能となるし、ひいては、日本の近代を西欧と異なる独自な輝かしいそれとすることはできない、即《すなわ》ち、日本の近代は失敗する、と井上は確信していた。▼注[9]そう言えば、中村正直《なかむらまさなお》（一八三二〜九一）の教育勅語草案を宗派色等があるからと批判して葬り去り、自ら草案を作成し、完成の過程において、元田永孚《もとだながざね》（一八一八〜九一）の儒教国教化の狙いもやんわりと阻止してうまく中和したのも井上であった。▼注[10]そこらあたりが、西洋の法律を単に翻訳して日本に当てはめ、整備していくことでよしとした通常の法制官僚と、伝統と近代が融合した近代日本を作ろうと日々もがいていた「明治国家形成のグランドデザイナー▼注[11]」たる井上との決定的な違いである。▼注[12]しかも、明治期の法整備において多大な貢献者であったボアソナードとも井上は深い交流があった。▼注[13]つまり、井上は西洋法のなんたるかを十全に理解していながら、そこに日本の伝統を組み込もうとしていたのだ。▼注[14]

とはいえ、この志高き「外つ国の」詠とほぼ同時期に、日本最初の古典文学全集である『日本文学全書』に、別段秀歌ではないし、編の内容とも一致しない恋歌めいた和歌の題辞を送っている井上のやや奇矯なパフォーマンス（ユーモアとも解せる）から、少しく想像を逞《たくま》しくしてみれば、国家と古典を繋《つな》いでいく象徴的な行為を読みとることは可能ではなかろうか。というのは他でもない。明治二十三（一八九〇）年とは、前述したように、井上が元田と協力して作り上げた教育勅語が公布（十月三十日）された年であり、さらに言えば、やはり井上が深く絡んだというか教育勅語・皇室典範と並行して実質的な起草者の役割を果たした大日本帝国憲法の公布（明治二十二年二月十一日）から一年後というべき明治において逸することができない年だったからである。日本が名実ともに近代国家としての国制が確立されたそのような時に、古典および国文学と律令国家の法制研究も本格的に開始され、そのいずれにも当代一の頭脳であった井上毅が深く関わっていたという事実は、決して偶然の産物ではあるまい。そこには、井上および彼を支えた小中村清矩・義象・萩野由之・落合直文といった明治の国学者たちの壮大な構想があったはずである。

以下は、近代日本の国制の成立と国文学の成立の関係を探りつつ、近代において国学・国文学とは何であったのかを新たに問うものである。

2　国文学の始動（1）——田口卯吉と国学者たち——

『落合直文　上田万年　芳賀矢一　藤岡作太郎集』（明治文学全集　四四、筑摩書房、一九六八年）の編者久松潜一《ひさまつせんいち》（一八八四〜一九七六）による「解説」は、明治二十三年の意味についておそらく最初に言及したものだろう。

『国文学読本』は明治二十三年四月、（前田注、芳賀矢一が）立花銑三郎《たちばなせんざぶろう》と共編で冨山房から刊行されている。まだ東京帝国大学国文学科（前田注、正しくは帝国大学）の学生であった頃である。この年は近代に於ける日本文学史研究の上で劃期的《かっきてき》な年で、上田万年《うえだかずとし》博士の『国文学』が刊行されて、更に同年には三上参次《みかみさんじ》・高津鍬三郎《たかつくわさぶろう》氏共著の『日本文学史』二冊が刊行されて、文学史研究がこれらの国語学、国文学、国史学の将来を荷う少壮の学者によって緒についたことはそれ以後の文学史研究を促進するものとして注目される。

久松の指摘はその通りだが、ことが文学史だけに留まらなかったことは、これ以外にも、『国語講義録』（国語伝習所編、執筆者は落合直文・高津鍬三郎・小中村義象・服部元彦・飯田武郷《いいだたけさと》・黒川真頼・小中村清矩）▼注[15]が明治二十三年十一月に出ているし、上記の『日本文学全書』『和歌文学全書』も同年刊行が始まっていたことに加えて、大阪の国文館からは、東京・博文館の『日本文学全書』と対抗するかのように、同年九月から『校正補註　国文全書』（正編八冊、次編八冊、国学者小田清雄《おだすがお》〈?～一八九四〉編）の刊行が始まったことである。▼注[16] 正編八冊に選ばれたのは、『源氏物語湖月抄《こげつしょう》』であった。江戸期において、『湖月抄』の版本は延宝二（一六七四）年版のみであり、その後、一度も改版されていない。▼注[17] となると、これがはじめての活版による『湖月抄』となる。そして、編者である神道系国学者猪熊夏樹《いのくまなつき》▼注[18]（一八三五～一九一二）の序文によれば、二十三年秋とある（刊行は翌二十四年三月七日にずれ込むが）『源氏物語湖月抄』（全八巻）が大阪の積善館から刊行され始めた事実も見逃してはなるまい。二年間という短期間に、三種類の『源氏物語』（頭註付き校訂本と『湖月抄』二種類）が刊行された意味はやはり決定的に重いと言うべきである。▼注[19] とまれ、久松の指摘した明治二十三年が「劃期的な年」であることは改めて確認しておきたい。

だが、日本文学史の嚆矢《こうし》は、実のところ、芳賀・立花『国文学読本』、上田『国文学』、三上・高津『日本文学史』ではなかったのだ。管見の及ぶところ、鼎軒《ていけん》田口卯吉《たぐちうきち》（一八五五〜一九〇五）『日本開化小史』（一八七七年〈明治十〉〜一八八二年〈明治十五〉、六冊）「巻之四　第七章　日本文学の起源より千八百年代まで」▼注[20] が最初の述作であったと思われる。

また、「国文学」というタームを持った書物としては、田口著からやや遅れるものの、権田直《ごんだなお》助《すけ》（一八〇九〜八七）の『国文学柱《ちゅう》』（一八八五〈明治十八〉年）がある。他方、権田には「日本初の本格的な句読点論」である『国文句読考《こくぶんくとうこう》』（一八八七〈明治二十〉年、没後出版）という書物もあるように、▼注[21] この場合の「国文学」は凡例に「此の書は、国文の大本を立て、句を作り章を成す、法格をしらするを要とす」とあるように、▼注[22]「国文学」ではなく、「国文の学」であり、国文つまり和文の叙述法が『国文学柱』の内容である。明治十年代は、句読点から始まり、和文をどのように叙述してよいかがまだ定まっていなかったし、国文学なる概念もまだ成立していなかったのである。ちなみに、井上毅が文部大臣期（一八九三〈明治二十六〉年三月〜九四〈明治二十七〉年八月）に提唱した古文・漢文を廃した「国語国文」の提唱にある「国文」の概念も権田の流れと関係していたと思われる（これについては後述する）。

対して、田口の『日本開化小史』「巻之四」は堂々たる文学史である。それは文学の定義から始まる。

文学とは人の心の顕像《けんぞう》なり。大凡《おおよそ》人の心の世に顕はるゝもの其種固《まこと》に多し、或は政治の上に顕はるゝものあり或は風俗の上に顕はるゝものなり、其顕はるゝもの智あり情あり、情の文章に顕はるゝもの之を記事体と云ふ、歴史、小説の類之に属す。智の文章に顕はるゝもの之を論文と云ふ、学文、論説之に属す。此二者共に是れ文学の本体にして、其文章に顕はるゝに至りては互に相錯綜して明に判別すべからずと雖《いえ》ども、其《その》性質自から相異なる所あり。蓋《けだ》し論文は研究を主として物の理を説き以て読む人の智を服せしむるものなり、故に之を記するの人は必ず高尚の智なかるべからず。記事は想像を主として物の有様を写し以て読む人の情けを感ぜしむるものなり、故に之を記するもの必ず高尚の情なかるべからず。されば智と情との進歩は文学の史の最も明に示さゞるべからざる所なり。

（岩波文庫）

文学が人の心の顕像（＝反映）であるとする定義は、これ以後も見られる。たとえば、後述する三上・高津『日本文学史』上巻「総論　第一章　文学史とは何ぞ」には、田口説を受けたと思われる「文学は人心の反照なり」という定義づけがある。

さて、田口はこれを根源的な前提として、人の心が世に顕れるものとして、政治、風俗を挙げながら、文学とは文章の上に顕れるものと位置づける。人間が引き起こすあらゆる行為・現象を心の顕れと見る視点である。そして、文章を記事体と論文に弁別する。記事体には、歴史・小説の類が属し、論文には、学文・論説が属する。ここで押さえておきたいのは、田口の文学定義には論文も含まれているということである。狭義の「文学」概念はまだ成立していないのだ。そして、論文は「物の理」によって「高尚の智」を身につけさせ、記事は、人の情けを感じさせるものであるから、詮《せん》ずるところ、智と情が身についた人間の陶冶《とうや》を担当するのが文学であるということだろう。そこから、文学史の目的は、「智と情との進歩」を「明《あきらか》に示さゞるべからざる所」に置かれることになる。「進歩」、これは他の文学史にも通ずる、文明開化以来の明治の根本精神と言えるものだが、田口はそれを率先して身に纏《まと》っていたのだ。本書が今以て評価されるのも、明治期進歩史観を明晰《めいせき》な文体で叙述したところにあるのだろうが、はたして田口は日本文学史に何を見たのか。その一つが文体の変遷で日本文学史を捉える方法である。少し長くなるが、引いておきたい。

蓋《けだ》し往昔《おうせき》千三百年代より千五百年代に至るまで漢文のみ世に行はれて文章上研究想像の行はるゝことなく、唯々《ただただ》混沌として智情の未だ分れざる姿なりき。是れ蓋し幼稚なる精神を以て至難なる外国の文章言語を記憶せんと勉め、絶えて其他を顧みる能《あた》はざりしが為めならん。千六百年代に至りて、日記体及び和文の二者出来て、稍々《やや》人心の一班を窺ひ得べきに至れり。

今当時に顕れたる想像を竹取、うつぼ等に就きて考ふるに、其感情全く当今の人情に相違し、恰《あたか》も異境に入り異人に逢ふの思あり、如何《いか》なれば斯《かか》る想像の心裡に発するやと疑はるゝ程なり。蓋し当時の人未だ多く事物に接せずして、其想像精密ならざるが為めに、自ら世にあり得ぬ想像の胸裏に発するなるべし、故に其文《そのぶん》も亦《ま》た素樸《そぼく》にして更に味ひなし。然《しか》るに千七百年代の末より、文弱の気風都の内に発生し、満堂婦女子の如くなりにければ、其文章稍々猥褻淫風の加ふるを免れずと雖《いえ》ども、亦自ら艶美《えんび》の情味を添《そ》ふるに至れり。而《しこう》して千九百年代に至りて、関東武夫《ぶふ》の気性漸《ようや》く世に顕はれたれば、活発勇壮の気又文学の中に加はりたり。是れ即ち盛衰記、平家物語の気と優とを兼ね、之を読みて楽ましき所以《ゆえん》なり。是より天下治平を致す事殆ど百五十年、人智始めて社会の大勢を見るを知る、故に時勢論漸く文学の中に参入して、文章自ら静粛完備の体を致せり。是則ち保暦間記、神皇正統記の自ら精神を存し而して厳格の体ある所以なり。其後に至りて武人擅横《せんおう》の世の中と成り下りて殺伐闘争の災世雲を蔽《おお》いしかば、文章紛雑《ふんざつ》の姿となりて終に全く情味を失ふに至れり。

田口に拠《よ》れば、漢文時代（皇紀一三〇〇〜一五〇〇年代）→日記体・和文（一六〇〇年代）→文弱の気＝文章猥雑淫風（一七〇〇年代末）→活発勇壮の気（一九〇〇年代）と日本の文学史は展開していく。漢文時代は、まだ幼稚で外国の文章言語の習得に賭けていた時代であり、智と情の分離もできていなかった混沌状態だったという。その後、日記体・和文時代となると、人心の一班を窺《うかが》うことが可能となったものの、想像が精密でないからあり得ぬ類になりがちであり、素樸《そぼく》で味わいもなかったとしている。未だ進歩が足りなかったと言うべきだろう。だが、その次の時代には、文章が婦女子のようになり、猥雑淫風《わいざついんぷう》に陥りがちながらも、艶美《えんび》の情味を添えたと半ば批判半ば肯定している。上記の前段では、「千七百年代の和文は真に我が日本人心の曙光にして、恰も蒙昧《もうまい》の雲霧を闢《ひら》き晴明の影を現すが如し。寔《まこと》に目覚しく見えにけり」と記しているから、ここを和文の完成期と見ていたのだろう。このあたり、「蒙昧の雲霧を闢き晴明の影を現すが如し」という表現も含めて「進歩」史観が前提的思考として論を駆動する。そして、一九〇〇年代となると、軍記等の和漢混淆文《わかんこんこうぶん》が登場し、情味ではなく、人智・時勢論という智の文章が文学の中に参入し、「静粛完備の体を致」したという。田口はこの皇紀一九〇〇年代（西暦一二四〇年頃）をもって、当初立てた文学概念である記事体・論説が出揃《そろ》って、一応、完成したと捉えていた。

しかし、見落とせないのは、田口の進歩史観が、正比例座標のごとく、単純に右肩上がりの方向性だけに限定されていないことである。田口は、日本の文学が戦国時代となるや、「文章紛雑の姿」となって、情味を失ったと歎きつつ説く。つまり、文学史には退行があることも素直に認めているのである。このような柔軟な叙述も今日的な価値をもつものの一つだろうが、戦国期に対する文学評価は、その後の文学史叙述も田口とさして変わらない。おそらく、それは、近世という巨大な文芸復興の時代がその後に控えているので、このように叙述することによって、文学史はより一層説得力をもつと見做《みな》されたからではなかろうか。▼注[23]　いわば、文学史ならびに日本史の谷間として戦国期が充当されたということである。

ここで、やや時代を先行し過ぎた田口の文学史はこの辺にして、明治二十三年に戻りたい。あたかも一斉開花と言うべき国文学始動元年が生まれた原因は、上記で示唆したように、明治国家の国制整備と連動しているからだが、むろんそれだけではない。国文学サイドにおいても、それを担うべき人材が確保され、また、人材が養成されるべく動いていたのである。一八七八年（明治十一）に東京大学が開設され、文学部に「和漢文学科」（明治十八年に「和文学科」と「漢文学科」に分離され、二十二年に国文学科と改称された）が設立された。▼注[24] 帝国大学文科大学国文学科第一期卒業生がかの芳賀矢一（一八六七〜一九二七）である。しかし、和漢文学科→和文学科・漢文学科は学生数も極度に少なく、このままいくと、和文学・漢文学の教員・後継者が絶たれる可能性が出てきた。それを危惧したのが、東京大学総理（学長）の加藤弘之（一八三六〜一九一六）および一八七八（明治十一）年から東大講師となっていた小中村清矩であり、加藤の文部卿に対する献策《けんさく》、さらに小中村の奮闘によって、一八八二年（明治十五）五月三十日に、東京大学文学部附属古典講習科が設置されることとなった。▼注[25]

古典講習科は、小中村清矩の「開業演説案」（八二年九月稿）によれば、「我ヵ皇国の歴朝の事実、制度の沿革、及び古今言詞の変遷等を考究せしめん」ことを目的とするとあるから、日本の歴史・制度・文学・言語を包摂した国学を習得する教育機関である。生徒の身分は、文学部附属であるから西田幾多郎（一八七〇〜一九四五）や岩波茂雄が修了した選科と同様に東大の正規学生ではない。

とはいえ、一見国学に似つかわしくないが、古典講習科は「実用」を重視した。というのも、演説案の末尾に、「江湖《ごうこ》上ますく〳〵国学を無用の物と棄つべければ、各自其学び得たる業を、実際に運用し、其器によりて、官吏ともなり、或は公私学黌《がっこう》の教員ともなり、書を著し言を述べ、治道の資ともなりて、国家には裨益あり、一身には栄誉を受く可からん事を懇に冀望《きぼう》する」とあるように、[▼注26]西欧化に突き進む日本の現状を踏まえつつ、そこで国学が生きるためには、「実用」「国家には裨益」「一身には栄誉」を打ち出さざるを得ないからである。清矩自身も主流の思想性が強く観念的な平田派ではなく、思想性が希薄な考証派であったから、これは彼自身の本音とはそう遠くなかっただろうと思われる。そうして、古典講習科甲部（古典講習科国書課）はその後八四（明治十七）年に古典講習科乙部（漢書課）を拡充するなど拡大していくが、結局のところ、国書課では八二年と八四年二度の生徒募集をし、八六年に二十九名、八八年に十七名の卒業生を出して同年廃止された。

次に、どのような人間を養成したのかを見ておきたい。第一回入学者では、前述したように、小中村清矩の手足となった小中村義象・萩野由之・落合直文の他、関根正直（一八六〇〜一九三二）、飯田武郷の息で服部南郭《はっとりなんかく》の家を継いだ飯田元彦（生没年不詳）、平田延胤《ひらたのぶたね》（一八二八〜七二）の養子に入った戸澤盛定《とざわさだもり》（後、盛胤《もりたね》、一八六三〜一九四六）がおり、第二回では、佐佐木弘綱の息信綱、黒川真頼（一八二九〜一九〇六）の息真道（一八六六〜一九二五）、やはり清矩を至るところで助けた歴史学者和田英松《わだひでまつ》（一八六五〜一九三七）などがいた。たった二期ながら近代国学を担った人物を輩出《はいしゅつ》している。▼注[27] 後述する東大文学部系学者と比較すると、量的にはこちらが圧倒的に多数派であった。博文館から刊行された『日本文学全書』の小中村義象・萩野由之・落合直文、『日本歌学全書』は佐々木弘綱・信綱父子の撰になるのは、むろん偶然ではない。小中村清矩が作り上げた古典講習科の生徒たちの成果と言うべきものであった。

この時期、国語伝習所、ならびに、古典講習科と同年に設立された國學院大學の前身である皇典講究所にも小中村清矩を核とする近代国学者が集っていた。一八八八（明治二十一）年十二月六日皇典講究所所長、山田顕義《やまだあきよし》（一八四四〜九二）の演説に続いて、井上毅も演説した。▼注[28] 国典講究の必要性について、井上はこのように述べている。

国典は国家の政事の為めに必要である、并に国民の教育の為めに必要で有る、而《しこう》して宗教の為めに必要で無い、また一の政党の論拠材料の為めに必要で無いと云ふことを以て答へなければならぬ

この時、井上の地位は、法制局長官で憲法・皇室典範の編纂《へんさん》で繁忙を極めていたが、「自今《じこん》一年、従事立憲、三年従事経済、又三年、従事国典国語」という扁額《へんがく》が八六（明治十九）年の頃の執筆という説に従えば、▼注[29] この演説以前から「国典国語」に対する深い思いがあったと言うべきだろう。

井上が、国典から宗教・政党を排除したのは宗派色、および論争、さらに宗派の政治的利用（と

りわけ神道系)、また、政党においてもその政治的な利用をそれぞれ極度に恐れたからだが、政治(事)に必要な理由は、「総《すべ》ての国が其の憲法及び百般の政事に就いて、其の淵源基礎を己れの本国の歴史典籍に取らぬ国は無い。国の歴史上の沿革及故典慣例は、その国の憲法并《ならび》に政事の源である」からであるし、国民教育に必要な理由も同様なものであった。曰《いわ》く、「一つには普通教育の生徒に向つて、本国の歴史を教ふること、二つには国語を教ふること、これが国民教育の材料である。国典は己れの国の祖宗並びに先哲の偉業を知らしめ、己れの国の貴きことを感触せしめ、己れの国は父母の国たることを脳髄に銘刻せしむるものである。並に国語をしらぶるに付《つき》ても、国の古典古書に就いて国語の出所を見出すことが出来る」からである。小中村清矩、義象との深い交流[注30]を通して、井上は、国学的知から抽出可能な国民の矜恃《きょうじ》とナショナリズムを政治・教育の核に据えようと確信したようだ。それは、神道系といった宗教性や政党などに付帯する政治性が一切混入しない、井上が夢見た高度に抽象化された日本国家を根幹で支える具体物となるはずであった。故に、井上は、明治国学を代表する小中村清矩・義象他の面々を応援し続けたのである。

最後に、明治国学者の論を検討しておきたい。それらには、小中村清矩「古代文学論」(一八八七年〈明治二十〉三月)、同「日本文学の起源」(八八年八月)、「国学の前途」(八九年二月)落合直文「日本文学の必要」(八九年二月)、大和田建樹《おおわだたけき》(一八五八～一九一〇)『和文学史』(一八九二〈明治二十五〉年、博文館)などがあるが、ここでは小中村八九年論文と落合論文を俎上《そじょう》にのぼせよう。

小中村清矩は、国学の今後を踏まえてこのように主張する。

是《こ》れから世間一般の人に、我が国の古事を明らめさせやうと思ふ先生は、国体の事を基にたてゝ、良い歴史を作つて発行し、又国語を専門にしやうと思ふ先生は、是迄《これまで》の風に泥《なず》まず、洋学者とも相談し、事実言語の二つとも、自然世の実用になるやうにと、心懸けねばならぬ、さうないと、外国人の内で、よく我が国の事に通じたるものが出来て、先へ鞭を当られる様なことあつては、不都合のことと思ひます。
（『陽春廬雑考』）

清矩にとって、国学とは、事実（歴史）と言語（国文国語）のことである。そして、根幹にあるのは、やはり「実用」であり、言語については、洋学者とも相談せよ、と言っていることには着目しなければならない。

次に、落合直文はどうか。

予輩さらに大声疾呼《しっこ》して世人に問はむ、五大洲中その邦国すくなからず、されど自国の学と教とをすてゝ他にもとむる者あるか、かならずや自国の学と教とを知り、国の成立の如何《いかん》風俗習慣のよりて来る処を察し、さて後に各国の制度を聞見し、彼の長を取り己の不足を補ふをもて国是《こくぜ》とするならむ、さるを自国の学に教に之をすて、彼にかゝる国体あり、わが国これに倣《なら》ふべし、かれにかゝる政体あり、こを以てわが政事を組織すべし、彼の風俗かくの如し、彼の習慣かくの如しと一々之をうつすに汲々たるが如き、いづれの国にか其比をみん、いつの世にかそのためしあらむ、（中略）、予輩の輿論《よろん》に反対して敢て日本の文学をおこさむとするは、この病毒を撲滅せんにはこの学を措《おき》て他に良薬なしとおもへばなり　（『明治文学全集』）

落合の論は、小中村清矩と比べてみるとかなり激越な調子である。その論調には、西欧化＝文明開化に対する危機感に全身が蔽われていると見てよいか。だが、主張の内容は、清矩というよりも、井上毅とほぼ変わらないのではないか。日本人は日本の文学を起こさない限り、日本人になれないと言っているのであるから。清矩もほぼ同じことを言っているとすれば、明治国学の歴史・文学重視は、欧化主義に対するそれなりのまっとうな対応であったのだ。▼注[31]

とはいえ、小中村清矩・中邨秋香《なかむらあきか》（一八四一～一九一〇）編『日用文鑑』（一八八四〈明治十七〉年、発行者青山清吉、増補版九四年）、関根正直『国文教科書』（一八八八〈明治二十一〉年、中央堂）、橋本光秋（?～一九〇九）・小田清雄（?～一八九四）編『国文読本』（一八九三〈明治二十六〉年、発行者森下専助）、小中村義象の尋常師範科講義録『国文講義』（一八九四〈明治二十七〉年、明治講学会）といった国文教科書系国文本の穏健な内容は、小中村清矩流の国学実用論の具体的ありようを示しているようである。▼注[32]穏健で実用的であり、教科書が多いから当然としても過激さは皆無であった。

3 国文学の始動（2）――東大文学部系国文学者の動向

前述したように、明治二十三年は、芳賀・立花（上田万年校閲）『国文学読本』（四月、冨山房）、上田『国文学』（双双館）、三上・高津『日本文学史』（十一月、金港堂）が刊行された年である。これらの著者にはいずれも共通点がある。このうち、『種の起源』（『生物起源』）（一八九六年）の最初の翻訳者であり、教育学者でもあった立花銑三郎（一八六七～一九〇一）[注33]、高等中学の文法教科書『日本中文典』（一八九一年、金港堂）をものした高津鍬三郎（一八六四～一九二一）は、国文学史の中では通常登場しない人名である。次いで、三上参次（一八六五～一九三九）は国文学者ではなく、『江戸時代史』（没後の一九四三～四四年、冨山房）などの大著をもつ日本史学者の大御所（東京帝国大学名誉教授）である。さらに、上田万年（一八六七～一九三七）はドイツ留学で培った印欧言語学をベースに近代国語学を確立した大家（東京帝国大学名誉教授）である。となると、芳賀矢一（東京帝国大学名誉教授）だけがまっとうな国文学者だと言えなくもないが、上記五人には明確な共通項がある。それは、全員、大学予備門を経て東京大学文学部を卒業した正規学生だったという事実である。一人も古典講習科ないしは国学系の人はいないということでもある。

こうして見た時、明治二十三年前後、同じ東京大学と言っても、文学部附属の古典講習科系国学者と文学部卒の国文学者およびその周辺の研究者が競って国文学を始動させていたという史実が了解されよう[注34]。両者は教員として小中村清矩が重なるものの、ほぼ没交渉であった。そこで、国文学系三書の狙いをそれぞれの「緒言」から見ておくことにしよう。

第一に、芳賀の執筆になる『国文学読本』「緒論」である。当時、芳賀はまだ大学生であったから、その意味で、学生時代から連載を抱えていた昭和の批評家保田與重郎《やすだよじゅうろう》同様に早熟であった。▼注[35] その内容は、緒論以外は、柿本人麿から滝澤馬琴《たきざわばきん》までのアンソロジーであり、この点は国学系の書物とそれほど変わらないながら、緒論は芳賀の狙いが明確に出されている。

蓋《けだし》文学は其根を人間の思想に発し其形を人間の言語に成すものなる事は何人も直《ただち》に思惟し得べき所にして、実に争ふ可《べ》からざる事たり。故に思想は文学の神髄にして、言語は文学の形態なりといふべきなり。

（『明治文学全集』）

『古今集』「仮名序《かなじょ》」・「真名序《まなじょ》」をもじりながら、文学を支える思想（文学の真髄）と言語（文学の形態）の関係を明確に提示した上で、芳賀が文学の価値として一等重視するのが普通識と普通情である。

普通識と普通情との発達は一国土の文明開化に於て尤《もっと》も重要なる元素たることを知るべし。是《ここ》に於《おい》てか文学の貴重すべきことも亦《また》知るべきなり。蓋し文学は其《その》終極の意味に於ては、一国生活の写影なり。人民思想の反照なり。普通の識情を表彰すると同時に、普通の識情を奨進し、社会の動力より生じて亦自ら社会の動力となり、果となり因となりて社会の発達進歩を促すものなり。故に私は以て一箇人の品位を高うすべく、公は以て国家の元気を励《はげま》すべし。一国の文学を知らずして、其国の性質を尽し、其歴史を究めたりといふものあらば、是猶言《これなおげん》貌《ぼう》の外を以て人間の性質を尽し得たりといふが如くならん。

ここでも「写影」と並んで「反照」が登場しているが、普通識と普通情の「発達」こそが文学によって見ることが可能であり、それは芳賀に拠《よ》れば、「社会の動力」の因果となり、ついに「社会の発達進歩を促す」という。文明開化の時代であっても国学は役に立つのだ、といったやや消極的な構えの国学系の実用論に比べると、芳賀国文学は、天下国家の発達進歩に直結している点で甚だ積極的である。しかも、国の性質（国柄か）・歴史を究めても文学を知らないと「人間の性質を尽くし得た」とは言えないと断言するなど、文学原理主義に近い立場を取る（むろん、そこには文学＝事実＋言語の国学派に対する批判も籠《こ》められていよう）。この普通識・普通情という捉え方も、哲学との違いを際立たせたものである。芳賀の緒言は、その意味で、国文学独立宣言と言えようか。

第二に、上田万年編『国文学』は本来「近世文学より漸次《ぜんじ》古代文学に遡《さかのぼ》り遂に一国文学の本性歴史等の慷慨を発揮せんとの企図」（『国文学』緒言、『明治文学全集』、以下同じ）であったが、実際に刊行されたのは最初の一冊だけであった。とはいえ、上田の緒言には、国文学の教育上の工夫に満ちている。

著者は我国《わが》文学の教授上に散文韻文の併行すべきを主張し且《かつ》其散文韻文はなるべく総《すべ》ての時代に於て総《す》べての階級より顕はれ来《きた》り然《し》かも其時代其階級の写真たるべきものを選択すべしと論ずるものなり

ここでも「其時代其階級の写真たるべきものを選択」せよとの主張に「反照」説が窺《うかが》えるが、上田はなぜ文学を学ぶのかなどといった議論にはほとんど関心がなく、「源氏物語を源氏物語としてのみ熟知し居る学生を養成するを願はずして一度源氏物語を読めば容易に中古文学の一班を理解し且中古社会の状況をも観察し得べき人を得んことを希望」しているように、効率と波及効果を重んじている。この態度も身近な江戸時代から始めることと並んで近代的実践知を有した人間であることが諒解《りょうかい》されよう。

だが、本書に通常なら載せられない「詔勅及び一二の建白」を巻頭に加えた理由として、「これらは徳川幕府の廃せられ明治新政府の建立せらるゝ時に当り皆大基礎となりし者なれば国文中にても尤も重要なる者なり故に敢て巻首に掲げて広く諸人の注意を引くことゝせり読者幸に諒せよ」と記している。これは上田の近代観を如実に出したものではないか。それは明治国家の絶対的肯定であり（但《ただ》し、進歩発達などは言わない）、その「大基礎」となった詔勅《しょうちょく》・建白《けんぱく》は「国文中にても尤も重要なる者」だから学べというのである。おそらく国学者系が考えも及ばなかったことであろうと思われる。その後、大国語学者に成長していく上田だが、合理主義と国家主義が矛盾なく両立した明治知識人の典型だったのではないか。

第三に、三上・高津『日本文学史』は本文四五一頁に及ぶ巨冊である。その後、これを越えるのは、二年後に刊行された大和田建樹『和文学史』（一八九二〈明治二十五〉年、博文館）、その改訂版である『日本大文学史』（一九〇〇〈明治三十三〉年、博文館）しかない。大和田は、古典講習科で同僚の時期もあった小中村清矩とは、『小中村清矩日記』を見る限りそれほどの交流は見られないが、典型的な国学系であった。元に戻って『日本文学史』の総論を見たい。

「総論」「第一章　文学史とは何ぞ」と「第二章　文学の定義を下すの困難なること」から三つの文章をあげておく。

文章詩歌は、最も能《よ》く、人の思想、感情、想像をあらはすものなれば、人間の発達を知るには、此上《この》なき材料なりとす。夫《そ》れ、文学は、政治の為めに動かされ、宗教の影響を蒙り、人情風俗の変遷に伴ふものなれども、文学、益、発達するに従ひては、文学其物のうちに、一種の元気を蓄へ、却りて、政治、宗教、人情、風俗を左右するに至るものなり、余輩、日本、支那、西洋、各国の既往を通観するに、実に文学は、邦国人民の盛衰興亡に繋ることの至大なるを見る。故に、文学史は、文学の起源発達を叙すると共に、つとめて、其中に潜伏せる元気、の活動せし跡を示すべし。是を以て、文学史は、即ち是れ文明史なりと云へる学者あり。ファン、ローンの如きは、其著、仏国文学史に於て、文学史こそ、即ち真の歴史なれとさへ

云ひしと覚ゆ。（第一章）

上記のキーワードである「元気」を亀井秀雄は「三上と高津はこの言葉をenergyの訳語に選んだわけですが、彼らなりのヴァン・ローンの理解によれば、自分を創造した諸条件から「元気」を享けた被造物が、逆に今度は、自分を作った諸条件に反作用して新たな展開を促していく。これは彼らだけではなく、多くの読者にとっても魅力ある考え方だったと思われます」[注36]と述べているが、三上・高津の文学・文学史の価値は、上記にあげた芳賀がいう「社会の動力より生じて亦自ら社会の動力となり、果となり因となりて社会の発達進歩を促すものなり」とほぼ同内容だろう。つまり、東京大学文学部系の人間が捉える文学とはこのようなものであり、その根源にはヴァン・ローンなどといった西洋のエネルギー理論があったということである。これが発達の証でもあるのだ。西洋の理論に基づく文学・文学史把握、これこそ東京大学アカデミズムを今後も規定していく日本近代の正統的学知であった。そして、こうした構えは国学派には一切無縁な代物であった。

それでは、日本は文学史をもつ国としてふさわしいのか、ここで議論はナショナルなものへと進んでいく。

今、余輩《よはい》は、我邦二千数百年の間に現出せし、諸般の文学を総轄して、これを我国文学の全体とし、之を西洋各国の文学と対照比較するに、彼に及ばざる処、少からずといへども、また、其特有の長処《ちょうしょ》多きを見る。而して、室町幕府の時代にこそ、文学も一時は衰微したれども、尚、寺院のうち、文庫の隅々、学問の蟄伏《ちっぷく》せしのみならず、さらに、新奇なる文章の現出するもありて、之に先んずる鎌倉時代と、後に来たる江戸時代と、聯結《れんけつ》すべき文学の橋梁は、かつて断絶せし事なし。されは、我邦も、まづ、完全なる文学史を有し得る国なるべし。（第一章）

田口卯吉と同様に、ないしは田口を受けてか、室町期に「一時は衰微した」けれども、三上・高津は、西洋各国の文学との比較を通して、日本が「完全なる文学史を有し得る国」であると判断する。これは上記と絡めて言えば、日本は文学史なる文明史を有した西洋と対等な国だということであろう。これ以後、原勝郎（一八七一～一九二四）『日本中世史の研究』（一九二九年、同文館）、平泉澄（一八九五～一九八四）『中世に於ける社寺と社会との関係』（一九二六年、至文堂）と現れてくる日本の中世と西洋の中世を同定化することによって、遅れている日本を克服する方法を既に三上・高津はとっているという点でも評価に値しよう。そこで残っていた、文学の定義はと言えば、

文学とは、或る文体を以て、巧みに人の思想、感情、想像を表はしたる者にして、実用と快楽を兼ぬるを目的とし、大多数の人に、大体の智識を伝ふる者を云ふ。（第二章）

別段、これといったものはない定義である。芳賀の普通識・普通情が「大体の智識」となっただけであろう。その前に、前述した「文学は人心の反照なり」という表現があり、文学によって、「其人の思想、感情、想像を高尚にし、其嗜好を優美にし、また野卑陋俗《ろうぞく》なる性情を脱し去りて、道徳も之によりて明かに、政教もこれによりて進み、従ひて凡ての人間をして、漸く、此世に生活すといふ大目的なる、真正の幸福の存在せる方針に、向はしむることを得べし」という芳賀以上の価値論が展開されてもいるが、ここで強調したいことは、定義を下すという思考態度にある。これもまた東京大学アカデミズム＝学知の特性ではないだろうか。

最後に、明治二十三年は実はもう一つ大きな出版があったことを記しておきたい。それは、十二月に、太政官修史館《しゅうしかん》で史料編纂を行っていた三人の文科大学教授、重野安繹《しげのやすつぐ》（一八二七〜一九一〇）・星野恒《ほしのひさし》（一八三九〜一九一七）・久米邦武《くめくにたけ》（一八三九〜一九三一）の編になる『稿本　国史眼《こくしがん》』（全七冊、帝国大学蔵版、大成館）が刊行されたのである。重野は、古典講習科でも教えており、小中村清矩との交流も深いが（他の二人もそれなりの交流がある）、国文学の始動した年に、大日本編年史のような漢文記述ではない日本通史が史学界の大立て者である重野を中心に刊行されていたという事実は、この年が文化史上強調してもしすぎることがない程の劃期であったことを如実に物語っているだろう。▼注[37]

4 おわりに——井上毅の夢の行方——

明治二十三年から三年後の一八九三（明治二十六）年、文部大臣井上毅は、国語教員の夏期講習会に臨席し、国語教育について演説した（木村匡『井上毅君教育事業小史』、一八九五年、発行者安江正直・有田利雄、一八九五年所収）▼注[38]。この演説とほぼ同じ内容が文章体で『梧陰存稿《ごいんそんこう》』に「国語教育」として収められているが、ここでは井上の肉声が彷彿とする演説の方から引いておきたい。

> 中古以来ノ経験ニ依ルニ漢文ハ到底吾人ノ一般国民ニ適用サレナイ。惟《おも》フニ、元来言語ト文章トハ其系統脈絡ヲ同一ニセネバナラヌ性質ノモノデアル。漢文ハ吾人ノ固有ノ言語ト其由テ来ル所ノ淵源ガ同一デナイ。従テ語法語脈文法文脈ガ互ニ相一致セヌカラシテ漢文ノ吾人ノ国民一般ノ使用ニ応セヌハ怪ムベキコトデナイ。（私意に濁点・句読点を付した。以下同じ）

井上は他でも、「此三百年（前田注、徳川時代のこと）ニ生レタ俊才ノ士ハ、佶倔聱牙《きっくつごうが》ナル漢文ノ修業ニ無駄ナ気力精神ヲ弊《ついや》サズシテ、他ノ有用ナル事業ニ注射シタデアラウ。而シテ三百年間ノ文運ハ今少シ高度ノ進歩ニ達シタデアラウ」と皮肉を込めて述べているが、「無駄ナ気力精神」を以て「漢文の修業」を実践していたのが他ならぬ若き井上であったから、そこには自省の念と、『梧陰存稿』漢文編・序文にあるような「此の宝鼎《ほうてい》（前田注、大学・中庸の経文・孟子尽心章の或条章）の空しく汚泥《おでい》に埋没することを惜しむものなり」（原漢文）と同様の「嘆息」の念とが交錯していたと見《み》做《な》しうるが、国語教育を推進する文部大臣としての井上の立場は極めて明解であり、「吾人ノ固有ノ言語」（国語国文）と漢文とは別言語であり、漢文を国語教育の中心に据えることができないというものであった。▼注［39］次いで、古文古語も漢文ほどではないが、周縁に置かれることとなった。なぜか。

今日マデノ国文ノ弊デアツタ古文古語ハ固ヨリ尊重スベキモノデアル。但シ専門トシテ尊重スベキモノデアル。又或ル場合ニ限ツテ、一種ノ美術トシテ尊重スベキモノデアル。之ヲ一般ノ国民教育ニ用フベキモノデナイ。

井上は、古典研究を意味する国文学の価値（美術的＝鑑賞的価値か）を一応は認めながらも、国民教育からは古文・古語は排除せよと主張する。古文・古語の代わりに、以下のような国文を提唱するのである。

国民一般ノタメニ適用サルヽ所ノ平易近切《きんせつ》ニ、又漢字ヲ自在ニ使用スル所ノ便利ナル国文ヲ用フルノ方法ヲ取ルト云フコトガ、是ガ今日御互《おたがい》ニ最モ注意ヲ要スル所ノ点デアル。

井上の言う「便利ナル国文」が具体化するのは、明治末期に至ってほぼ完成する近代文章語の定着となるだろうが、所謂《いわゆる》言文一致運動を教育面で推進したのが、宋学（朱子学）が知識・教養・道徳のベースにもった井上であったことは、これまた皮肉以外の何物ではないだろう。井上が最後まで交流していたのは、小中村義象を代表とする国学系であり、東大文学部系の近代的な国文学者ではなかった。そこには、制度・法制と国文学を共に対象とする国学に井上自身が愛着と実利を感じていた面もあったにちがいないが、それら以上に、伝統と近代を「かせぎあげ」たい井上独自の国制観があったからだろう。冒頭で述べた古典的伝統と現在の接合である。とはいえ、漢文教育の価値も認めているし、古文も尊重されるものの、国民教育においては、「便利ナル国文」の習得が一等重視されたのである。

しかし、小中村義象から教わった西洋の皇帝・国王とは根源的に異なる「シラス」「シロシメス」存在としての伝統的な天皇のありようから大日本帝国憲法第一条草案「大日本帝国ハ万世一系ノ天皇之ヲ治《しら》ス所ナリ」（成案段階で「之ヲ統治ス」と改められたが）を構想したように、▼注[40] 国学に基づく「かせぎあげ」の精神が宋学以上に井上の思考を縛っていた可能性が強かったと思うと、このプラクティカル一本槍《いっぽんやり》の「便利ナル国文」に井上自身が一方的に傾斜していったことは、行政上のことはともかくとして、井上の夢の終わりを示してはいないか。

その後、国学系国文学は、國學院などに少し残存しながらも、主流に立つことはなかった。こちらの夢も終わったようである。その意味で、明治二十三年は夢と幻滅が同時に開化した年でもあったようである。

注

［1］平岡敏夫「明治大正文学史集成」・解説（監修・解説平岡敏夫『明治大正文学史集成1』、日本図書センター、一九八二年）には、「アカデミックな文学史叙述として以後にも大きな影響を及ぼす」とある。平岡『「明治文学史」研究　明治編』（おうふう、二〇一五年）に再収。

［2］なお、徴兵によって落合は卒業していない。また、小中村義象は、小中村清矩の婿養子となっていたが、清矩没後、離婚し、旧姓の池辺に戻った。だが、本稿では、小中村姓の時期を扱うので、小中村とする。

［3］十三編以降の古典書目構成は以下の通りである。十三〜十五編　栄華物語（一八九一年四月〜六月）、十六〜十八編　太平記（同年六月・八月・九月）、十九編　保元物語　平治物語　秋夜長物語　鴉鷺合戦物語（同年十月）、二十編　平家物語（同年十一月）、二十一編　古今著聞集（同年十二月）、二十二編　十訓抄　公事根源（一八九二年二月）、二十三編　水鏡　大鏡（同年三月）、二十四編　増鏡（同年三月）。続編では、題辞は一三編　東久世通禧（序文、飯田武郷）、一六編　久我建通（序文、内藤耻叟）だが、序文だけの編としては一九編小杉榲邨がある。

［4］『日本歌学全書』の書目と出版年月は以下の通り。第一編「古今集　貫之家集　躬恒家集　友則家集　忠岑家集」（一八九〇年一〇月）、第二編「後撰集　元輔家集　能宣家集　順家集　天徳内裏歌合」（同年一二月）、第三編「拾遺集　公任家集　紫式部家集　清少納言家集」（一八九一年一月）、第四編「後拾遺集　相模家集　経信卿母集　高陽院歌合」（同年二月）、第五編「金葉集　詞花集　堀河百首」（同年三月）、第六編「千載集　永久百首　忠度朝臣集　後京極自歌合」（同年四月）、第七編「新古今集　鴨長明集　自讃歌」（同年六月）、第八編「林下集　源三位頼政集　山家集　金塊集」（同年八月）、第九篇〜十二篇「万葉集」（同年一〇月〜一二月）。なお、実際の書目と広告段階では多少の異同がある。こちらも、序文は小中村清矩などが書いており、『日本文学全書』の和歌版ということになるだろう。八代集・代表的な家集・歌合・百首歌を揃えた堂々たるものである。

[5] 題辞のメンバーについて、コメントしておくと、三条実美（一八三七〜九一）は明治政府の最高首脳の一人であり、当時は内大臣。佐々木高行（一八三〇〜一九一〇）は伯爵枢密院顧問官、明宮・常宮・周宮の養育係主任、吉井友実は宮内次官伯爵、この時期、佐々木、千家と神祇院再興運動を起こし失敗している。井上毅は当時法制局長官兼枢密院顧問官、明治二十六年、文部大臣就任。伊達宗城（一八一八〜九二）は旧宇和島藩主、伯爵、麝香間伺候。元修史館副総裁。九条道孝（一八三九〜一九〇六）は藤氏長者、公爵、貴族院議員。千家尊福（一八四五〜一九一八）は出雲大社宮司、元老院議官、貴族院議員、なお、千家については、斎藤英喜『異貌の古事記』（青土社、二〇一四年）「第四章　オホクニヌシの明治維新」に詳しい言及がある。元田永孚は、儒者であり明治天皇の侍講、枢密院顧問官。明治天皇から絶大な信任を受けた。井上毅とは同郷（但し、井上と異なり、熊本藩士、井上は藩士の家来の家）であり、教育勅語作成については、井上と共同作業を行った。なお、九編〜十二編は題辞・序文は付されていない。基本的に宮中に近い顕官が集められていると言ってよろしいだろう。

[6] 夙に一八八八年（明治二十一）に関根正直編の『国文教科書』（発行者　中央堂　宮川保全、早稲田大学図書館古典籍総合データベースからダウンロード）にも題辞を寄せている。この時は小中村義象が代書しているが、井上の国語国文に対する意欲が此頃から濃密にあったことを伝えて興味深い。小中村清矩については、大沼宜規編『小中村清矩日記』（汲古書院、二〇一〇年）が第一に置かれる根本資料であろう。井上毅との交流もこれでほぼ知ることができる。小中村清矩に送った書簡は今のところ残っていないが、義象への書簡は三十一通（明治十七〜二十七年）残っている（『井上毅伝』第四、一九七一年、國學院大學図書館）。主として井上と交わったのは、義象の方である（死後にすぐ駆けつけてもいる）。井上は最晩年まで義象に和歌の添削などを依頼している。ここからも和歌は得意ではなかったことと自覚していたことが分かる。それでも題辞に記したのだが。ここには「国語国文」の実践という意識があったのかもしれない。

[7] 清矩の没後、『官制制度沿革史』（一九〇一年、勉強堂書店）が出ているが、一九三五年には、息子の三作の序文を付した『日本官職制度沿革史』（東学社）から出ている。東京大学の授業も『小中村清矩日記』によれば、『律令』と『源氏物語』が中心であった。

［8］井上毅の遺稿集である『梧陰存稿』（一八九五年）の編纂者小中村義象の執筆になる奥書。

［9］井上が皇室典範起草過程で女帝に断固反対したのも、女系天皇の拒絶と共に、女帝を認めればヨーロッパと変わらなくなることも理由の一つにあげていた（井上「謹具意見」、一八八六年）。日本の固有性に拘る姿勢がここにも明らかである。奥平康弘『「萬世一系」の研究　「皇室典範なるもの」への視座』（岩波書店、二〇〇五年）参照。

［10］古城貞吉稿『井上毅先生伝』（梧陰文庫研究会編、木鐸社、一九九六年）「第八章　教育勅語と先生」に井上と元田の書簡がほぼ載っているが、山県有朋宛井上毅書簡（明治二十三年六月二十日、二十五日）、『近代日本思想大系　教育の体系』（岩波書店、一九九〇年）参照、さらに、教育勅語成立研究の最近のものには森川輝紀『増補版　教育勅語への道　教育の政治史』（三元社、二〇一一年）がある。元田永孚については沼田哲『元田永孚と明治国家―明治保守主義と儒教的理想主義―』（吉川弘文館、二〇〇五年）参照。

［11］木野主計『井上毅研究』（続群書類従研究会　一九九五年）参照。

［12］むろん民法典編纂に邁進した梅謙次郎（一八六〇〜一九一〇）・穂積陳重（一八五六〜一九二六）・富井政章（一八五八〜一九三五）らの超人的な努力も無視はできないのだが。ここでは、官僚を超えた存在として井上毅を評価したいという意味でこのように述べてみたのである。

［13］『井上毅伝　外篇　近代日本法制史料集』第八〜十「ボアソナード答議」（一〜三）参照。なお、明治期の中等学校の国語教科書には、井上「ボアソナード君を送る詞」（『梧陰存稿』では「ボアソナード君の帰国を送る詞」）がたびたび掲載されていた。井上の文章は、福沢諭吉には及ばないものの、明治期の採択率は二位であった。拙稿「文学は「教科書」で教育できるのか」（拙著『アイロニカルな共感　近代・古典・ナショナリズム』、ひつじ書房、二〇一五年、初出は二〇〇五年）参照。

［14］奥平康弘前掲書参照。

［15］このメンバーで注目されるのは、国学系の中に一人高津鍬三郎という東京大学文学部国文学系が加わっていることである。

［16］『校正補註国文全書』次編八編は正編一編巻末の広告に依れば、「第一編　土佐日記考証　竹取物語抄　童話長編」「第

二編　栄花物語」「第三編　同」「第四編　枕草紙春曙抄」「第五編　徒然草諸抄大成」「第六編　同」「第七編　伊勢物語新釈」「第八編　名家文集」のはずであるが、全国の大学図書館等の蔵書状況から見て、第三編までしか刊行されなかったようである。小田清雄は、一八九一年（明治二十四）に『国語のしるべ』（二巻、国文館、題辞津守国敏、序文小杉榲邨）、橋本光秋との共編で『国語読本』（一～四、発行者森田専助、九三年〈明治二十六〉）も刊行している。

[17] そのためだろう、天保期の箱の入った架蔵本は刷り過ぎで読みにくくなっている箇所が多々ある。

[18] 猪熊夏樹は歌人としても知られているが（『香川県和歌史』、香川県文化同好会、一九五四年には「御歌所参候」であったと記されている）、一八九三年（明治二十六）に出版された『福島中佐歓迎軍歌』の作詞者（当時の身分は京都府高等女学校教授）であり、一九〇〇年（明治三十三）に出版された『京都地理唱歌』（楠美恩三郎作曲、岩内誠一作詞）の歌詞校閲者という面を持つ国学者である。他には『和学者総覧』（鈴木淳・国学院日本文化研究所編、汲古書院、一九九〇年）参照。

[19] 小田版『湖月抄』には、本居宣長『玉の小櫛』、萩原広道『源氏物語評釈』が、猪熊『湖月抄』には宣長注が増註されている。現在の普及版有川武彦校訂『源氏物語湖月抄』（一九二七年）の原形は小田版ということになるか。版本の忠実な翻刻は、吉沢義則監修『源氏物語湖月抄（普及版）』（一九二八年、文献書院）である。小田版・猪熊版の一頁分の本文は版本と同形式で同字数である。おそらくこの方式が一八九〇（明治二十三）年当時では一等活字に組みやすかったのだろう。他方、元田永孚の荘重な漢文題辞をもつ『日本文学全書版』は、本文に頭註のみという近代古典註釈の形態である。本文は、『湖月抄』よりも『首書源氏物語』（今泉忠義校定『首書源氏物語本文』、東京図書、一九四四年）に近いと見做せようか。ともあれ、東京の『日本文学全書』、大阪の二つの『湖月抄』、まだまだ論じることが多そうである。よって、この時期の『源氏物語』刊行の諸問題については稿を改めて再考する予定である。

[20] 一八〇〇年は皇紀であり、西暦に直すと、一一四〇年、平安後期となる。

[21] 権田については、鈴木広光『日本語活字印刷史』（名古屋大学出版会、二〇一五年）参照。

[22] 国会図書館デジタルライブラリーに拠る。

[23] 現在、室町後期・戦国期の文芸復興を評価しない研究者は存在しないだろう。その先駆的著作として、井上宗雄『中

世歌壇史の研究　室町後期』（明治書院、一九七二年、改訂版　一九八七年）、米原正義『戦国武士と文芸の研究』（桜楓社、一九七六年）がある。とりわけ連歌師の役割は決定的である。最近では、鶴崎裕雄『戦国を往く連歌師宗長』（角川叢書、二〇〇〇年）、小川剛生『武士はなぜ歌を詠むか　鎌倉将軍から戦国大名まで』（角川叢書、二〇〇八年）が重要である。

[24] 法文二学部でも「日本古代法律」と「和文学」の授業はなされており、小中村の東大の担当授業はその後もこの二つが基調である。

[25] 古典講習科については、藤田大誠「近代国学と高等教育機関―東京大学文学部附属古典講習科の設置と展開―」（同『近代国学の研究』、弘文堂、二〇〇八年、初出は二〇〇四年）が研究の到達点を示している。本稿も藤田論文に大いに拠っている。

[26] 小中村清矩の遺稿『陽春廬雑考』（一八九七年〈明治三十〉、相続者小中村義象、発行者吉川半七）に拠る。陽春廬は清矩の号。

[27] 藤田前掲論文参照。

[28]『皇典講究所講演』第一号（本文は国会図書館デジタル資料「山田伯演説筆記　附井上毅君演説」に依る）、一八八八年。

[29] 桑原伸介「近代政治史料集の歩み　三―井上毅と修史事業の再建―」（『参考書研究・二二』、一九八一年六月」参照）。

[30]『梧陰存稿』巻末小中村義象著「梧陰存稿の奥に書きつく」参照。非論文的表現を敢えてすれば、深い感動なくして読了できない文章である。

[31] 落合は「国文学者の事業」（一八九一年五月・「国文学」）において、国文学会の派閥・学派対立を批判している。国文学が始動すると、かくなる状況が生まれるのは、国学系と東大国文学系の対立構図を見ても分かるというものである。

[32] この時期の雑誌動向については、深萱和男『明治の国文学雑誌』（笠間書院、一九七八年）がよく実態を伝えてくれる。『日本文学・国文学』総目次は有益である。小中村義象については、齋藤智朗「明治二十年代初頭における国学の諸相―池辺義象の著作を中心に―」（『國學院雑誌』二〇〇三年一一号）参照。

[33] 宮崎明『漱石と立花銑三郎―その影・熊本・三池・ロンドン』（日本図書刊行会、一九九九年）には夏目漱石と立花

の関係が明らかにされている。

[34] その後（一八九四・明二七年）の芳賀矢一の立ち位置については、品田悦一「排除と包摂—国学・国文学・芳賀矢一—」（『国語と国文学』二〇一二年六月）参照。品川論文が国学と国文学との距離の問題を一等衝いていると思われる。

[35] ちなみに、芳賀の息である檀と保田は深い交流があった。ともにドイツロマン主義の影響を受けていた。矢一がドイツで学んだ文献学も実はロマン主義との関係は深い。このあたりの追究も今後の課題だろう。

[36] 亀井『明治文学史』（岩波書店、二〇〇〇年）。

[37] 明治初期の史学界の動向については、大久保利謙「明治史学成立の過程」他『日本近代史学の成立』（大久保利謙歴史著作集七、一九八八年）が今日においても基本文献であろう。さらに、関幸彦『「国史」の誕生　ミカドの国の歴史学』（講談社学術文庫、二〇一四年、原著一九九四年）、松沢裕作『重野安繹と久米邦武—「正史」を夢見た歴史家』（山川ブックレット、二〇一二年）参照。

[38] これについては、以前拙稿「文学は「教科書」で教育できるのか」（拙著『アイロニカルな共感』初出二〇〇五年）で論じており、一部内容的に重複することを指摘しておきたい。井上毅については、拙著や本書の他の章でも論じている。

[39] 文部大臣時代に史誌編纂事業を停止しているのも、重野などがやっていた『大日本編年史』が漢文であったからだという。三上参次『明治時代の歴史学界』（吉川弘文館、一九九二年）参照。本書は、古典講習科と文学部の対立的雰囲気など、当時の東大の空気を語ってあまりある。その他、大久保前掲書参照。

[40] 『梧陰存稿』小中村義象による「奥書」参照。

＊　初出掲載後、品田悦一氏から齋藤希史氏とのご共著『近代日本の国学と漢学　東京大学古典講習科をめぐって』（東京大学グローバルCOE「共生のための国際哲学教育研究センター」発行、二〇一二年三月）を頂戴した。拙稿の表記等の誤りがこれによって分かりました。心からお礼申し上げ、学恩に感謝致します。よって、正しい表記に改めました。

Lesson.2

古典と出会う、戦時・戦中という時空——清水文雄『戦中日記』を読む

1　戦中日記というもの

「日記」が主著とも呼ばれ、結局のところ、ドイツ文壇の大御所になってしまったエルンスト・ユンガー（一八九五～一九九八）には『パリ日記』と呼ばれる戦中日記（第一部、一九四一年二月十八日～一九四二年十月二十三日、第二部、一九四三年二月十九日から一九四四年八月十三日）がある。当時、パリはドイツ軍の占領下にあり、ユンガーがパリを去った日から十二日後にパリはいわゆる「解放」されることとなる。国防軍将校として当地に赴任していたユンガーだったが、ジャン・コクトー（一八八九～一九六三）をはじめとする文人達との深い交流、女医との艶聞沙汰など、それが戦中日記であることさえ感じさせないほど日記は文化的かつ濃密な世界を湛《たた》えている。パリを去る直前の八月十日の記事を引いてみたい。

昼、フローレンスのところ。おそらくこれが最後の木曜日であろう。コペルニクス通りを汗まみれになって帰る。もっと波乱に富んだ時代にこの日記を続けられるようにと、そこでメモ帳を買う。店に入ったところで、マルセル・アルランに出くわす。ここ数週間、始めて彼の小説を読んで、ある種のイメージをえていた。彼の中の恐れを知らぬ大胆さ、これはもちろん傲慢《ごうまん》にも通じるものだろうが、私は高く買っている。彼と握手を交わした。

私は凍った葡萄《ぶどう》が好きだ
なぜなら、味がないから。
私は椿の花が好きだ
なぜなら、香りがないから。
そして私は金持ちの男が好きだ
なぜなら、彼らにはハートがないから。
この詩句を読んでいて、ニヒリズムについて書くときは、このダンディズムをニヒリズムの前段階の一つを算入するという考えが浮かんだ。
（『パリ日記』、山本尤訳、月曜社、二〇一一年）

ユンガーは、二十世紀のスタール夫人（一七六六〜一八一七）と言うべきフローレンス夫人が開いていたサロンに始終出入りし、そこでさまざまな文人たちと出会っているが、この日は別れを告げにきたようである。そして、文具店でマルセル・アルラン（一八九九〜一九八六）と出会い、そこからニヒリズムの前段階としてダンディズムを算入することを思いついている。とても三日後にパリを去ることなどが考えられないくらいの精神的ゆとりがあり、ニヒリズムとダンディズムを体現しているのは、実はユンガーその人ではないかと思わずにはいられない。

もう一例見ておきたい。支那派遣軍総司令官だった畑俊六元帥《はたしゅんろく》（一八七九〜一九六二）の『日誌』昭和十九年十一月十三日（畑は同月二十三日、教育総監に転補《てんぽ》し帰国する）である。桂林柳州《けいりんりゅうしゅう》攻略が一応終わり、忙中閑《ぼうちゅうかん》ありか、畑は岡村寧次《おかむらやすじ》大将（一八八四〜一九六六）と南岳《なんがく》を散策していた。

同行せる幕僚は方面軍と連絡事務に多忙なる為、余と岡村大将は閑に任せ午前十時南岳の一部山辺を或は轎《かご》に、或は徒歩に依り二時間余散策を試む。南岳は支那五山の一なるが泰山などに比すれば趣あり。寺院、別荘など頗多く松樹も多く頗爽快なる気持よき処なり。今日も亦天候よき為夜間行動とし八時稍前南岳市出発、再び夜暗《やあん》の間を走行、衡陽《こうよう》近き頃より雨となり夜半十二時頃第五航空軍推進班到着す。（『続・現代史資料　4　陸軍』、みすず書房、一九八三年）

中国戦線は終始《しゅうし》日本軍有利の戦況であった。そのためか、昭和十九年に至っても桂林柳州攻略を含む「大陸打通作戦」(一号作戦)といった空前絶後の大作戦を展開するほどの戦力的な余裕もあったのだが、他方、同時期、フィリピン戦においては海陸戦共に日本軍が決定的に不利になっていくさなか、その情報は逐次入ってきながらも、中国では、派遣軍トップとナンバー2が二時間という短時間ながらも、南岳巡りをしている様にはなぜか微笑ましいものがある。陸軍内でどの派閥にも属さず、政治臭が皆無であり、昭和天皇にも信頼され、そのためか順調に出世を遂げたものの、戦後東京裁判でA級戦犯として起訴され、昭和二十九年に仮釈放されるまで獄中にあった畑の人生の中で、上記はまだまだ幸せだった時期に属しようか。

清水文雄《しみずふみお》『戦中日記』の解説にふさわしくない事柄から書き始めているようにみえるだろうが、私の意図は、むろん、ペダントリー的趣味の開陳でも、枕によくある挨拶《あいさつ》的引用でもない、『戦中日記』をより深く理解し、と同時に、相対化するための予備作業に他ならない。三つの日記に共通するのは、人は、いかなる事態にあろうとも、様々なことを考え、文学・思想・趣味を失ったりはしないという事実である。それを最も表象しうるものこそが、戦時という例外状態に身をおきながら日々営々と記されていく、戦中日記というテクストではないだろうか。『パリ日記』にもたびたび登場し、ユンガーと六十年間に亙《わた》って文通もしたカール・シュミットによれば、「常態はなにひとつ証明せず、例外がすべてを証明する。」(『政治神学』、一九二二年)とのことだが、戦中という例外状態は、本書にもあるように人間のどちらかと言えば見たくない面の存在もその露見的事実によって証明していく。が、その一方で、常態ではぼんやりとやや夢想的に考えていた自己の理念・使命・精神の方向性がより先鋭的になっていくこともまた証明するのである。その意味で、場合によっては、至福と絶望が交錯する精神の危機になりかねない、きわめて密度の高い経験と思索が記されることとなるのだ。戦中・戦時、それは、清水および盟友蓮田善明《はすだぜんめい》、教え子三島由紀夫《みしまゆきお》、さらに、伊東静雄《いとうしずお》（一九〇六〜五三）や保田與重郎《やすだよじゅうろう》にとっては古典と出会う回路あるいは時空でもあったのである。だから、ユンガーほど優雅ではなかったものの、清水文雄『戦中日記』を今日において読む意義はそこにある。古典を読み、古典と出会うことは平和の産物でも暇つぶしでもない、そのことを我々はここから身を以《もっ》て知らされるに違いない。

2　『戦中日記』の三つの柱

清水文雄『戦中日記』は時系列上、三段階に別れる。まず「日本文学の会日誌」とされる昭和十三年三月〜十六年二月のもの、次に、「日本文学の会日誌」と内容的にやや重複もある「戦中日記（その1）」とされる昭和十二年・十三年正月一日〜十九年八月のもの、最後は、「戦中日記（その2）」とされる昭和十九年八月〜二〇年八月までのものの三つである。最初の「日本文学の会日誌」の内容は、同人誌『文藝文化』（創刊号、昭和十三年七月一日発行、発行所日本文学の会）が生まれていく過程および昭和十三年七月二十八日〜三十一日に高野山で開催された「日本文学講筵《こうえん》」に絡む記事に内容がほぼ限定されているが、対する「戦中日記（その1・その2）」は実に多様な内容を含んでいる。むろん、こうなってしまったのは、途中断筆期間があるとはいえ、日次の記の宿命なのだが、それでも、全体を通して、内容には三つの柱があると思われる。それを示すと以下のようになる。

1 文学活動　文藝文化グループ（斎藤清衛《さいとうきよえ》・蓮田善明・栗山理一《くりやまりいち》・池田勉）とその周辺（伊東静雄・保田與重郎など）
2 教育活動　学習院の同僚（山本修など）と教え子（平岡公威《ひらおかきみたけ》・瀬川昌治など）
3 時局に対する思い

むろん、平岡公威（三島由紀夫）の問題のように、1と2が入り組んでいる場合がないではないし、2と3も教師としての立場から見解もあるので、内容的に分別できないものもあることはたしかであるけれども、概《おおむ》ね、この三つに絞られると言ってよい。よって、以下、1から順に『戦中日記』を私なりに読み解いてみたい。

1 文学活動

昭和十三年、広島高等師範および広島文理大学の学年は異なるものの同窓生であった清水文雄（一九〇三〜九八）・蓮田善明（一九〇四〜四五）・栗山理一（一九〇九〜八九）・池田勉（一九〇八〜二〇〇二）

が共通の師である斎藤清衛（一八九三～八一年）を仰いで、同人誌『文藝文化』（～昭和十九年）を中核とする新たな文学活動を始動した。『文藝文化』は、昭和七年に刊行が始まった、保田與重郎が中心となっていた『コギト』（～昭和十九年）と並んで、立場を微妙に異《こと》にしながらも、ともに反近代主義・反マルクス主義的立場をとり、日本の伝統・古典さらには芸術至上主義を重視する点でも類似していたが、やや語弊のある言い方を用いれば、両雑誌共に「国粋主義的文学運動」の代表的な雑誌でもあった。

今回、清水の「日本文学の会日誌」の出現により、『文藝文化』創刊の事情がより詳細に分かるようになった。これが『戦中日記』の第一に上げてよい資料的意義となるだろう。「日誌」冒頭は、昭和十三年三月五日、上記の「日本文学講筵」（「日誌」では「夏期大学」とも表記）への参加を斎藤清衛・垣内松三《かいとうまつぞう》（一八七八～一九五二）が承諾した記事で始まっている（最終的には、この二人に加えて、久松潜一《ひさまつせんいち》、源豊宗《みなもととよむね》〈一八九五～二〇〇一〉が講師となる）。どうやら「日本文学講筵」と『文藝文化』創刊はセットだったようである。道理で、『文藝文化』創刊号には、「日本文学講筵」で「国学と国文学」と題して講演した久松潜一が「日本文学講筵　第一講　近世に於ける小説批評（第一回）」を執筆していたわけである（二回連載）。

美術史家であった源豊宗を除いて、斎藤・垣内・久松は当時における著名な国文学者であり、『文藝文化』創刊号にはこの三名の他にも、風巻景次郎《かざまきけいじろう》（一九〇二～六〇）・松尾聰《まつおさとし》（一九〇七～九七）・井本農一《いもとのういち》（一九一三～九八）・吉田精一《よしだせいいち》（一九〇八～八四）・西尾実《にしおみのる》（一八八九～一九七九）といった若手・中堅の錚々《そうそう》たる国文学者たちが寄稿している。そのためか、伊東静雄の詩「稲妻」がやや浮き上がって見えてしまう。これほどのメンバーを揃《そろ》えてまでして清水たちは文学運動を起こそうとしたのだろうが、四月十七日には、雑誌名をめぐって紛糾した様が「日誌」に活写されている。

午前中、清水宅にて先生（前田注、斎藤清衛）、蓮田、清水、日程表をプリントに刷ったり、表紙図案を色々やって見たりする。「文学道」か「文学精神」かで一決しないまま。池田の言ふ所によると「文学精神」と言ふ同人雑誌が已にありといふ。午后三時過蓮田と共に家を出で、吉祥寺の風巻氏を訪《と》へど、すでに荻窪に移りし後にて駄目。新宿に出で、会公用の封筒等買ひ、雑誌屋により「文学精神」といふ雑誌の存在をたしかめて帰る。結局、「文学道」にするか。

「文学道」は斎藤の意見らしいが、五月九日には

栗山より会規に対する意見来る。夜先生宅に蓮田と集る。挨拶状・会規・雑誌名決定。誌名は「文藝文化」。
先生宅を去り、清水宅にて蓮田、清水、印刷に廻せるやう挨拶状の草稿を作る。十一時に及ぶ。

とあるように、「文藝文化」という名称に落着した。創刊号には池田勉が「創刊の辞」を記している。

その末尾には、

伝統については屢々《しばしば》語られもした。然し伝統をして語らしめ、伝統の権威への信頼を語りしものは近来未聞に属する。これ今日の義務ある営為として我等に課題するところ、本誌の刊行によつて、その達成を期しうれば以て瞑するに足る。

とあることから分かるように、『文藝文化』刊行および新たな文学運動の趣旨は、「伝統をして語らしめ、伝統の権威への信頼を語」ることにあったようである。これが上記にあるように国文学者たちが揃《そろ》い踏《ぶ》みしたこと、七月末の「日本文学講筵」もほぼ同様の顔ぶれであったことと連動しているのだろう。その時、気になるのは、昭和十年三月に創刊された、やはり保田與重郎がその中心にいた『日本浪曼派《にほんろうまんは》』が同年八月号で終刊しているという事実である。『文藝文化』と刊行が重複したのはほんの一ヶ月（一号）だけなのだが、『コギト』同様、国文学者なるものがおよそ排除された『日本浪曼派』に対する『文藝文化』の立ち位置は、『日本浪曼派』の志すものを十分に意識しつつも、伝統・古典などについてはもの足りないとする思いが底流にあったのではなかろうか。むろん、文藝文化グループがいずれも斎藤清衛門下で国文学なる学問を学んだ、正しき国文学徒であったことが最大の理由かも知れないし、どちらかと言えば、清水の方法は批評と言うよりもむしろ、『和泉式部日記』などを対象とする国文学研究そのものだったけれども、他のメンバー、とりわけ、蓮田や池田を見ると、批評と国文学研究をどこかで合体させることを狙っていたと思われる。それは池田の言からも伝わってくるが、ともかく新たな運動が何度も議論を重ねながら立ち上がってくる、こんな「文学的」な雰囲気も「日誌」は伝えてくれているのである。

ところで、高野山には、伊東静雄も来ていた（七月二十八日条、三十日下山）と「日誌」は記している。田中克己《たなかかつみ》（一九一一〜八二）を媒介にして伊東静雄を詩壇にデビューさせたのは、言うまでもなく、保田與重郎である。『コギト』十五号（昭和八年八月）に伊東の詩「病院の患者の歌」がはじめて掲載されている。保田の手になる「編輯後記」には「本号詩欄は赤川（前田注、草夫）、伊東二氏の寄稿を得て光彩を加へたと信じる。伊東氏赤川氏は共に僕らの尊敬する詩人である」とある。伊東の死後、保田は「伊東静雄を哭《こく》す」（『祖国』昭和二十八年七月号、『全集』三十六巻）で改めてその深い縁を語っている。以前から保田と文藝文化グループを媒介したのは伊東だと睨《にら》んでいたのだが、今回、「日誌」を読み、それが改めて実証されたように思える。以後、伊東は、『文藝文化』にもたびたび寄稿している。

それから六年を閲し、戦局が愈々《いよいよ》厳しくなる昭和十九年の『戦中日記』六月二十二日にはこんな記事がある。

夜九時半頃伊東さん兄弟来宅。ウイスキー一本携帯。栗山君はまだ帰らず。照代さんに提灯つけて池田君迎へに行ってもらふ。あり合せの「さけ」の缶詰あけてウイスキーの口ぬく。仲々美味。伊東さんは盲腸炎以来大分肥えて元気になったといふ。なるほど顔が前より大きく見える。盛んに自信をもたねばいけぬといふ。形式ばかりで面白くないことが多い昨今は、自信をもって、どしく〱思ったことを敢行してゆけといふ。倫理に捉はれる必要なしといふ。大阪と東京の表情の比較も例の詩人らしい直観で鋭く突込む。大阪人の怒りなど個人的のもの——例へば他人が足を踏んだのでこらっといふ類。然し東京人は全体的な不安の中にゐるといふ。その内終電車がなくなるといふので、弟さんの方は帰らる。伊東さん丈《だけ》のこり話してゐる内、栗山君も帰り、久しぶりで、四人且つ飲み且つ語り、午前一時に及ぶ。伊東さんは小生の蚊帳に一緒にねる。仲々いゝ夜だった。

ここからも伊東と文藝文化グループとの関係、とりわけ、「蚊帳に一緒にね」た清水との深くて濃い交流を伺うことが可能だろう。伊東は映画監督をしていた弟寿恵男《すえお》（一九一二〜二〇〇五）と一緒にやってきた。そして、翌日も、伊東兄弟は来訪した。

栗山君六時頃帰る。七時頃房枝と子等に手紙を書き了へたところへ伊東さん兄弟が来られた。今晩もウイスキー一本携帯。そこへ平岡もくる。林君もくる。ついで池田君も。伊東(兄)さんと池田君はまだ食事前とのことだが、他はもうすましてきたさうだ。早速ウイスキーの口をあけてキャベツを刻んだのをたべながらのむ。池田君もビール一本、酒少々持ち来る。今夜も仲々愉快。伊東（弟）さんのビルマ鉄道建設の際の話は色々心をひくものあり。林、平岡両君十時頃先づ帰り、伊東（弟）さんそれから間もなく帰られ、伊東（兄）さんは今夜も泊らる。やはり十二時近く就寝。今夜は空腹だったためか、大分酔が廻った。足がふらつくほどである。

またも伊東は「ウイスキー一本携帯」で来訪。そこに平岡公威や林富士馬《はやしふじま》（一九一四～二〇〇一）、さらに池田勉も加わる。そして宴酣《えんたけなわ》のうち、昨夜に引き続いて伊東静雄は泊まっているのである。翌二十四日の朝、清水はようやく起きた伊東と「別れの挨拶を交《かわ》して家を出る」とあるから、伊東もそのうちに大阪に戻ったのだろう。二泊もした伊東にとって清水の家（当時は栗山宅に同居していた）は居心地がよかったに違いない。

となると、清水と保田與重郎の関係が気になってくるだろう。清水は保田をどう見ていたのだろうか。保田に対する清水の評価はべらぼうと言ってよいほどに高いのである。清水が保田と会ったことは『戦中日記』からは分からない。昭和十七年七月十日付の平岡公威からの葉書に、保田の住所が記されているが（三島由紀夫『師・清水文雄への手紙』、新潮社、二〇〇三年）、『文藝文化』昭和十四年一月号には保田は「文学伝統の問題」で寄稿しているので、なんらかの交流はあっただろう。直接に会ったという記録が『戦中日記』から窺《うかが》われないというだけのことである。

『日記』に保田が現れるのは、昭和十八年一月十四・十五日からである。

保田與重郎氏の「万葉集の精神」よみはじめ志の卓越に今更ながら驚嘆する。（十四日）

保田の「万葉集の精神」の立派さにいよ〳〵おどろく。（十五日）

保田の『萬葉集の精神』は、昭和十七年六月に筑摩書房から刊行されているから、刊行後半年しての感想ということになるが、まさしく絶讃である。さらに、サイパン陥落後、『文学報国』に載った保田の文章は、感動のあまり、引用されているのだ（昭和十九年八月七日）。引用の前半部分を載せておく。

……こゝで我々は、かゝることに当っての心を如何にせよと、申さんとするのではない。さしたる言挙《ことあ》げをなさず、かゝるときには思ふ心持ちの混沌が、全日本人に共通することを確信し、その無言の結合に絶対の土台を考へる。その混沌の心の中核はかの辞に唱へられた『皇国の必勝』である。全将士討死の日にこの遺言の確信には、理も説もない。これを思へば、その混沌を文字にうつし、国のためとする文学の務めは、また重いものがある。

3のところでも述べるが、「心持ちの混沌が、全日本人に共通することを確信し、その無言の結合に絶対の土台を考へる。その混沌の心の中核はかの辞に称へられた『皇国の必勝』である」とする保田ならではの魔術的なレトリックは、サイパン陥落のためひどく落胆した清水を揺さぶり元気づけたのではあるまいか。その核にあるものは保田が言う「絶対」に他ならない。「偉大な敗北」という観点で英雄と詩人を語り、日本の運命まで論じた保田の行き着いた先が「心持ちの混沌」の結合→「絶対の土台」＝「皇国の必勝」という言説だったか。これが「偉大な敗北」と同義であることを清水は気づいていただろうか。他方、保田自身は、「皇国の必勝」などないと観念しつつ、それ故に絶対の土台を強調せずにいられないアイロニカルな心境になっていたと推測されるのだが、ともかくも清水は感動したのである。

さて、『文藝文化』は昭和十九年八月に終刊号を迎えることになった。実際の刊行はやや遅れるが、八月二十五日に清水は目次を記している。

試みに目次を記せば、終刊のことば、終りを知る（垣内松三）、遭遇（佐藤春夫）、世阿弥の能楽論について（久松潜一）、偶感（斎藤清衛）、池田勉を送りて詠める長歌並に短歌（今田《いまだ》鐵甕《てつおう》）、文人の道（保田與重郎）、寂厳（棟方《むなかた》志功《しこう》）、終焉（林富士馬）、夜の車（三島由紀夫）、朴春秋（南蛮寺《なんばんじ》万造《まんぞう》）、皇都の古意（池田勉）、歌枕（栗山理一）、衣通姫の流（清水文雄）、おらびうた（蓮田善明）、文藝文化第七巻総目録、編輯後記、ちなみに、総頁本文七十八頁広告二頁であったが、ここにも保田が記していることは注目してよいだろう。保田が登場する最後の記事は、九月二十二日に記された「鳥見のひかり」（『公論』九月号）である。

帰ってから早速よむと、やはり卓抜なもの。今年は恰《あたか》も甲申の歳に当り、神武帝の鳥見の霊時《まつりのにわ》大祭より二千六百年目に当るので、鳥見霊時の山下に生れ、少年時代をそこで送った保田氏の郷人としての感動から、惟神《かんながら》の祭について俗見を正さうとした憂国の文章である。

とまたも絶讃《ぜっさん》して、「われらの草かげの民の生活と生計とが神と一つになり、祭りを中心に営まれてゐるといふ先祖代々子孫変りない事実の信を申せば足りるのである。それは幾百年をくりかへし、年毎《としごと》にうけついで、何一つ変りないものであった。その歴史こそは万代不変の生活であって、浮世の政治権力の歴史上の有為転変《ういてんぺん》を後目《しりめ》にして、不変一貫のものを中心に、祭りのための一年をつみ重ねてきた永遠の歴史である。」と引用もしている。この頃、保田は、生活＝祭＝反復という点に祭政一致を見出していき、その方向性は戦後も継承されるが、清水がここに反応したというのは、時局の変動に揺れる自分を「絶対」に近づけたいという願望があったからではないか。この時点で保田と清水にはなんら懸隔は存在しない。但し、「保田氏の郷人としての感動」は、保田が作った神話であると現在では実証されている（渡辺和靖『保田與重郎研究』、ぺりかん社、二〇〇四年）。

清水『戦中日記』の価値の一つは、文藝文化グループ以外の人々との実際および書物等を通した交流が丁寧に記されていることである。これによって、われわれは、戦時期における文学運動の具体的なありようをこれまで以上に把握できるようになったのではないか。そこで、ここでは敢《あ》えて文藝文化グループ以外の問題を『戦中日記』を通して考えてみた。

2　教育活動

昭和十三年三月末に清水は成城高等学校を退職し、四月一日学習院講師嘱託となり、八月一日に学習院教授に就任する。成城高等学校の後任は蓮田善明である。むろん清水の推挽《すいばん》に拠《よ》るものだろう。この年、「日本文学の会」を結成し、『文藝文化』の刊行も開始されているので、三十五歳であった清水にとって、昭和十三年は一大転機となった年であった。

翌年、学習院院長として山梨勝之進《やまなしかつのしん》海軍大将（一八七七～一九六七）（就任当時は野村吉三郎《のむらきちさぶろう》海軍大将〈一八七七～一九六四〉）が就任し、十五年、清水は学習院中等科三年寄宿舎（青雲寮）舎監《しゃかん》を命じられ、官舎に転居するなどがあったが、学習院の教授として清水はどのように生徒・学校に臨んだのだろうか。結論的に言えば、教師としての高い実力はもちろんのこととして、対生徒・対同僚・対学校、いずれにおいてもきわめて生まじめな教師であったと言うことができる。何事も手を抜くことがなかったのである。師弟関係では三島由紀夫との関係が著名だが、その他の学生たちさらに文学仲間と言うべき学校外の人たちからも愛されていた。同時に、学校内での出世を忌避し、誠心誠意教育と文芸に力を尽くした。学習院の建て直しについても真摯《しんし》に議論し、敗戦直前の時期には厳しい提言までしている。ここでは授業以外のことについて記しておきたい。

まず、公務として落とせないのが、皇太子（今上天皇）を中心とする皇族教育起草案（国文教科書編纂）の策定であった。昭和十九年七月二十八日に出された清水の案は、このようなものであった。

国文

一、神国の国体を明徴《めいちょう》にする文章を採ること、且つ歴代の天皇が如何にその継承を重みせられしかをあらはす如き文章を採ること

二、歴代天皇の聖徳《せいとく》をしのび奉る如き文章をなるべく原典につきとり入る、こと

三、臣子の忠誠を表す佳話、逸話を古今の文献中より選出すること、特に国難に処して皇事に励みし忠臣の業績を明かにする文章をとること

四、皇国の世界的使命（八紘為宇《はっこういう》）を歴史によりて明かにする如き文章をとること（神武天皇紀、明治天皇の御皇謨等）

五、敷島の道の正統が皇室に伝へられてゐること、この道が皇国の大本を伝へるものなる点を明かにするやうに、和歌を一貫した体系の下に選出編纂すること、総じて和歌を単なるあそびとしてではなく、皇国の本道を表すものとして、之を明かにする方針を立てること（神祇歌、歴代御製、忠臣武士の歌等）

六、国土、自然の清麗をた丶へる詩歌文章を入る丶事
七、修身、歴史と連絡をはかる事
八、わが国が言霊《ことだま》の幸ふ《さきわ》国なることを明かにする事

漢文
一、道徳彝倫《いりん》の御習得に資する如き文章をとる事
二、術志の文学として漢詩を和歌に互《わた》りとり入る丶事
三、史伝、史詩をとり入れ歴史との連関をはかる事（忠臣武士の自作の詩文、その評伝等も）

文典
一、現行一般の文法教科書と違ひ、雅語を以て俗語を正す如きものたらしむる事
従って口語の文法は之をとらず、文語の文典を上級にて御習得願ふ事
二、文の法則といふよりも文の典例の意を以て、高度の実用性を重視し、その立場より文典と名付くる事

習字
一、筆法の御習得
二、和歌の古筆
三、歴代宸筆《しんぴつ》

作文

一、作歌とも連関させ、主として文語文の御稽古を願ふ
　和歌
　御用掛《ごようがかり》に委す

教育の対象が特別の対象であるだけに、ことは帝王学ともなり、慎重を極めつつ行わねばならない。清水は、その後も同僚・文藝文化同人を含めた各方面の意見を聞きながら、自分の案を作っていったが、上記では、「国文五」にある和歌と「文典」にある文語文の重視は国文学徒清水の面目躍如《めんぼくやくじょ》たるところがあったのではないか。なかでも「和歌を単なるあそびとしてではなく、皇国の本道を表すもの」という和歌の定義は、和歌史的にも正しく、三島由紀夫の『文化防衛論』で展開される「みやびのまねび」論にそのまま引き継がれていきそうである。平岡（三島）にもこのようなことをさまざまな場で語っていたのではないかと想像までしたくなる。

昭和十九年三月以降、清水は妻子を広島の本籍地に疎開させ、栗山宅に同居していたが、十月、学習院昭和寮に移った。そうした中で、授業・公務以外にも教員間の「愛城句会」、学生達と「古今集の会」などを行っている。これまで三島由紀夫との関係ばかり知られていたが、『戦中日記』は「戦時下のみやび」を伝えてあまりある。たとえば、十一月二十五日の記事である。

六時四十分頃帰寮。まだ誰もきてゐない。然し間もなく瀬川昌治《せがわまさはる》君がくる。それから山本修

氏も来られる。平岡もくる。山本氏と二人は失礼して風呂にゆく。そしてとってもらってあった食事を一人すます。その間鍋島氏（前田注、直康か？）も加へて四人に談話室で待ってゐてもらふ。恋一の途中

片糸をこなたかなたによりかけて逢はずは何を玉の緒にせん

からはじめる。次に

夕ぐれは雲のはたてに物ぞ思ふあまつ空なる人をまつとて
かりごもの思ひみだれて我こふといもしるらめや人しつげずば
つれもなき人をやねたくしらつゆのおくとはなげきぬとはしのばん
ちはやぶるかもの社のゆふだすきひと日も君をかけぬ日はなし
わが恋はむなしき空にみちぬらし思ひやれども行方もなし
するがなるたごの浦浪たゝぬ日はあれども君をこひぬ日ぞなき
ゆふつく夜さすやをかべの松のはのいつもわかぬこひをするかな

ここまで、合計八首ゆく。やっぱり一緒によんでゐると、とてもたのしい。十一時過まで皆で話す。

この日、清水は学生が勤労動員で働く小田原のユアサ電池工場で授業を行い、電車が間に合わないので授業をやや早めに切り上げて急ぎ昭和寮に戻っている。上記はそれ以降の記述である。参

加者は、教員が清水・山本、学生が瀬川・平岡、それに外部の鍋島氏である。ここでは、「一緒によんでゐると、とてもたのしい」とあるのが見落とせないだろう。戦時下の恋歌鑑賞。これだけでもぞくぞくするではないか。

また、山本修（一八九九～一九五八）とは、十二月十七日に連歌を巻くという記述がある。

今夜は、児玉幸多《こだまこうた》氏を招いて山本氏と二人の手料理で、配給の酒を酌み交わし、歓談しようとしたが、待てど暮せど来ない。そこで侘しさをまぎらさむとて、左の如き両吟百首（未完）に暫しうつゝを忘る。

山本芒李庵
清水碌々

待恋両吟百首

雑炊に陽たち後る師走かな　芒
友待ちかぬる宵の盃　碌
還り来て白菊の床なつかしく　芒
妹は手離れ惜しみつゝ泣く　碌
霜ふみて千里の空へ首途かな　ゝ
身にそへ秘めし文のひとひら　芒

行きずりの人の面輪におどろきて　芒碌
はかなきものはゆめのみそとせ
（以下略）
久方の雲の上人恋ひ〳〵て　芒碌
待ち明かしたる有明の月

待てと暮らせど来ない児玉幸多（一九〇九〜二〇〇七）にあきれ果てて、今度は「待恋両吟」に興じているのである。またも「恋」である。残念ながら、百首（百韻）とはいかず三十八句で終わっているが、末二句は、「待恋」の主題が見事に読み込まれていると言えようか。山本との関係は戦後も続き、両人は共に学習院を去って帰郷し、清水は広島大学、山本は三重大学の教授となった。山本は不幸にも昭和三十三年電車に巻き込まれて亡くなったが、清水は「山本修大人を悼む」（『風月』五号、同年六月）を認《したた》めた。そのなかで、「とりわけ歴史の大きな転換期を、昭和寮で起居を共にしたことは、わたしの生涯に恵まれた最大の幸運として、片時も忘れることはできません」、「妻子を疎開させた者が多く住んでいたあのころの昭和寮は、歴史の落し子のような、奇妙な生活をわたしたちにもたらしてくれました。思いがけなくも恵まれたあのような生活を、「第二の青春」などと誇称しながら、悲しいような幸福感に浸ったものでした」と清水は山本との日々を懐かしく回想している。ある意味でそこは別天地であったのだ。

別天地の仲間である平岡公威（三島由紀夫）についてはこれまで指摘や研究（杉山欣也『「三島由紀夫」の誕生』、翰林書房、二〇〇八年、岡山典弘『三島由紀夫の源流』、新典社、二〇一六年他）があるから、ここでは瀬川という学生に注意を向けてみたい。瀬川昌治（一九二五〜二〇一六）は戦後喜劇映画の監督として名をなした男であるが（瀬川『乾杯！ごきげん映画人生』、清流出版、二〇〇七年、『素晴らしき哉　映画人生』、清流出版、二〇一二年参照。なお、兄であり、三島と同期だった昌久〈一九二四〜〉はジャズ批評家として著名）、瀬川が陸軍船舶兵として出征する際に、清水・山本両先生に和歌を送っていた。昭和二十年一月十日の記事を見たい。

序　五月待つ　花橘の香をかげば
　　昔の人の袖の香ぞする――さる古歌――
御国守《みくにも》り　南のきはに　身はすてゝ
　　目白が丘の　桜と　咲かむ
うつそみの　消《け》なば消《け》ぬべし　我が魂《たま》は
　　目白が丘の　桜と　咲かむ
（中略）
瀬をはやみ　川音とゞろに　清水の山もとかすむ　夕月夜かな

首途《かどで》に当りての雅懐や、正に完璧。

これは山本が出陣学徒に対して「目白が丘の桜と咲かむ」を下句にして上句をおのおのつけて残して欲しいと要請したのを瀬川が受けたものである。瀬川は、十一首残し、その後、なぜか与謝野晶子の歌（「とこよものかの橘のいや照りに我が思ふ君うるはしくあれ」他）を三首記して、最後に、「瀬をはやみ」の自詠を付した。「瀬をはやみ」には瀬川、「清水の山もと」には清水・山本両教授が読み込まれている。清水がそのユーモアを読み取り、古歌を混ぜ合わせて作ったような平凡な秋の歌ながらも「雅懐や、正に完璧」と讃嘆《さんたん》したのも頷ける。この手のちゃめっけぶりが戦後喜劇映画の巨匠となっていく伏線になったかどうかははっきりしないものの（瀬川は自著で清水・保田に深く傾倒していたことを述べているが）、何はともあれ、昭和十九年年末から昭和二十年正月にかけての時期であったことが大事なのである。清水・山本・瀬川、それと反時代的な小説をものしていた平岡らは戦時下のみやびを正しく生きていたのだ。

敗戦間際と言ってよい六月十三日に、清水は十日に学生に作らせた句を板書して、

右を清書して、廊下の壁に掲示した。昨夜は夕礼の時めぼしい句を二十句ばかりよみ上げて、みやびの心を養ふことの必要なることを話した。そのためか、今朝になって、川上が数句もってきて見てくれといふ。その後で第八室の宮島が室員一同の句をあつめて見てくれといって

くる。そこでこちらも積極的にのり出すこと、なり、季題を五六十書きならべた紙を階下廊下に掲げ、来る廿日迄に句稿を提出するやうにした。

二十日の記事には、選句された句が天・地・人各一句、佳作七句記されている。天に選ばれたのは、安田弘の「清流に鮎のひらめく夕日かな」であった。こうした句作が「みやびの心」を養ったかどうかは分からないが、最低限、学生の気晴らしになったことは否めないだろう。だから、価値があるのである。七月五日の記事は打って変わって、出征する土田助教授を送る歌を学生に詠ませている。俳句では「山道の行く手さへぎる青葉かな」と詠んで佳作となった三浦恭定が今度は「大御召《おおめ》しをうけて立たる、先生の武運を祈る夏の朝かな」と詠んでいるのも同様であろう。共に題詠の実践である。「夏の朝かな」がよいか。

清水文雄は、戦時下において、しかも、切羽詰まった昭和十九年後半以降、それまでにましていい教師だったのではないか。その意味でも『戦中日記』は貴重な資料である。『貞和百首』の歌人として遅れながらもなんとか百首を提出した足利尊氏・直義兄弟に通ずる壮烈な「みやび」をそこに見いだすことができよう。つい羨望《せんぼう》感まで覚えてしまうのは私だけであろうか。

3　時局に対する思い

最初に言わずもがなのことを言っておくと、清水文雄は、通常の意味における愛国者であったということである。だから、大東亜戦争の意義、そして、その勝利も敗戦ぎりぎりまで疑っていなかった。学習院という特別な教育機関にいたとはいえ、言ってみれば、当時の大多数の国民と同様に「大本営発表」を信じていた「忠良なる」一臣民であった。これは清水の時局に対する思いを考えるとき、最初の前提にしなくてはいけないことである。教師としてのまじめさ、研究者としての真摯さと国家や天皇に対する恋闕《れんけつ》とも言いうる直情的な愛情は同一線上にあったということである。

昭和十九年七月一日の記事は、清水の神国観を示すものとして興味深い。

この頃戦力の過小評価を得々としてなしてゐるものが到る所で見うけられる。或は公席にて闇値の話など平気でやってゐるものも多い。福岡高校の秋山六郎兵衛教授が「元寇当時の女性」と題して昨日の毎日新聞に書いた文章の中に、我が国の大勝を「神風の加護にもよることとは勿論だが、よし神風が吹かなくとも、最後の勝利がわれにあったことは、今日の史家の等しく確信するところである。」としてゐる。このような神国冒瀆《ぼうとく》思想が「今日の史家の確信」であるならば、それこそ恐るべきことである。神風の吹いたことは厳然たる事実である。「よし神風が吹かなくとも」などの仮定は絶対に許されない。当時のわが国の津々浦々まで満ち漲《みなぎ》った神明への「祈り」がそのまゝ、挙国一致の旺盛なる戦意となり、はては神風を呼んだのである。この皇国未曾有《みぞう》の日に当り、秋山教授は果して清明なる祈りの心からこの文章を綴ってゐるのであらうか。日本武士の強さを謳歌しようとする余りこのやうな言ひ方をしたと思ふが、その「強さ」の根元を神国の歴史におかないで、人為においた点が、却って合理の装ひで衆人の賛同を得るかも知れない。それが恐しいことだと思ふ。このやうな思想が「今日の史家の確信」となってゐるとしたならば、これほど恐ろしいことがあるであらうか。然し幸ひそのやうな似而非《えせ》史家の「確信」など尻目に皇国の歴史は草莽の民の清明なる祈りの心もて堅護されてゆくのである。それが神国日本の厳然たる事実である。秋山教授はその教へ児達が大御召のまに清き眉をあげて欣躍征途《きんやくせいと》に上る日のあの神の如き姿に神国日本の幽遠を思ひ見たことはないであらうか。そしてその教へ児の誰彼も加って現に遂行されつつある聖戦そのものを、大いなる神の御仕業とは思はないのであらうか。現代が一つの偉大なる神話の時代であると同じく、文永弘安の頃がまた大なる神話の時代であったといふことを「確信」しないであらうか。

清水は、神風が吹かなくても日本はモンゴルに勝っていたという見解（むろん、日本軍の強さを賞讃《しょうさん》したもの）を、「神国冒瀆思想」として完膚《かんぷ》なきまでに批判する。清水の言わんとするところは、秋山が強さの根元を「人為」に置いたところである。人為、これでいいではないかと今の人なら合理的にそう思うだろうが、清水はそうではない。清水にとっては、「国の歴史は草莽の民の清明なる祈りの心もて堅護されてゆく」ものだからである。それが「神国日本の厳然たる事実」なのだ。そこから、「現に遂行されつつある聖戦そのものを、大いなる神の御仕業」という解釈が生まれ、遂に現代は「一つの偉大なる神話の時代」であり、それは文永弘安の元寇《げんこう》が「大なる神話の時代」だったのと同じだと捉えるのである。ここまで読んで清水は神がかりの国粋主義者だと考える向きも多いかと思うが、前にも引いた保田の「偉大な敗北」に流れるイロニーは、清水にはない。あるのは、中世における「正直」が一切疑いをもたない態度の謂《いい》であり、故に「正直の頭《こうべ》に神宿る」とされたのと同様に、神国日本に対する絶対的な「確信」である。清水にとって、こうした思いと古典研究とはほとんど無矛盾で連結されていたはずであり、敗戦の日、態度を変えて天皇・日本を批判した上官を国賊と叫んで射殺し、その直後、自殺を遂げた盟友蓮田善明にも厳然としてあったものであろう。それを保田で敢て譬《たと》えれば、「熱禱《ねっとう》」ということになるだろうか。この態度は独り清水だけではなく、文藝文化を含めて文学者にはかなり共有されていたはずである。

だが、こんなこともあった。十月一日の記事である。

午後、雨がやんだので御料地へ芋掘りにゆく。高藤君が僕の名義に於て開墾したといふので、実地を見るために同道する。また芋が掘りとられてある。全体の半分以上は盗まれてゐる。掘りつゝむしゃくしゃする。その心根をにくむ。三メ目位ほり、ルックサックに入れて背負って帰る。

勝手に御料地に侵入し、芋を盗む国民もそれなりにいたのである。ついで、十一月十五日には、
　高等科進入志望科類別届を出させて見ると、第一志望理科、第二志望文科といふのが相当ある。その心事はむしろ憐むべきか。

が気になる記事である。学生の相当数は徴兵延期のある理科を選んでいたのだ。背に腹を変えられないのは、国民も学生も同様であった。このような現実を直視しながらも、清水は、大本営の報道に一喜一憂しながらも、特攻隊のことを日記に記すようになる。十月二十八日の記事である。

　神風攻撃隊は「敷島の大和心を人とはば朝日に匂ふ山桜花」に因み、敷島隊、大和隊、朝日隊、山桜隊、それに物合の精神をくんだ菊水隊の五隊があるといふ。噫《ああ》、我等今や言なし。

大本営発表では「必死必中の体当り攻撃を以て航空母艦一隻撃沈、同一隻炎上撃破、巡洋艦一隻轟沈の戦果を収め、悠久の大義に殉ず、忠烈万世に燦たり仍て茲《ここ》にその殊勲を認め全軍に布告す」とあるから、神風攻撃隊の意味するところは分かっている。清水の「噫、我等今や言なし」はいかなる感情が籠《こ》められているのか。ちなみに、『戦中日記』の補注に拠れば、特攻攻撃を知った

伊藤整《いとうせい》は「日本民族の至高の精神力の象徴」、横光利一《よこみつりいち》は「私はこの特攻精神を、数千年、数万年の太古から伝はってきた、もっとも純粋な世界精神の表現」と記したという。こうして見ると、清水の方にナイーブながら純粋なものを感じざるを得ない。

そう言いながらも、十一月十五日（上記の前の箇所）には、

陸軍特別攻撃隊の第二陣である。日増しに新聞はちはやぶる神言《かみごと》でうづめられてゆく。正に大神話時代の出現。我むしゃらに往け。神が、りでゆけ。うれしい、とてもうれしい。

なる神がかり的感動の記事も現れる。これは、秋山批判の延長にある。「うれしい、とてもうれしい」はやはり純粋な気持ちの表明なのだが。

こうした清水の特攻に対する思いが変化するのは、東京にも空襲がたびたび行われるようになった昭和二十年一月十日のことである。瀬川の和歌を受け取った記事の後半である。

昨日午後帝都に約二十機のＢ29が数梯団となりて侵入した。よくはれた日であった。第二編隊か第三編隊かが、それは全部で八機であったが、西方より我々の頭上に向って迫ってきたとき、殆ど目に入らないほど小さい友軍機が一二機之に攻撃を加へはじめた。堂々と東進する敵の編隊に食ひ下ったといひたいが、その迫力に於いて余りに懸隔があるので、見てゐら

れないやうな気がした。その内に友軍機の一機が敵機の一つに体当りした、と思ふと間もなく忽ちに焔となって燃え失せて了《しま》ひ、敵機は白煙をひきはじめたとはいへ、編隊を崩すことなく、依然として堂々と東進をつゞけてゆく。あとには友軍機のバラになったものの一つから白煙がかなしく尾を引いてゐるにすぎない。その白煙も然《しか》し間もなく青空の青の中に消え失せて了った。体当たりをわが頭上にまのあたり見て、壮烈とか悲壮とかいふ想念は少しも湧かなかった。寧《むし》ろ非常にはかなかった。何とも言へずはかなかった。勢力の余りの違ひに、すっかり圧倒された感じだった。体当りをせざるを得なかった事情は十分、分るが、やっぱり生命を極所のまゝ大事に持ちつゞけることが大事なことに思はれてならない。この頃の戦局を見るに皇軍が本来の皇軍の面目を十分発揮し得ず、高邁と雄渾の気宇はどこかへとりにがし、退嬰《たいえい》と沈滞の鬱屈《うっくつ》の中に軍も民もとぢこめられた如き感をいだいてゐる矢先とて、簡単に玉砕などしてはいけないと思ふやうになった。特別攻撃隊の一人々々の悲願に対しては、何もいふべき言葉なく、只々額づく思ひのみであるが、特別攻撃隊をさう簡単に出させてはいけないと思ふやうになった。

空中戦の克明な目撃談である。B29に体当りした友軍機について、「体当たりをわが頭上にまのあたり見て、壮烈とか悲壮とかいふ想念は少しも湧かなかった。寧《むし》ろ非常にはかなかった。何とも言へずはかなかった」と清水は感想を漏らしている。神がかりはこれで消えたわけではないが

（一月十四日の名古屋豊受大神宮空襲に対して「国民は神威を心からかしこみ奉らねばならぬ」と怒っているから、神威に対する恐れは変わっていない）、空中戦のリアリティーは、「すっかり圧倒された」戦力差もあったとはいえ、神がかり的興奮などを惹起《じゃっき》させないものであったのだ。そこから、「退嬰と沈滞の鬱屈の中に軍と民もとぢこめられた如き感をいだいてゐる」から、簡単に玉砕などしてはいけないという風に考えを変えたのである。特攻隊も「さう簡単に出させてはいけない」のも同じ考えによるものだ。つまり、現状は「退嬰と沈滞の鬱屈」の中にあったということだ。だが、この感情を特攻隊は振り払うことはできないと、この時、清水は気づいたのである。そして、出てくる言葉が「はかなかった」なのである。敵に対する怒りではなく、白煙も「消え失せていく」友軍機にはかなかったと感じる清水にとって、この瞬間が戦争観の一大転換点となったのではなかろうか。そうした心情の変化によるためか、一月二十六日に、輔仁会《ほじんかい》会報に寄せた「本院出身の出陣学徒を送る歌」は以下のようであった。

出で征きし人に
花を恋ひ花にこがるゝうつそみをあはれと思ふこともありしか
花を恋ふ思ひのやがて国しぬ《〈ママ〉》ぶ思ひとなるが皇国風《すめみくにぶり》
いとせめて燃ゆるがまゝに燃えしめよ天《あま》つ空なる花を恋ふとて
久方の天《あま》つみ空にさく花をこがるゝ思ひゆくへしらずも

勇ましさ、神がかりの心情はここにはない。「恋」がキーワードであり、戦時下のみやびが見事に開花しているのである。

そして、八月十五日、清水は今後の決意を述べる。

それにつけても、「教育」の重大なる、今日の如きはない。根底からた、き直すのだ。家庭教育もいけなかった。学校教育無論のこと。併《しか》し子弟教育への障害と迫害は露骨で残忍を極めるだらう。われ等の戦ひは、今日までの幾十倍、幾百倍する苦しい戦ひとならう。

その反省と志の高さはよしと言うべきではないか。しかも、そこには甘えは一切ない。日記の末尾には、同僚の宮本教授に対する批判と怒りが記されている。

宮本教授一人我等三人と根本的に違ふ地盤の上に立って物をいってゐることが分り、而《しか》もそれは牢乎《ろうこ》として抜くべからざるものであると知り、愕然《がくぜん》とした。現実への「感」が違ふのである。共に歩むべからざる人。その尤もらしい意見をきゝつゝ、むかっ腹が立って仕様がなかった。何時《いつ》かは袂を分つべき時が来よう。それも致方《いたしかた》ない。

宮本が具体的に何を言ったのか記されていない。おそらく掌《たなごころ》を返したように政府・軍などの批判を始めたのだろうが、清水は宮本に対して「共に歩むべからざる人」と断言した。そして、大いに立腹したのだ。清水は、祖国に対して神がかった確信をもったこともあったが、宮本のような、裏切りに通じる態度の急変などはもつことは最後までなかった。神がかりを制御するシステムとして、戦時下のみやびとはかなさがあったように思われる。その意味で、清水の生き方は終始《しゅうし》一貫していた。

3　おわりに

やや長くなったが、私の拙い「解説」はここで終わる。一読者として読み、その思いを述べたまでだが、清水文雄『戦中日記』をどう読むか、これは読者の自由である。だが、ここに記された国文学徒清水文雄の誠実な歩みは、いかなる環境下にあってもみやびがあることを示してくれていることと共に、これから学問の道に進もうとする若い人たちにも大きな道しるべとなるのではないか。私も清水に負けない生き方をしたいと遅まきながらまじめに思ったものである。多くの人たちに読まれることを願ってやまない。

Lesson.3

研究者共同体と大衆文化——その歴史と国文学の人畜無害化

1　はじめに—研究者共同体の解体

二〇〇七年九月三日、先月二十九日の父栄一（一九一一〜二〇〇七）に続いて三谷邦明（一九四一〜二〇〇七）が六十六歳で死去した。やや難解な、敢《あ》えて言ってしまえば、保田與重郎《やすだよじゅうろう》同様の悪文の魅力を湛《たた》えた文章ではあったが、三谷の代表的著作である『物語文学の方法』1・2（有精堂出版、一九八八九年）、『源氏物語の方法〈もののまぎれ〉の極北』（翰林書房、二〇〇七年）、『物語文学の言説』（有精堂出版、一九九二年）、『源氏物語の言説』（翰林書房、二〇〇二年）のタイトルが直截《ちょくせつ》に示す如く、単著では『源氏物語躾糸《しつけいと》』（有精堂出版、一九九一年、その後、『入門源氏物語』、ちくま学芸文庫、一九九七年）を除いて、いずれも「物語文学」か「源氏物語」に「方法」か「言説」をもっており、三谷が「物語文学」・「源氏物語」・「方法」・「言説」に終生に亙《わた》って徹底的にこだわっていたことを如実に物語っている。

三谷は、配偶者であり同時に研究仲間であった三田村雅子氏（一九四八〜）や出身大学・大学院を越えた友人藤井貞和氏（一九四二〜）らと共に、まだ学生運動の残り火がくすぶっていた一九七一年に物語研究会《ものがたりけんきゅうかい》（以下「物研」と略記する）なる研究会を立ち上げ、以後、研究会を代表し牽引《けんいん》する人物となった（この研究会には代表や委員長といった職はないから、このように言う）。物研自体は三谷没後も後輩達によって継承され、毎年、例会・大会等が催されている。かくいう私もしばらくは会員であった（大会等でも発表したこともある）。

冒頭、三谷を取り上げたのはむろん理由がある。それは、古典研究において、研究の「方法」を一等重視し、加えて、「方法」と不離一体に連結し、抽象に対する具体の役割を担っている物語の「言説」の分析に最大の比重をかけた代表的な研究者が他でもない三谷だったからである。それを三谷は論文だけではなく、様々な場において盛んにしかけた論争や物研における議論で忠実に実践していた。たとえば、物研での討論では、三谷は実に丁寧な言葉遣いを用いながらも、相手の弱点を見事なくらいに暴き出し、ぐうの音が出なくなるまで相手を批判していた。だが、こうした三谷の批判には底意地の悪さが皆無であったから、言い換えれば、批判はあくまで相手の研究方法に限定され、相手の人格は三谷には関心の外であったから、三谷の批判は側で見ていて、恐ろしくはあったものの、相手に対する憎悪をおのずと芽生えさせてしまう嫌な感じは一切生まれなかった（おそらく批判されている当人も同様だったに違いない）。そこから言えることは、ドイツの教養市民層さながらの育ちもよく言動において後ろめたさのないリベラルな知識人が教育的かつ啓蒙《けいもう》的熱意を込めて相手の研究方法と言説分析とを誠実かつ徹底的に批判していたという端的な事実である。私はその場に居合わせて、議論と人格の差異が混濁化・一体化する傾向が強い日本においてこのような良質な討議の場があるのか、と驚きかつ深く感動したものであった。だから、三谷に対する敬愛の念は今も失せないどころか、日々あるべき研究者の規範として繰り返し現前している。

その一方で、日本古典文学研究に関するそれなりの数になる学会において、三谷他の研究者の実績とイメージによって物研に纏《まつ》わるある種のステレオタイプができあがってしまったこともう一つの事実であった。文献（写本・版本）・書誌学に弱いくせに、テクストを彼らなりに解釈できればそれでよいと思っている、しかも、解釈が他所《よそ》の世界から見ればかなり恣《し》意的であり、かつ、物研内部のジャーゴンだけで議論しているから、他者から見ると何を言っているのか分からない集団である、というのが一等悪く見た物研に対するステレオタイプとなるだろうが、これに近い悪意に満ちた批判を私はこれまで何度となく聞いてきた。むろん、それらがすべて当たっているわけではない。たとえば、三田村氏の『記憶の中の源氏物語』（新潮社、二〇〇八年）を読んでみれば、論述内容ばかりではなく、資料の目配りから言っても文献重視派が参るくらいの思想性豊かな『源氏物語』享受史となっていることが分かるはずである。だから、物研に対する様々な批判的言説もそのまま受け取ることはできない。しかし、だからといって、「方法」・「言説」と言いながらも、読み・解釈だけの研究という一旦《いったん》ついたレッテルはそう簡単に剥がれたりもしない。その意味で三谷が目指した理想的な研究集団とはかなりのずれを生みながら、物研は日本における研究者共同体の典型イメージを提供していると言ってよいだろう。なぜか。それを考える前にもう一つ例を出しておきたい。

物研に近い固定的なイメージをもった学会として、日本文学協会（日文協）がある（こちらはまだ会員であり、運営委員・委員・編集長も経験した）。物研の会員はほぼ日文協の会員であると推測されるが、物研のイメージと日文協のそれとはそのまま重ならない。なぜなら日文協は左派性（戦後民主主義を恒久的に守ることを主張していた団体とも言える。その意味では保守でもある）というレッテルでずっと見られていたからである（日文協自体は民主的な団体と言っていたし、実際に運営はかなり民主的かつ公正に行われている）。しかし、設立された一九四六年から今日に至るまで時代の変遷と共に、会員の大幅な入れ替わりもあり（六〇年代くらいまでは同人誌的性格が強く、同じ執筆者が年間に複数回論文・エッセイを載せていた）、かつてのように日文協は政権批判などを主張した「声明文」も出さなくなり（まだ出しているのは歴史系の『歴史学研究』や『日本史研究』くらいのものだろうか）、政治色がほとんどないごく普通の学会と変貌した。このような学会になったことに対する不満や批判の声も一部あることは確かであるけれども、学会誌としての価値の面から見ると、今や、厳格な査読がある国文学系学術雑誌は、月刊では東大系の『国語と国文学』、京大系の『国語国文』と日文協の『日本文学』だけとなった。なかでも日文協の投稿論文採択率は、おそらくこの三誌の中で一等低いだろう。審査も厳格・厳正そのものである。だから、プロの研究者をめざす若手にとっては『日本文学』に論文が載ることが登竜門となってきたのだ。周知の通り、DC・PD取得や大学に就職するためには査読付き雑誌に論文が載ることは採用の基本的な条件である。そうなると、かつてあった濃密な「色」は自ずと失せていく。加えて、かつて会員の主流を占めたいわゆる左派・左翼と見られる人たちが時代の変遷と共に少数派に転じてしまったのみならず、掲載される論文もかつての日文協風から国文学・日本文学の伝統的手法に従った手堅い実証的なものが多数派となってきた。これらを言い換えると、同志的結束のあった研究者運動体から純然たる学術団体に変貌したということである。だが、そうした巨大な変化があったにも関わらず、日文協をまだ昔のイメージで語る人がいないわけではない。一旦ついたレッテルはここでも容易に剥がれてはくれないのである。

ここで、再び研究者共同体の問題に立ち返ると、「共同体」という面で言えば、今日これをもっとも体現しているのは物研であり、戦後の五十年間に限定すれば、日文協ということになるのではないか、ために好例として上げてみた次第である。ここでの「共同体」というのは前述したように同志的関係を言っている。だが、同志的関係というのはそう簡単にできるものではない。

たとえば、筆者の出身大学院には今も続いている「中世の会」なる会がある。年に二度ほど研究発表会があり、その後、コンパとなっていたように記憶している（まだ会員だが、三十年くらい出席した覚えがない）。私の大学院時代は、普段は没交渉の三つの研究室（和歌・説話・軍記）が一堂に集まって議論するという意味でそれなりに意義のある会なのだが、ここには全くと言ってよいほど共同体の匂いも影もなかった。また、同じ大学院で学ぶものという連帯感も甚だ希薄であった。研究会では、無知故になんのことかよく分からない他分野の研究発表を聞いた後、先生方の講評（時には激烈な批判もあった）で、ああこんなことが言いたかったのかとはじめて気づいたり、時折、ほとんど反応のないはずれた意見を言ったりして過ごし、コンパとなると、誰々さんはレモンが嫌いなどに類するまさしくどうでもよいおざなりの会話が二時間ほど続いて幕となるというものであり（こういった会話以外、三つの研究室を越えた共通話題がなく、参加者同士の角を立たないで済ます方法はなかったかと今では思われる）、三谷やかつての日文協にあったような真摯《しんし》で白熱とした議論などは皆無であった。

しかし、最低限親睦の役割は果たしていたかと思われる。同じ大学の研究室間でもこれほどまでに疎隔感があるのであるから、ましてや全国レベルの大きな学会に属していても、そこで、研究者共同体を感じ、かつ、意識することはまず無理なのではなかろうか（かすかなる所属意識はあるかもしれない。自分は中世文学会の会員であるとか）。

学会発表においても、ジャンルが異なると外国語の発表を聞いているような気分にさえなってくるのが細分化した現代の国文学研究の偽りない姿である。とすれば、今日において研究者共同体が生まれる場があるとすれば、それは、同じ研究室の仲間（先輩・同輩・後輩）あるいは研究室や大学の違いを超えた研究会などといった人為的に狭められている場に限定されるのではあるまいか。だが、この手の共同体は、大学の学生サークルと同様に、ほとんど力とはなりえない。もともと五十年代にマルクス主義的歴史学と連携して展開した「国民文学論」を主導したかつての日文協のような運動体ではないから、学界の現状を変革しようという意志と行動も薄弱である。よしんばあるとしても、せいぜいある学会の委員などになって、何年に一回か、自分たちの関心領域に近いシンポジウムを企画するか、お仲間を集めて論集を出すかといった程度である。

それでもしないよりはずっとましではある。その意味で、現代は、研究者共同体なるものはほとんど死に体状態にあり、代わりに厳存するのは、次第に会員数を減らしながらも、毎年大会・例会を開催し、機関誌を出し続ける既成の学会と研究者を雇用している大学他研究教育機関となる。だが、学会も前述の通り、色などはなく、研究教育機関に至っても、かつては東大系の学問、京大系の学問など言われた学風なるものがあったようだが、現在はこれも皆無であると言ってよいのではないか。たとえば、暉峻康隆（一九〇八～二〇〇一）の学風を早稲田大学出身者で継承している人は臆断だが皆無であるに違いない。大学院における師弟関係も師資相承とは遠く離れた将棋界における師弟関係に似てきた（弱い師匠から強い弟子が続出するという意味である）。つまり、学問デビューをするための準備機関として大学院なるものがあり、中には研究方法は似ていて対象を変えている場合もあるものの、指導教員の研究領域・研究方法と弟子のそれらがずれることが当然となってきたのである。その意味で、よきにつけあしきにつけ、今日の国文学研究は個人の時代となったのであった。

こうしてみると、物研やかつての日文協には、ある種のノスタルジーをもつ向きもいるかもしれないが、研究自体はそのような感傷とは全く関係なく、日々、個人がタコツボを掘っていくか、研究を拡大しているかは、微妙なところもあるだろうが、個人の営為にかかっており、そうして個人の実力と将来性を保証するシステムとして学会・学会誌およびDC・PDがあると言ってよいだろう。よって、一部に横行している功利主義的な態度（博論第一章を投稿して不採用の場合、第二章を投稿し直すとか、複数の雑誌に同一論文を投稿するとか）は半ば必然的に生まれてきた。しかし、大学教員の入口が広がった全共闘引退バブルがじきに終わりを迎え、再び大学教員への道が厳しくなってくる数年後には、よほど悪質なものでなければ、背に腹はかえられない行為として大概の功利主義は黙認する以外なさそうである。

2　近代日本における研究者共同体の形成と展開

二〇一六年五月、「「国文学」の明治二十三年―国学・国文学・井上毅」という拙稿が公刊された（前田・青山英正・上原麻有子編『幕末明治　移行期の思想と文化』所収　勉誠出版、本書Part.5に改題して再収）。国文学だ生まれた明治二十三年の劃期《かっき》性について記したものである。どのような年であったのか、以下やや重複するが略述してみたい。

明治二十三（一八九〇）年五月、落合直文《おちあいなおぶみ》・小中村（池辺）義象《よしかた》・萩野由之《はぎのよしゆき》という東京大学文学部附属古典講習科の同窓生が編集した『日本文学全書』全二十四編（博文館書店）の刊行が始まった。金属活字による日本最初の注釈付き古典アンソロジーである。また、同年十月からやはり古典講習科の同窓生佐佐木信綱《のぶつな》、その父である国学者弘綱《ひろつな》によって『日本歌学全書』（同上）全十二巻が刊行されていった（弘綱没後は信綱の編）。他方、大阪では、『日本文学全書』『日本歌学全書』に対抗すべくというわけではないだろうが、国文館から同年九月『校正補註　国文全書』（国学者小《お》田《だ》清雄《すがお》編、全十六冊）も出始めた。正編八冊に選ばれたのは、中世の『源氏物語』注釈の集大成にして大正期まで『源氏物語』の代表的テクストであった北村《きたむら》季吟《きぎん》（一六二四～一七〇五）の『源氏物語湖月抄《こげつしょう》』であり、金属活字における初めての刊行であった。『日本文学全書』八編～十二編が『源氏物語』（～明治二十四年五月）であり、『源氏物語』が一般の人々にとって読める環境が整ってきたのである。加えて、刊行は翌年にずれ込むものの、同じ大阪の積善館から神道系国学者猪熊夏樹《いのくまなつき》編で『源氏物語湖月抄』が刊行されている。要するに、明治二十三から二十四年にかけて三種類の活字本『源氏物語』（二冊は『湖月抄』但し、小田版『湖月抄』には本居宣長『玉の小櫛』、萩原広道『源氏物語評釈』、猪熊版『湖月抄』には『玉の小櫛』が増注されている）が世に出たのである（むろん、版本『湖月抄』はまだまだ読まれていたが、活字版の方がハンディーであり、価格も安かったのではないか）。

だが、明治二十三年は古典テクストだけが整備され始めたのではないことも付け加えておかねばならない。このことは、既に久松潜一《ひさまつせんいち》が『落合直文　上田万年　芳賀矢一　藤岡作太郎集』（明治文学全集四四　筑摩書房　一九六八年）の「解説」において触れているが、四月に芳賀矢一《はがやいち》・立花銑三郎《たちばなせんざぶろう》編『国文学読本』（冨山房）、刊行月は不明ながら上田万年《うえだかずとし》『国文学』（小林喜右衛門刊行）、十月に三上参次《みかみさんじ》・高津鍬三郎《たかつくわさぶろう》著『日本文学史』（二冊、金港堂書店）が出ているのみならず、久松は触れていないけれども、十一月に国学系の落合直文・高津鍬三郎・小中村義象・服部元彦・飯田《いいだ》武郷《たけさと》・黒川《くろかわ》真頼《まより》・小中村《こなかむら》清矩《きよのり》執筆『国語講義録』（国語伝習所編）も刊行されていたのである。

古典テクスト整備と国文学・国文学史書物の刊行、しかも、「国文学」「日本文学」「国語」という近世には存在しなかった新しいテクニカルタームが付されているということは、言うまでもなく、新しい学問が始まったということである。ここで、一言留保条件を付ければ、日本文学の歴史を叙述した濫觴《らんしょう》は、鼎軒《ていけん》田口卯吉《たぐちうきち》『日本開化小史』（一八七七〜八二年、六冊）の「巻之四」となる。だが、この時点ではまだ日本文学・国文学なる概念も生まれていなかったから、田口の文学史に関する先駆性は高く評価されるけれども、やはり明治二十三刊行の四書をもって「国文学」なる文学概念と学問が始まったと見做《みな》してよいだろう。

それでは、明治二十三年とは日本にとってどういう年だったのか。前年二十二年に大日本帝国憲法が公布され、同年に教育勅語が発布された。他には、ボアソナードの助力を得て、「民法財産編」なども公布されたが、「民法出デテ忠孝亡ブ」（穂積八束〈一八六〇〜一九一二〉の言葉で著名な民法典論争が起こり、発布が延期されたが（梅謙次郎らによって新しく編纂《へんさん》されて一八九八年施行）、総じて見ると、近代国家の法的整備、言い換えれば、法治国家たる明治国家の骨幹が着々と進んでいた年だったと言うことができる。こうした明治国家の近代化過程と国文学なる新しい学問の始動はほぼ連動していたと思われる。その連動の軸にあった一人が憲法・教育勅語・皇室典範の起草者井上毅《いのうえこわし》である。

井上は明治十九（一八八六）年宮内省図書寮頭であったときに、属官であった小中村義象に命じて「我国の典拠を悉く取調べ」（井上の遺著『梧陰存稿《ごいんそんこう》』奥書、義象執筆）させている。その成果は、小中村義象『日本制度通』（一八九〇年、吉川弘文館）に結実するが、井上の狙いは言うまでもなく「帝国憲法皇室典範の制定」（同上）にあった。そこから、井上と小中村義象の深い交流が生まれ、『日本文学全書』四編「とりかへばや物語　堤中納言物語　四季物語」と『日本制度通』の題辞として井上は自作の和歌を寄せている。後年、文部大臣時代（一八九三〜九四年）に井上は、漢文・古典廃止論を主張し、西欧的な論理をもつ新たな「国語国文」を構想し発表したけれども（それに対する慚愧《ざんき》の念は『梧陰存稿』巻二（漢文編）の序文末尾に記された一文「嘆息のま丶筆を抛つ」に明らかである）、井上自身はと言えば、もともと李鴻章《りこうしょう》を感動させるくらいの達意の漢文を自在に執筆する能力をもち、さしてうまくはなかったものの、和歌の一つも捻《ひね》ることができる江戸期以来の正統派文人の系譜にある古典的知識人であった。十八歳まで極めつきに優秀な宋学の徒でもあったのだ（その後フランス学に転向し、明治維新後、フランス留学を経て、日本を代表する法曹官僚となる）。憲法・皇室典範構想の過程で、井上は、なんとかして古典や日本の伝統と近代法を円滑に接続したいと目論《もくろ》んでいた。そうでないと、憲法は日本に定着しないし、その結果、正統性や権威を持ちえないからである（その具体化が成文では「統治」に改められてしまったが、「大日本帝国ハ万世一系ノ天皇之ヲ治ス」という第一条である。井上によれば、「治《しら》ス」・聞こし召すのが天皇統治の実態であった。だから、プロシャ憲法の引き写しではない）。そこで、制度と古典（＝「国典国語」）を共に学ぶ国学系の学問に着目し、篤い親近感を抱いたのは実に自然な流れだったのだ。一八八一年、小中村清矩をはじめとする国学者が纂集《さんしゅう》していた皇典講究所（國學院大學の前身）において、所長山田顕義《やまだあきよし》に続いて井上は、これもくり返しになるが「国典は国家の政治の為めに必要である。并に国民の教育の為めに必要である。而して宗教の為めに必要で無い。また一の政党の論拠材料の為めに必要でないといふことを以て答へなければならぬ」（『皇典講究所講演』第一号）と演説している。宗教と政党に対する井上の警戒感が窺《うかが》えて、興味深い演説だが、それ以上に、国家の政治と国民の教育のためには国典が大事だとこの時点で井上が確信していたという事実は見落とせまい。伝統を引き継ぐことこそが、正統的な近代国家・近代国民が生まれる最大の基盤だと考えていたのである。当時の日本において西欧法的思考に一等長けていた井上毅が西欧論理とはほとんど無縁の国学および国学を奉じていた小中村義象他の国学者と交流があったことは、ある種奇観とも映るかもしれないが、井上は憲法・皇室典範構想段階ではなんら不自然ではなく当然だったのである。

とはいえ、国文学には、井上が親しかった国学系だけではなかった。東大文学部系＝国文学系というもう一つの系統があったのである。たとえば、明治二十三年の国文学・日本文学関連書籍中、国学系が編んだのは『国語講義録』だけである。それ以外はいずれも東京大学国文学科第一期生である芳賀矢一をはじめとする、東大文学部卒業者である上田万年、三上参次といった国文学系の述作である（国文学系で国学と交流があったのは、高等中学の文法教科書『日本中文典』をものした高津鍬三郎だけである）。この二十三年は、小中村清矩率いた国学系（古典講習科系、小中村義象・落合直文・佐佐木信綱ら）

と国文学系（東大文学部系、芳賀矢一・上田万年・藤岡作太郎ら）が同時に始動した年でもあったのだ。

まず、国学系が目指したのは、国文学ではない、それは近代的な役に立つ（実用的な）国学構築にあった（小中村清矩「国学の前途」一八八九年二月『陽春廬雑考』吉川半七発行　一八九七年所収、藤田大誠『近代国学の研究』弘文堂　二〇〇七年、品田悦一・齋藤希史『近代日本の国学と漢学　東京大学古典講習科をめぐって』、東京大学グローバルCOE「共生のための国際哲学教育研究センター」発行　二〇一二年参照）。そこに、国学の生き残り戦略、あるいは、国学の近代化を見てもよいだろう。

次に、国文学系の狙いは、芳賀が一九〇〇年ドイツに留学し文献学を移入して国学の方法を改善しようとしたように（文献学の講義は『日本文献学』として『芳賀矢一遺著』冨山房　一九二八年に所収）、文献学と実証主義に基づく近代的学問としての国文学を樹立することにあった。それは国学を栄養素とはしているが、国学を超えるものとして措定されていた。そして、国文学は芳賀を継承した東大文学部系の国文学者たち（藤岡作太郎《ふじおかさくたろう》・藤村作《ふじむらつくる》・島津久基《しまづひさもと》・久松潜一《ひさまつせんいち》）によって確実に確立されていき、東大出身者ではなく東大助教授となった（鳥取師範学校→東京高等師範学校卒）池田亀鑑《いけだきかん》（一八九六〜一九五六）によって確立される。池田は『古典の批判的処置に関する研究』（全三巻、岩波書店、一九四一年）の成果を踏まえて、芳賀の構想にあった『源氏物語大成』（全八巻、中央公論社、一九五三年）を完成させている。『源氏物語大成』は国文学＝日本文献学の金字塔である。現在も本書の価値は聊《いささ》かも失われていない。当時、幾分皮肉も込めて「池田工房」と呼ばれ、東大系の多くの研究者が池田によって育成された。そうして、改めて指摘するまでもないが国文学系が国文学の主流というよりも国文学そのものとなっていった。

それでは、対する国学系はどうであったか。国学系は在野の研究者・文人・歌人が圧倒的に多く、こちらでは佐佐木信綱が最高権威ということになるだろう。第一回文化勲章受章者である佐佐木は、『日本歌学史』（博文館、一九一〇年）、『和歌史の研究』（大日本学術協会、一九一五年）をものし、『校本万葉集』（校本万葉集刊行会、一九二五年）を完成させるなど、国文学者としての業績も卓越していたが、他方、短歌結社の歌誌『心の花』を創刊し、歌人としても活躍し、多くの歌人を育てた、学者という枠組みを超えた文化人・芸術家であった（『心の花』は現在も短歌結社として全国的に展開している）。短歌結社「浅香社」を率いて与謝野鉄幹《よさのてっかん》（一八七三～一九三五）、尾上柴舟《おのえさいしゅう》（一八七六～一九五七）らと共に短歌改良運動に邁進《まいしん》した落合直文とて同様である。また、小中村清矩・義象は歌人としては著名ではないが、制度史研究で名を成した。

とはいえ、国学系と国文学系との決定的な違いは、このような歌人や制度史研究という超国文学的面よりも、やはり、帝国・官立大学という場ではなく、結社・塾といった民間の世界、あるいは大学と言っても國學院・慶應義塾といった私学という場であった。つまり、なにがしかの権威を伴ってはいたが、非正統の地位にあったということである。故に、柳田國男（一八七五～一九六二）の創始した民俗学とも親和性が高かったし、古典研究・短歌・創作・民俗学など何でもござれだった天才折口信夫（一八八七～一九五三、國學院大學→慶應義塾大学）は国学系から生まれたのである。

そこで、最初の問題である研究者共同体に戻ると、国文学系は東大アカデミズム（その後京大アカデミズム、東京文理大アカデミズム、早稲田大学アカデミズムなども勃興する）といった大学の師弟および弟子連の先輩同輩後輩関係を軸とする研究者共同体である。よって、東大アカデミズムなら東大出身者でないと原則的にその共同体に入ることはできない（それは国文学に限らずすべての学問に適応される。池田亀鑑は例外中の例外である）。言ってみれば、大学の権威と一体化した閉ざされた共同体であり、いわゆる象牙の塔に他ならない。だが、こうした条件は決して悪いことばかりではない、研究にとってはよいことの方がむしろ優っていた。というのも、閉ざされているというライバルが内部にしかいない静かな環境に加えて、将来どこかの大学のポストがほぼ約束されているから、そこに集う若手研究者は後顧《こうこ》の憂《うれ》いなく学問に励むことができたし、場合によっては、巨大プロジェクト（『源氏物語大成』など）に参画することも可能だったからである。この環境は国学系となると一部の私大以外得られないものであったろう。たとえば、『源氏物語大成』の序文で池田がとりわけ感謝の意を捧《ささ》げている稲賀敬二《いながけいじ》（一九二八〜二〇〇一）はその後広島大学文学部に赴任し、多くの優秀な研究者を育てた。だから、東大アカデミズムは国文学における東大支配の拡大という一面を持ちながらも、高いレベルの研究を全国に普及させ、現地の研究者を育成し、結果的に国文学の質向上を飛躍的に実現した功績は決して否定できないのである。戦前・戦後の国文学研究をリードし続けたのが東大をはじめとして他には京大・東京教育大を加えた帝大・官立大学アカデミズムであったのも、大学というシステムの問題もあるけれども、半ば必然的だったと言えよう（戦前から国文学の一方の雄でもあった早稲田大も上記のグループに入れてよいだろうが、帝大・官立大学に比べて将来の職場確保において不安定性が高かったので、外しておいた）。

そうした中で、広島文理大出身者である蓮田《はすだ》善明《ぜんめい》・清水文雄《しみずふみお》・池田勉・栗山理一《くりやまりいち》が創始した『文藝文化』（一九三八～四四年）は、アカデミズム色が強い官立大学出身者が出した国文学を核にもちながらもその枠組みを脱した異色の文芸雑誌である。作家三島由紀夫をデビューさせたことで知られている（三島の学習院時代の師が清水であったことに拠《よ》る）。彼ら四人は学年を異にしつつも、ひとしく東大国文学科卒の斎藤清衛《さいとうきよえ》門下生であり、国文学を学んでいたが、清水は大凡《おおよそ》そのラインにあったものの、編集責任者的役割を果たした蓮田は、『コギト』（一九三二～四四年）、『日本浪曼派』（一九三五～三八年）を率いた保田與重郎《やすだよじゅうろう》と並ぶ、過激な古典論を展開する国粋主義的な文芸批評家となった。アカデミズムを踏み外したのが、『文藝文化』が広島文理大出身者に拠るものであったことの意味は、国文学者が一人としていない保田『コギト』グループ以上に興味深いが、そこには、『コギト』の大阪高校と同様に『文藝文化』の広島文理大という中央ではない地域環境がどこかに響いているのではないか。地方から新たな運動を企て、中央を脅かそうとする動きである（但《ただ》し、『コギト』・『文藝文化』は東京で刊行され、執筆者の大半は東京にいた）。むろん、これが過激な古典論になったわけではないだろうが、動因の一つにはなっただろう。また、『文藝文化』が保田の影響下にあったことも間違いない。

　だが、ここで改めて確認しておきたいのは、『文藝文化』の同人は、ずっと人数が多い『コギト』同人以上に極めて同志的結束が強かったという事実である。これは、帝大・官立大学アカデミズムにおいても広島文理大というマイノリティーに属しているとはいえ、このような共同体を構築することがあるということを示していよう。そして、戦前・戦後、成城高校には『文藝文化』グループが教授を務め（戦前の蓮田、戦後の池田・栗山）、それは、成城大学「文芸学部」に結実していったことはやはり特筆に値することであった。他にこうした例はない。他方、保田他『コギト』グループは、ドイツ文学系や詩人・東洋史家田中克己《たなかかつみ》は大学教授（田中は最終的には成城大学）になったものの、保田は最後まで文人で通し、折口信夫なども親しかった。繰り返し国学への愛を語っているが、生き方も国学系だったのである。

最後に、国学系のその後の展開について簡略に触れておこう。国学系の中心の一つである國學院大學では、初期にあった国学的雰囲気をその後も引き継ぎながら、内部の師弟関係は帝大・官立大学アカデミズム以上に濃密であり、学問は学風・人格・態度を含めて着実に継承されていったものの、卒業生の多くが主として全国の中学校（戦前）・高等学校（戦後）の国語教師となるという大学としての制約から、大学におけるポストの獲得は國學院他以外ではほとんど望めなかったものの、国学的な知を日本全体かつ広範に定着させ、国文学・民俗学の地盤形成をした功績は極めて大なるものがあった。そうした中で研究会等を通じた共同体的雰囲気あるいは結社的空気は、おそらく帝大・官立大学アカデミズムよりもずっと強かったのではあるまいか。加えて、短歌の実作、民俗学的方法や調査の実践など、東大アカデミズムとはひと味違う国学的な国文学を作っていったと思われる。

一方、同じ私学でも早稲田・慶應となると、國學院ほど中学・高校の教員を出していなかったが（現在、早稲田は國學院より多数の高校教員を輩出《はいしゅつ》しているようである）、今度は、作家・出版編集・ジャーナリズムの世界に入るというイメージ（半ば神話化しているとはいえ）がとりわけ早稲田には強くなっていったと思われる（慶應は折口信夫の影響もあり、国学的国文学はかなり長い期間継承されたし、優秀な作家を生みだしたけれども、それになろうとした数は早稲田に比べると少なかったのではないか）。そこから、国文学でも国学でもない大衆社会が支えるメディア環境で新たな活路を開こうという傾向が生まれ拡大していった。これも、裏返してみれば、東大を中心とするアカデミズムに参入できなかった代償とも言えるが、そのうちに、意味が反転して「中退伝説」に彩られた文学青年を気取ってわざわざそちらに接近しようとするといった、言ってみれば、さしたる生産性もない悲喜劇的状況を繰り返すに至った（大量の落伍者《らくごしゃ》を出したことは言うまでもない。現在はこの傾向はほぼ止まったようである）。私が学部生の頃までクラスには一定数の作家志望がいた。彼らの中からプロの作家になったのは私の知る限りいない。

とまれ、国学であれ、国文学であれ、私学は、大学・旧制高校の教員ポストを独占する帝大・官立アカデミズムと異なり、繰り返しになるが、学問の主流になることは決してなく、立ち位置では一貫して傍流、ないしは、國學院風、早稲田風といったマイナーな個性派として生き続けることになった。そして、付言すれば、今日、国文学系と国学系の差異はほとんどなくなっている。それは、国学系が消滅し（多くは国文学から離脱して民俗学などに流れてしまった。これも学問の細分化の結果と言えるかもしれない）、国文学系がほぼ国文学全体を覆ったということでもある。前述した研究者共同体としての物研はこうした国文学がシステム的に硬直しつつあった状況に対する当時の新世代による抗いだったと読めないことはない。

3 研究者共同体と大衆社会

幕末明治の基本資料である依《よ》田《だ》学海《がっかい》（一八三三〜一九〇九）の『学海日録』には、『源氏物語』をめぐって以下のような記載がある（安政三〈一八五六〉年三月十四日条）。

翳《くも》りて風ふく。小倉氏に如《ゆ》き、書を講ず。訖《おわ》りて韻を分かちて詩を賦す。予、肴を得、因りて一律を賦す。坐間に源氏物語湖月抄を見る。借りて之を読む。辞富みて語麗しく、若紫の嬌たる痴態を写す処、最も筆意を極む。号して紫式部と為すは誣《し》ひず。予、是の書を読まんと欲して、久しく果さず。今、一たび寓目するを得て、大いに素顔に称ふ。予聞く、源語は大抵淫猥にして、君子の読むべき者に非ず。蓋《けだ》し西土の小説流のみと。栗原信允翁独り曰く、源語は是れ王室の頽廃を慨《なげ》きて志を寓する者なり。其の宮内の醜状を審《つまび》らかにし、貴威の跋《ばっ》扈《こ》を論ずるは、最も作者苦心の処なり。その築紫《つくし》に大夫監《たいふかん》といふ者有りて、権、国守の上に出づるを説くは、大権の下に移るを憤ればなり。其の岩倉高僧、源氏の招きに応ぜざるを説くは、当世の僧徒に行ひ無きを譏《そし》ればなり。他は類推すべし。決して淫猥を専らにする者に非ずと。是の論、未だ必ずしも然らずと雖《いえど》も、或いは古人の隠微を識るべし

（『学海日録』1、岩波書店、一九九一年、原漢文、岩波版の書き下し文に基づく）。

依田学海は儒学・漢詩文的知をしっかり身につけた江戸期の正統派文人であり、明治以降は幅広い人脈を活用しつつ劇作家としても活躍した。いわば、その人を押さえておけば、その時代の文化状況まで手に取るように分かるといったキーパーソンである。学海が初めて『源氏物語』に触れたのは、二十四歳の時である。小倉鯉之助《おぐらこいのすけ》（生没年不詳）のところに出向き、そこで書経を講じ、律詩も賦《ふ》している。坐間《ざかん》にあった『源氏物語湖月抄』を見て、借りて読んだという。前々から読みたかったが、果たせなかったので素直に感動している。それまで、「源語は大抵淫猥にして、君子の読むべき者に非ず」とされていたが、『柳庵随筆《りゅうあんずいひつ》』で著名な幕末の文人栗原信充《くりはらのぶみつ》（一七四九〜一八七〇）だけが「是れ王室の頽廃を慨きて志を寓する者なり。其の宮内の醜状を審らかにし、貴威の跋扈を論ずるは、最も作者苦心の処なり。（中略）決して淫猥を専らにする者に非ず」と言っていたので、学海はそれを確認もしたかったのだろう。結論として学海は栗原説を必ずしもよしとしないが、「古人の隠微」を識らねばならないとした。『源氏物語』には隠された意味（コノテーション、中世日本的に言えば、下心、裏説、顕に対する密や冥）があるということだろう。だが、三月二十六日条では、藤壺と源氏の密通に触れて、大いに怒っている。

予も亦謂へらく、源氏の太后に通じて冷泉を生み、立てて儲嗣《ちょし》と為すは、猶呂不韋《なおりょふい》の秦の太后に通じ政を生むがごとし。是を始皇と為す。乱虐極まれりと謂ふべし。辞は則ち美なり。是れ其の言、豈児女子《あにじじょし》をして読ましむべけんや。世の貴人の玩物は、必ず源氏物語と曰ふ。是れ閨秀に教ふるに淫を以てするなり。甚だしきに至りては、則ち和歌者流は奉じて以て金科玉条と為して曰く、是の書、神・儒・仏の道理を具ふと。甚だしいかな。其の惑へるや。安藤年山、紫女七論を作り、之を賛美するも汚習を免れざるのみ。

学海は、自らが修めた学問が当時の主流である儒学であったから、「源氏の太后に通じて冷泉を生み、立てて儲嗣と為す」といった人倫ならざる行為には耐えられない（当時、儒学を学んだ人間はほぼ同じ感想を持つだろう）。怒りの舌鋒《ぜっぽう》は、『源氏物語』を全面肯定し、そこには儒仏道の道理を具えている（三条西実隆『細流抄』など）とする和歌者流の注釈にも及び、「甚だしいかな。其の惑へるや」と痛罵《つうば》する。ついに、『紫女七論《しじょしちろん》』を記して、冷泉天皇には嗣子《しし》がいなかったので最終的には天皇の血統が守られたとして『源氏物語』を弁護した年山安藤為章《あんどうためあきら》（一六五九～一七一六）までも「汚習を免れざるのみ」と容赦しない。安藤為章の解釈に怒って「もののあはれ」論を展開したのが本居宣長であるから、宣長を読んでいたら、さらなる怒りを爆発させていたことであろう。

だが、学海は、明治十六年から二十一年にかけて、『源氏物語』を『紅楼夢《こうろうむ》』と併読し、二十二年はじめからまた「桐壺」から読み始めている（十三日には「賢木《さかき》」に至っている）。そして、明治二十三年九月十一日（またしても明治二十三年である）の萬代軒の文学会で、「源氏の文法」という題で講演した。その内容は、

大かたかの萩原広道の説を用ひ、まづ本書を三大段に分ち、然してのち抑揚・波瀾などいふ文法をとき、終に至り本書は因果の理をいひて勧懲を主せりとて局を結びき。

というものであり、萩原広道《はぎわらひろみち》（一八一五～六三）未完の大作『源氏物語評釈』をベースにしながらも、勧懲を主題とするところなど、まだまだ儒者的理解を示しているが、光源氏の顛末をみると、この理解は分かりやすい。しかし、当日、その場にいた官僚・政治家・ジャーナリスト・法学者・歴史家に加えて、一八八二年に初めて『源氏物語』の英訳をした、いわば、何でもできる末松兼澄《すえまつけんちょう》（一八五五～一九二〇）から

源氏はよき書なれども文法などいさふるむつかしき法あるにあらず。たゞおもしろくかきたるのみ。そを後人のかにかくと穿鑿《せんさく》するは、反《かえり》てその妙を失ふものなり。（中略）又かの書の文中曖昧にして彼我を分たざる処あり。甚だ法にかなはず。某《なにがし》かの書を訳しもて外国人に示しゝとき、大にこれに難《かた》みしことあり。又かの書は一帖ごとにその妙をかゝげたるにて、前

後打続きたる物語にあらず。年代なども乱雑して、とるべきものなし。おもふに、たゞかりそめに一帖づゝしるせしものを、やがて一まとめにせいしものなり

と批判された。面白く書いているだけだという内容である。テーマなど議論をすると「その妙を失ふ」し、全体も一帖ずつ書いたものを「一まとめ」にしたに過ぎず、ここから全体のテーマなど見出すのは困難であるというのだ。これまた、それなりに適った理解だろう。「桐壺」と「箒木《ははきぎ》」の不自然なつながりや「夕顔」に続くのは「若紫」ではなく「末摘花《すえつむはな》」であるといった展開は末松の批判を裏付ける。だが、学海は負けない。

余これに対して又論ずることあり。終に末松に向ひ、吾どのはいまだ源氏物語の全文を熟覧せざるによりて、この言あるのみといひし。

末松は『源氏物語』全体を熟読していないから、こんなことを言うのだと再批判したのである。ともかく、ここまで学海は最低二度以上『源氏物語』を通読している。そこで得た自信は末松の批判などで一切揺らぎなどしなかったのである。

ここで、学海および末松の『源氏物語』論を引いたのは、別段、彼らの解釈の正統性なりを議論したかったからではない。そうではなく、演劇という庶民・大衆が好む世界にいた学海にして

も多様な活躍をみせた末松にしても、庶民・大衆の対極にいた知識人である。彼らが幕末から明治二十年代という近代日本初期においてどのように『源氏物語』を読み、享受したかを知りたかったからである。末松はややくだけてはいるものの、両人共に『源氏物語』に対しては知的な享受を示している。末松が難しいことを言うなというのは、それなりに『源氏物語』に対する知識（年代なども乱雑など）を前提にした判断であり、決して何の前提的知識もなく物語だけを読んでの感想ではない。

しかも、明治二十三年代段階では、既に国学系・国文学系の研究者は育ってきているが、後代のような確固たる研究者共同体は萌芽《ほうが》はあるものの確立してはいない。仮に少しはあっても一般世間に対する影響度はゼロに近い。『源氏物語』とて、『日本文学全書』の活字本テクスト、『湖月抄』二種の活字本が出始めたところである。だから、学海は『湖月抄』・『源氏物語評釈』いずれも江戸期の版本で読んでおり、事情は末松も同様だっただろう。つまり、知識人が自己の教養と感性を前提にして自在に読んでいるということである。それが面白いか、面白くないか、学問的に正しいかどうかは、まあ、どうでもよいことである。『源氏物語』をめぐって、当代きっての知識人二人の享受のありようと大正後期以降の大衆社会における享受のありようとでは、かなりの懸隔があったのではないか。それを考える契機としたかったまでである。

さて、かなり大衆社会化が進展した一九三七（昭和十二）年に、京都帝国大学教授（出身は東京帝大）吉澤義則《よしざわよしのり》（一八七六〜一九五四）校注の『対校源氏物語新釈』（全八巻、平凡社）が出版された。『湖月抄』

本文（青表紙本）と尾州家河内本を対校させて両本文が同時に見られるようになっており、その上頭注がついていて、本文理解を助けてくれている。本書だけで青表紙本と河内本の差異が一覧できるわけで、『源氏物語』本文を相対化するためにも画期的な注釈書である。現在でも十分に役に立つことは言うまでもない。だが、本書は戦後も再版されているけれども、大衆社会に受け入れられたことは決してなかったと思われる。むろん、大衆のニーズに適っていないからである。大衆は、河内本は「源氏」と表記されているのに、青表紙本になるとなぜか「大将」と表記されることの意味合いを考えるために『源氏物語』他古典を読んだり享受したりはしないものである。これは大衆を上から目線で蔑視しているのではない。同時に、二つの表記に気になるのが高級なわけでもない。何が言いたいのか。研究者共同体の関心では重大な差異であっても、大衆ではどうでもいいことに過ぎない事実であり、両者は違う関心で生きているということだ。

『対校源氏物語新釈』が刊行されてから、一般読書界では、与謝野晶子（一八七八～一九四二）の二回目の翻訳『新新訳源氏物語』（六巻、金尾文淵堂、一九三八～三九年）、谷崎潤一郎（一八八六～一九六五）の第一回『潤一郎訳源氏物語』（二十六巻、中央公論社、一九三九～四一年）が刊行された。部数は谷崎版の方が出たらしいが（出版社と宣伝の違いに拠るとされる）、与謝野晶子版は戦後も文庫となって版を重ね、一九九九年のデータによれば、一七二万部（全三巻）となり、文庫化された谷崎版（全五巻、八三万部）を圧倒した。ちなみに文庫版で一等売れたのは、田辺聖子（一九二八～）版（一九九三年）で二五〇万部（全五巻）、ついで瀬戸内寂聴（一九二二～）版（二〇〇七年）の二一〇万部である（『名画日本史―イメージの1000年王国をゆく 第1巻』朝日新聞社出版局、二〇〇〇年)。こうしてみると、どうやら『源氏物語』に限って言えば、晶子・聖子・寂聴という女性訳者の方が売れるようである。むろん、内容もよいのだろうが、それ以上に、おそらく彼女らと紫式部が一体化しているとイメージされるからだろう。今紫女としての晶子ということだ。こういう幻想も含めて、これが大衆社会における『源氏物語』享受というものではあるまいか。谷崎訳を『源氏物語』研究者玉上琢彌《たまがみたくや》(一九一五～一九九六)が手伝ったことは著名だが、だからといって玉上の名前が表に出ることはない。おそらく田辺・瀬戸内も同様に手伝った人がいるはずだが、訳書はあくまで著名な作家に拠るものとされ、それ故に、売れたのである。

つまり、研究者はそれが一人であろうと、共同体を組んでいようと、大衆社会が欲するものとはついにねじれに位置にあり、それがますます国文学の人畜無害性を高めることに結果したということである。これが研究者共同体にとってよかったのかどうかは分からない。大衆社会と切り離されていたおかげで、帝大アカデミズム同様に、研究が進んだことも間違いないからである。それ以外に大衆社会との接点は、受験生用の参考書しかないだろう。こちらと研究を共にきわめたのは、東京文理大出身である小西甚一《こにしじんいち》(一九一五～二〇〇七)くらいだったのではないか。東京文理大の微妙な立ち位置がやや気になるところである。

4　おわりに

竹内洋氏（〈一九四二～〉。『学歴貴族の栄光と挫折』、中央公論新社、一九九九年、講談社学術文庫、二〇一一年、『教養主義の没落』、中公新書、二〇〇三年）と並んで、近代日本の教養のありようを追究している筒井清忠氏（一九四八～）『日本型「教養」の運命　歴史社会学的考察』（岩波書店、一九九五年、岩波現代文庫、二〇〇九年）によれば、日本において教養主義と庶民の修養主義は親和関係にあり、フランスのように反発しないとのことである。また、旧制高校生が高級な雑誌（『改造』・『中央公論』など）ばかりを読んでいたのではなく、当時最大の部数を誇った大衆誌『キング』の読者も少ないといえ、無視できないくらいの数はあったという。こうした事実は、旧制高校・東大法学部や陸海軍学校（陸士・陸大・海兵・海大）の異常なまでの成績重視主義と全く矛盾しない。つまり、近世の家柄・身分を打倒するシステムが成績重視主義であり、それと容易に結びつくのが丁稚あたりと類似した修養主義であった（一大教養人新渡戸稲造〈一八六二～一九三三〉が修養主義の大家であったように）。となると、勢い、教養は弱くなるか、強引にデカンショを気取る（昭和初期はマルクス〈一八一八～九八〉だったり、その前なら阿部次郎〈一八八三～一九五九〉だったりしたが）しかなくなる。要は底が浅いのである。

しかも、古典は国語科の一科目であり、転向左翼の林房雄（一九〇三～一九七五）が述懐するように、大正の中学生は誰も英語ほどどころかほとんど勉強しないものであった（「勤王の心」、河上徹太郎編『近代の超克』、冨山房百科文庫、一九七九年）。ヨーロッパでは第二次大戦後に大学に工学部ができたが、明治十九年（一八八六）に帝国大学工科大学（現、東京大学工学部）として設立したのが明治日本である。技術テクノロジー（工学）と法学が近代日本の知の標準であり、それに成績重視主義が連結したら、古典などはせいぜい修養主義（親鸞や禅語録など）の一つになるか、暇つぶしになるしかない。大概は無視されるだけである。せめて旧制高校の教養主義に日本古典が入っていればよいだろうが、デカンショと『源氏物語』が共存することは想像することもできない。古典・国語教師や研究者が社会的影響力を行使するのは、中等学校の教科書か前述したように参考書・問題集だろう。いずれも受験と結びついたある意味で「不純」なものであった。

他方、『源氏物語』現代語訳者が与謝野晶子といい、谷崎潤一郎といい、歌人・作家であり、研究者に手伝ってはもらうことはあったが、彼らが研究者でなかったことは、この時から読み物としての『源氏物語』と古典としての『源氏物語』は完全に切り離されていたと言ってよい。今日、『浅き夢みし』といったコミック、宝塚歌劇などに連なるのはこちらである。

こうしてみると、明治二十三年に依田学海が『源氏物語』について一席ぶつというのは、近世的知識人の最後の名残だったのかと言ってもよいのではないか。今後も研究者共同体（彼らもまた大衆なのだが）と大衆社会が接近することはあるまい。あるとしたら、これこそ日本における最大の変革がもとらされる時だろうが、日本浪曼派が日本文壇・論壇・学校教育を支配できなかったように（そのつもりもなかったが）、ないと思われる。

初出一覧

はじめに（書き下ろし）

Part.1　古典入門　その1…教養と伝統の世界を知る

1　昔の人は教養があったのか（明星大学人文学部日本文化学科ブログ「言葉と文化のミニ講座」、二〇一一年）

2　注釈学事始め（明星大学日本文化学部言語文化学科ブログ「言葉と文化のミニ講座」、二〇〇九年）

3　古典的公共圏とは何か——和歌が滅びなかった秘密（明星大学人文学部日本文化学科ブログ「言葉と文化のミニ講座」、二〇一〇年。原題にサブタイトル付加）

4　伝統の作られ方（明星大学人文学部日本文化学科ブログ「言葉と文化のミニ講座」、二〇一四年）

Part.2　古典で今を読み解く　その1…歴史・伝統・古典

1　「日本共産党」の古典的意義（『表現者』67、二〇一六年七月〈特集　日本共産党とは何ものか〉）

2　アメリカ、「新大陸」における伝統とは何か（『表現者』68、二〇一六年九月〈特集　アメリカ　その覇権と孤立〉。原題「アメリカ——「新大陸」から出られない国」）

3　天皇制度を永続させるために（『表現者』69、二〇一六年一一月〈特集　象徴天皇と日本の行方〉）

4　品格ある二等国になること（『表現者』70、二〇一七年一月〈特集　日本国の命運　立憲・核武装・保護主義・

国民主権をめぐって〉）

5　日本における国・国民・国民主義——対抗原理なき国民主義は可能か（『表現者』71、二〇一七年三月〈特集　国民主義なくして国際社会もない〉。原題にサブタイトル付加）

6　日本人論を終わらせるために——優越感なる劣情からの脱却（『表現者』74、二〇一七年九月〈特集　今、日本人論を〉。原題にサブタイトル付加）

7　日本・日本人はどこにも行かないだろう（『表現者』75、二〇一七年一一月〈特集　日本よ、何処に行くのか〉）

8　成績という文化——近代のアイロニー（明星大学人文学部日本文化学科ブログ「言葉と文化のミニ講座」、二〇一六年）

Part.3　古典入門　その2…和歌と文化の厚みを知る

1　和文にスタンダードはあったのか——和歌のあり方とは（明星大学人文学部日本文化学科ブログ「言葉と文化のミニ講座」、二〇一五年。原題にサブタイトル付加）

2　藤原俊成の古典意識——生き、活動する原点にあるものとは（明星大学人文学部日本文化学科ブログ「言葉と文化のミニ講座」、二〇一二年。原題にサブタイトル付加）

3　アヴァンギャルドと伝統——孤語「ゑごゑご」考（明星大学日本文化学部言語文化学科ブログ「言葉と文化のミニ講座」、二〇〇八年。原題「「ゑごゑご」考」）

4　文化の厚みを知る方法——明星本『正広自歌合』をめぐって（明星大学人文学部日本文化学科ブログ「言葉と文化のミニ講座」、二〇一三年。原題「明星本『正広自歌合』をめぐって」）

Part.4　古典で今を読み解く　その2…戦乱・和歌・古典

1　古典・和歌は平和の産物ではない（『表現者』73、二〇一七年七月〈特集　テクノマネーマニアックの時代に―反乱は可能か〉）

2　乱世到来、いよいよルネサンスだ（『表現者』76、二〇一七年一月〈特集　世界大分裂の中の日本―改憲から核武装まで〉）

3　破局・古典・復興――精神の危機を乗り越えるために（『表現者』37、二〇一一年六月〈特集　原発、文明、復興（2）―「復興」は如何にあるべきか〉）

Part.5　古典と近代の歴史を知る

1　国文学始動元年、明治二十三年の夢と幻滅――国学・国文学・井上毅（前田雅之・青山英正・上原麻有子編『幕末明治　移行期の思想と文化』、勉誠出版、二〇一六年五月。原題「「国文学」の明治二十三年―国学・国文学・井上毅」）

2　古典と出会う、戦時・戦中という時空――清水文雄『戦中日記』を読む（清水明雄編『清水文雄「戦中日記」―文学・教育・時局』解説、笠間書院、二〇一六年一〇月。原題「解説」）

3　研究者共同体と大衆文化――その歴史と国文学の人畜無害化（立石和広編『新時代への源氏学　第10巻　メディア・文化の階級闘争』、竹林舎、二〇一七年四月。原題にサブタイトル付加）

あとがき（書き下ろし）

あとがき

本書になんども登場しているカール・シュミットは、『政治的ロマン主義（Politische Romantik）』の「第二版序文」（一九二四年）末尾においてきわめて重要なことを記している。やや長いが引いておきたい。

> 個人主義的に解体された社会においてのみ、美的生産の主体は精神的中心を自分自身のうちに置くことができる。個人を精神的なもののなかに隔離し、自分自身しか頼るものがないようにさせ、普通ならば一つの社会秩序のなかでヒエラルヒーに応じてさまざまの機能に分けられていた重荷を個人の肩にすべて担わせてしまう市民的世界においてのみそれは可能なのだ。この社会においては私的な個人が自分自身の司祭になればいいのである。いや、それだけではなく、宗教的なものの持つ枢要な意味と帰結によって、司祭である以上また自分自身の詩人、自分自身の哲学者、自分自身の王、自分自身の人格の聖堂を建てる建築家であることもできるのだ。私的な司祭ということのなかにロマン主義とロマン主義的諸現象の窮極の根柢がある。このような観点のもとに事態を観察するならば、常に善良な牧歌詩人のみを見ているわけには行かない。ロマン主義がこころよい月夜のなかで神と世界に抒情的に陶酔していようと、世界苦《ヴェルトシュメルツ》と世紀の痼疾として悲歎の声を上げ、ペシミスティックに我と我身を引裂き、あるいはまた熱狂的に本能と生の深淵に落ち込もうと、ロマン主義運動の背後にある絶望をも見なければならない。引歪んだ顔で多彩なロマン主義のヴェールの向うからこちらをみつめている三人の人間、バイロン、ボードレール、ニーチェを人は見なければならない。私的司祭制の司祭長であると同時に犠牲でもあったこの三人を。
>
> （大久保和郎訳、みすず書房、一九七〇年より）

近代とは、神が君臨する座に人間が君臨した時代だとはよく言われるが、残念ながら、これで事足りるほど歴史や思想は甘くない。上記のバイロン、ボードレール、ニーチェの「引歪んだ顔」が神になり代わろうとした人間の「絶望」を示していようか。

シュミットは、終始一貫して反近代主義者（ロマン主義など近代思想の典型だろう）であり、近代批判者であった。この点、交流はおろか、相互の影響関係も一切なかったものの、生きた時代が重なっていた保田與重郎と同じ立ち位置にいる。そう言えば、保田もドイツロマン主義から入って、ロマン主義批判＝近代批判に進んだのであった。ロマン主義は人間解放の思想ではない、ヘルダーリンのように最終的に狂気に追いやり、ゲーテが描いたウェルテルのように自死せざるを得なくなる宿命性をもっているのである。シュミットと保田は共に近代が抱え込むどうしようもない絶望をしっかりと見ていたようだ。

さて、上記の文章を認めた二年前の一九二二年、シュミットは、『政治神学（Politische Theologie）』を公刊した。これは、『政治的ロマン主義』（初版　一九一九年）、『独裁（Die Diktatur）』（一九二一年）につぐ三冊目の著書である。「主権論四章」とサブタイトルがついているが、冒頭の文章からして、読者を圧倒する。

主権者とは非常事態についての決断者である。（『カール・シュミット著作集Ⅰ　1922-1934』、慈学社出版、長尾龍一訳）

シュミットは例外から発想する。戦争・内乱あるいは大災害といった国家的非常事態（＝例外）において決断する者、それが主権者だというのである。国会の承認が必要などといった呑気なことを言っていたら、非常事態に対応できないのである。この定義は、反対したい人が多いだろうが、残念ながら当たっている。似たようなことは、江戸時代の荻生徂徠も言っていた。

こうして主権を定義した後、「第三章　政治神学」に至ると、再び我々の度肝を抜く文章で始まる。

近代国家学の重要な概念はすべて世俗化された神学的概念である。それは例えば、全能の神が全能の立法者になったように、国家学上の諸概念が神学より転用されたものであるという歴史的沿革によるばかりではなく、その体系的構造においてそうである。従ってこれらの諸概念の社会学的考察のためにも、その体系的構造の認識は必須である。法学における非常事態は、神学における奇蹟に比すべき意味をもっている。過去幾世紀かの国家哲学思想の発展は、両者の類比性の自覚によってはじめて認識されうる。（同上）

近代国家学と言っているが、近代の国家に関する学問、就中、法学は神学が世俗化したものだとシュミットは言ってのけた。つまり、国家学は神学の近代＝世俗ヴァージョンに過ぎず、内容的に進化などしていないということである。法学の非常事態は神学の奇蹟だというのもその文脈から必然的に出てくるだろう。シュミットによれば、ロマン主義も、神学と類比しうる体系的構造をもっている近代国家学も中世から脱皮していないのである。故に、ロマン主義には絶望が裏に張り付き（人間が神の真似をするからである）、近代国家学は現代の奇蹟たる非常事態を想定して組み立てられなければならないのである（神の役割を主権者＝人間がやるしかないからである）。どこかからシュミットの深い溜息が聞こえてきそうだ。

とはいえ、この手の穿ったをはるかに超えた反近代主義的な言説は、当然のごとく、反発・反論に直面する。その代表者がエリク・ペテルゾンの『政治的問題としての一神教：ローマ帝国政治神学史論考』(Der Monotheismus als politisches Problem;ein Beitrag zur Geschichte der politishen Theologie im Imperium Romanum、一九三五年）であった。そこには、シュミットをキリスト教を公認したコンスタンチヌス大帝に額づく教父カエサリアのエウセビオスに喩えたりする揶揄があるが（出版年から判明するように、既にシュミットはナチ党員となっていたが、そこにはコンスタンチヌス＝ヒトラー：エウセビオス＝シュミットの対応関係が含意されていただろう）、それはともかく、『政治神学』刊行から四十八年を経て、シュミットは、人生最後の単著（当時、八十二歳。一九八五年に死去）となった『政治神学II　あらゆる政治神学は一掃されたという伝説』(Politische Theologie II : Die Legende von der Erledigung jeder politischen Theologie、一九七〇年）を世に問うた。

予想されるように、その内容は、ペテルゾン著に対するに対する反駁である。とりわけ、シュミットはペテルゾンの以下の言葉に強い反発を抱き、三十五年後にリベンジを果たしたのであった。

> 以上で、〝政治神学〟の神学的不可能性を具体的事例に即して証明せんとする本書の試みを終える。
> （『カール・シュミット著作集II』、慈学社出版、二〇〇七年、新　正幸・長尾龍一訳）

ペテルゾンは政治神学自体が神学的に不可能だと主張して、その証明を以てシュミットに対する根源的な批判となると考え実行した。対するシュミットは、「これがその著書の最後の言葉、即ち偉大な神学的一掃である。我々はこの最終テーゼが（それに附された註も含めて）それに先行する証明素材といかなる関係に立つか、はたしてそれがそこから論理一貫した結論として出てくるのかどうかを検討しなければならない」と厳かに宣言して、続く各章において、実に丁寧にかつ執拗にペテルゾンの言説を一つずつ論駁していき、その無効性を論証していく。ローマ帝国史・ローマ法・カトリック教史に関する博覧といっても足りないくらいの驚異的な知とそれを優る分析力で読む者を圧倒する。その詳細は、煩瑣に過ぎるので省略に従うけれども、シュミットが何気なくというよりも確信犯的に置いた脚注には、『政治神学』に示されたシュミットの基本的立ち位置までが自ずと知られるので、引用に価する。

私が政治神学という主題について述べたことはもっぱら、法理論上も法実務上も、否応なしに痛感せざるをえないところの、神学的概念と法学的概念との体系的な構造的類縁性を、一法律家として述べたものに過ぎない。（中略）私のような神学の門外漢が、三位一体論という神学上の問題について、神学者と論争する勇気はない。素人神学者が神学者とこの種の論争を交えることがどういう結果を招くかは、ドノソ・コルテスのあの痛ましい場合が存分に教えている。

「ドノソ・コルテスのあの痛ましい場合」が具体的に何を示すかは分からないと言うしかないが（コルテス批判の中心人物であった「自由主義的カトリシズムの精神的頭目たるオレルアンのデュパンルー司教と、彼の総代理であるガデュエル神父」との議論であろうか、古賀敬太「ドノソ・コルテスの政治神学」、同『カール・シュミットとカトリシズム―政治的終末論の悲劇―』、創文社、一九九九年、「 」内も同書からの引用）、ここでは、シュミットは、自己とスペイン出身の「保守反動」思想家コルテスを同一化させ、自分としては、神学者と論争など一切考えておらず、「神学的概念と法学的概念との体系的な構造的類縁性」が言いたいことなのだと主張している。ペテルゾンが何を言おうが、神学と法学は概念上体系的に相同なのだという『政治神学』以来の構えの再確認である。シュミットにとって、『政治神学』（一九二二年）と『政治神学Ⅱ』（一九七〇年）を隔てる四十八年という年月など態度を変える理由にはなんらならなかった。一貫しているのは、進化して神の地位に人間が立ったと勘違いをしている近代・近代人に対する批判精神である。

そして、「まえがき」においてやや長めに記した寺田氏の学問とは一見真逆の立場ながら、実は極めて近いところに、寺田氏とシュミットは立っていることも確認しておきたい。共に法学者だなどといった次元の話を言っているのではない。そうではなく、寺田氏は、西洋近代の思考と述語で、伝統中国固有の法体系を解き明かしていた。むろん、シュミットのように、「法学（近代）＝神学（中世）」といった鬼面人を驚かす結論を寺田氏は主張したりはしていない。あくまで「そこにある法秩序の全体を自立的・内部無矛盾的に再構成する」ことに知的作業は注がれる。寺田氏にとって伝統中国の法体系はあくまで他者であり、分析対象である。だが、両人ともに、近代を相対化するために徹底的に前近代＝古典の論理・観念体系に浸りながら、なおかつ、それらの諸性格を近代の論理と言語で再現することに成功しているのである。我々は、ここに古典を勉強することの最良の例を見ることができるのではないだろうか。と同時に、シュミット・寺田氏の議論と私がいう古典的公共圏も存外近いところにあるとお分かりになったであろうか。私も古典的公共圏を近代の論理と言葉で語りたいのである。それが古典を理解し、かつ、近代を相対化＝批判することになるからである。

とはいえ、三十五年もの間、ペテルゾンに対する批判を暖めて、ここまでの反駁をするシュミットの弛まぬ知的探究心およびそれ以上の過激すぎる学問的闘争心、もっと言えば、異様な執念深さに対抗しようという気は私にはない。と言うよりも、その能力すらない。しかし、「神学的概念と法学的概念との体系的な構造的類縁性」といった関係に近いもの、あるいは、すれ違い併存するもの、そして相互に反発するものなどなどを、古典・古典的公共圏と近代・近代的公共圏の間に現れるさまざまな事象をみるにつけ、「なぜ古典を勉強するのか」を改めて主題とするのも何らかの意義はあるだろうと信じる。そうでないと、早晩、古典は学校教育から追放され、ほとんど保存会扱いになるのではないか。「近代を古典的思考で読み解く」なる無謀な行為も、シュミットが愛した、世界の終末の前に動き出す「カテコーン」（抑止する力）であろうかと妄想したことは疑い得ない。

本書は、『古典的思考』（笠間書院、二〇一一年）の続編に相当する。よって、本書の書名としては、上記でくたくたと記した『政治神学Ⅱ』にあやかって、『古典的思考Ⅱ』としたかったが、前著同様に本書を出してくださる文学通信の岡田圭介氏と相談した結果、『なぜ古典を勉強するのか　近代を古典で読み解くために』に改めた。むろん、その方が中身に適っているからに他ならない。

などと「あとがき」に不似合いな些末な議論をしてきたが、本書の原型になるエッセイは、故西部邁先生、西部智子さん、および、富岡幸一郎編集長（当時）のおかげで書かれたものである。このような機会がなければ、論文でも雑文でもない文章を書こうとは思ってもみなかった。今回、西部先生は自裁され、私も『表現者』（現『表現者 criterion』）とのご縁は一応終わりとなった。生前の先生から戴いたご指導・ご鞭撻（時には徹底的批判）は今でも懐かしいが、人間が考えることの意味――それは遂に空しいことかもしれないが――を教えてくださったことは感謝しきれない思いである。先生は保守主義者と言われていたが、自分のことは自分で始末する意味で「その終はりを遂ぐ」る士人であったと確信している。私は先生ほどの覚悟もなにもないが、今後とも、古典と近代に真摯に拘っていきたい。それが先生に対する私ができる唯一の報恩であると信じている。

最後に、今回、文学通信を創立された岡田圭介氏には何から何までお世話になった。心からお礼申し上げる。なお、本書がせっかくスタートした文学通信の邪魔にならないことを祈りながら筆を置きたい。

平成三〇年三月

南大沢の茅屋にて

前田雅之

なぜ古典を勉強するのか

近代を古典で読み解くために

2018（平成 30）年 06 月 10 日　第 1 版第 1 刷発行
2018（平成 30）年 08 月 10 日　第 1 版第 2 刷発行
2019（平成 31）年 03 月 30 日　第 1 版第 3 刷発行

ISBN978-4-909658-00-5 C0095

著　者　前田雅之（まえだ・まさゆき）

1954年生まれ。1979年、早稲田大学教育学部国文科卒。1987年、同大学大学院文学研究科日本文学専攻博士課程を単位取得退学退学。東京女学館短期大学教授、東京家政学院大学人文学部教授を経て、現在、明星大学人文学部日本文化学科教授。専門は古典学。

著書に、『今昔物語集の世界構想』（笠間書院、1999年）、『記憶の帝国　「終わった時代」の古典論』（右文書院、2004年）、『古典的思考』（笠間書院、2011年）、『古典論考　日本という視座』（新典社、2014年）、『アイロニカルな共感　近代・古典・ナショナリズム』（ひつじ書房、2015年）、『保田與重郎　近代・古典・日本』（勉誠出版、2016年）、『書物と権力　中世文化の政治学』（吉川弘文館、2018年）など。

編著に、『〈新しい作品論〉へ、〈新しい教材論〉へ　古典編』（共編、右文書院、2003年）、『中世の学芸と古典注釈　中世文学と隣接諸学 5』（編著、竹林舎、2011年）、『アジア遊学 もう一つの古典知 前近代日本の知の可能性』（編著、勉誠出版、2012年）、『高校生からの古典読本』（岡崎真紀子、千本英史、土方洋一共編著、平凡社ライブラリー、2012年）、『幕末明治　移行期の思想と文化』（青山英正、上原麻有子共編著、勉誠出版、2016年）などがある。

発行所　株式会社 文学通信

〒 115-0045　東京都北区赤羽 1-19-7-508
電話 03-5939-9027　Fax 03-5939-9094 メール info@bungaku-report.com　ウェブ http://bungaku-report.com

発行人　岡田美佳
編　集　岡田圭介
装　丁　岡田圭介
組　版　岡田圭介
印刷・製本　モリモト印刷

■ご意見・ご感想は以下から送ることも出来ます（QR コードをスマホで読み取ってください）。